청명
清明

청명절에 비 어지럽게 내리니
길 가는 나그네는 시름겨워지네
술집이 어디 있는가 물으니
목동이 멀리 살구꽃 핀 마을을 가리키네

清明時節雨紛紛
路上行人欲斷魂
借問酒家何處有
牧童遙指杏花村

정검록

情 劍 錄

정검록 3

매은 新무협 판타지 소설

초판 1쇄 찍은 날 § 2006년 4월 26일
초판 1쇄 펴낸 날 § 2006년 5월 6일

지은이 § 매은
펴낸이 § 서경석

편집장 § 문혜영
편집책임 § 김규진
편집 § 심재영

펴낸곳 § 도서출판 청어람
등록번호 § 제1081-1-89호
등록일자 § 1999. 5. 31
어람번호 § 제2-0894호

주소 § 경기도 부천시 원미구 심곡1동 350-1 남성B/D 3F (우) 420-011
전화 § 032-656-4452 팩스 § 032-656-4453
http://www.chungeoram.com
E-mail § eoram99@chollian.net

ⓒ 매은, 2006

ISBN 89-251-0040-1 04810
ISBN 89-251-0037-1 (세트)

검정록
劍
情
錄

Fantastic Oriental Heroes
매운 新무협 판타지 소설

3
■보이지 않는 길■

청어람
도서출판

목차

제2부 1장

검(劍)은 달 아래
그림자를 잃고

1

풀 내음이 싱그럽고 겨우내 잠들었던 개구리들의 울음이 가득하니, 겨울이 가고 봄이 왔다는 감회가 새롭다. 아지랑이가 피어오르는 어느 봄날, 양옆으로 거대한 버드나무들이 제 무게를 못 이겨 푸른 머리칼을 드리우는 호젓한 길을 한 젊은 거지가 걷고 있었다.

세상이 어지럽지 않고 치세가 안정되었거늘 거지는 비쩍 말라 볼품이 없었다. 원래 누구의 소유였는지 모를 누더기가 다 된 옷이 헐렁하니 거지의 모양새가 더욱 볼 것 없었는데, 어깨에는 한 자루 죽장(竹杖)을 걸치고 걸음은 느긋하기만 했다.

때마침 바람이 부니 길 저편으로 늘어서 있는 버드나무들이 일제히 머리를 흔들었다. 그 장면이 실로 볼 만하여, 젊은 거지의 입술이 오물거렸지만 끝내 열리지 않았다. 이런 때야말로 명사의 시 한 수 읊어 풍류를 즐기고 싶은데 마땅히 생각나는 것이 없는 것이다. 하긴 거지와

시는 궁합이 맞다 보기 어렵다. 그런데 거지의 아쉬움을 달래기라도 하듯, 등 뒤에서 낭랑한 목소리가 들려왔다.

위성의 아침 비는 가벼이 흙을 적시고
객사의 버드나무 빛깔은 청청하게 새롭구나.
그대에게 권하니 다시 비우게 한 잔의 술
서쪽 양관을 나서면 친구도 없을 테니.

젊은 거지가 깜짝 놀라 돌아보니 한 젊은이가 배시시 웃고 있는 것이 아닌가?

사람의 가슴팍 높이까지 드리운 버드나무 사이로 웃고 있는 젊은이는 이제 갓 약관으로 보여, 비교적 체구가 작았지만 어딘지 모르게 함부로 대할 수 없는 기상이 엿보였다. 더구나 웃고 있는 얼굴이 나긋나긋한 것이 흔들리는 버드나무 잎들과 한데 어울리니 마치 한 폭의 그림 같았다.

젊은이가 붉은 입술을 열었다.

"좋은 날입니다."

젊은 거지가 말했다.

"소형제의 목소리가 참으로 청아하군요. 방금 그 시는 직접 지으신 것입니까?"

거지가 묻자 젊은이가 고개를 흔들며 말했다.

"제게 이런 문재(文才)가 있겠습니까? 왕유(王維)의 시 중 한 구절이랍니다. 마침 버드나무들의 모습이 보기 좋아 읊었지만, 이렇게 좋은 날에는 어울리지 않으니 부끄럽습니다."

왕유는 당대(唐代)의 시인이다. 젊은이가 읊은 부분은 '안서로 사신 가는 원이를 보내며'란 시의 한 구절인데 친구를 떠나보내는 아쉬움을 버드나무를 통해 노래한 것이다. 그러니 어울리지 않는다는 젊은이의 말이 사실이긴 했으나, 젊은이의 낭랑한 목소리가 돋보였으니 굳이 시인의 마음을 헤아리지 않는다면 제법 운치가 있었다.

거지가 비록 이제 이십대 중반에 불과했지만 여기저기 굴러먹으면서 사람을 보는 눈을 깨우쳤다 자부하고 있었는데, 지금 이 젊은이를 보니 옷차림은 수수하나 오히려 그 사람됨이 진실해 보여 호감이 일었다.

그러나 기도가 범상치 않고 허리춤에 한 자루 검이 달려 있으니 자연 무림인이라는 생각이 들자 젊은 거지의 마음속에 경계심이 일었다.

"소형제께서는 어디를 가는 길이오?"

호감과 경계심이 반쯤 섞인 투로 거지가 물어보니, 젊은이는 거지와 어깨를 나란히 하며 대답했다.

"천하에 발 가는 곳이 모두 길이라 하지 않습니까? 특별히 어디를 가려는 것은 아닙니다."

거지가 젊은이와 나란히 버드나무 길을 걸으며 이런저런 이야기를 하는데 마침 마음이 맞는 면이 많았다. 그렇다 해도 거지는 처음 만난 이라 말을 아꼈으니, 대화는 젊은이가 이끄는 편이었다.

여러 가지 세상 사는 이야기 중, 젊은이가 아무렇지도 않게 말했다.

"무림맹주, 모용강에 대해 어떻게 생각하십니까?"

"……"

거지는 바로 대답하지 않았다.

정교(貞敎)의 겁난 이후, 구파일방으로 대변되던 기존의 무림 권력 구도가 무너진 자리에 들어선 것이 바로 운룡검 모용강을 중심으로 한 새로운 무림맹(武林盟)이었다.

기존의 권력이 잘 규합된 정도인들의 것이었다면, 이 무림맹은 말 그대로 정사를 아우르는 모든 무림인들의 집합체였다. 맹주인 모용강은 그 출신을 묻지 않고, 오직 무력으로 사람을 판단하였으니 구파일방의 이름 아래 소외되었던 이들에게서 큰 지지를 불러일으켰다.

모용강은 새로운 무림맹의 맹주로 올라선 후, 정교의 겁난이 구파일방이라는 구체제를 무너뜨리기 위한 자신의 계책이었고, 그를 촉진시키기 위해 스스로 아버지인 모용천과 아들인 모용현을 내쳤음을 공표했다. 하나 구파일방이 독점하던 권력의 맛을 본 이들과 그들의 착취에 신음하던 이들은 모용강의 패륜을 오히려 썩어 문드러진 무림의 구체제를 뒤엎기 위한 하나의 결단이라 찬양하였다. 그를 욕하던 자들은 반드시 어디론가 사라졌으니, 사람들은 입을 다물거나 혹은 찬양하거나 두 가지 경우를 벗어나는 법이 없었다.

그런 민감한 주제를 입에 올렸으니 거지가 자연 긴장하였는데, 과연 이 젊은이가 아군인지 적군인지 판단할 수 없었기 때문이었다. 개인적인 호감이 그러한 판단의 기준이 될 수 없음을 거지는 잘 알고 있었다.

"일대의 효웅(梟雄)이지요."

거지가 대답하자 젊은이는 묘한 표정을 지으며 대답했다.

"저도 그렇게 생각합니다. 그는 참으로 대단한 사람이지요. 세상에 어느 누가 자신의 손으로 아비를 죽였다 하겠습니까?"

젊은이가 운을 뗐으나 거지는 섣불리 호응할 수 없었다. 천하가 평온하나 무림만큼은 그러지 못하니, 모용강은 그의 단단한 치세를 위협하는 이들을 결코 용납하지 않았다. 인간적으로 끌리는 상대를 의심하는 것은 서글프지만 생존을 위해서라면 어쩔 수 없는 일이다.

"범인(凡人)이라면 못할 일이지요. 역사는 그런 자를 위한 자리를 마련하지 않습니까?"

그런데 갑자기 젊은이가 안색을 바꾸며 언성을 높였다.

"그러면 역사의 안배를 받지 못한 범인(凡人)들은, 단지 그런 이유로 고통받아야 하는 겁니까? 사서가 영웅으로 기록한 자들을 위해서라야만 그들이 흘린 피가 가치있는 겁니까?"

웃던 젊은이의 얼굴에 노기가 서리니 그 변화가 급격했다. 유약하고 온화해 보이는 겉과 달리 젊은이의 성정이 불같은 면이 있어 거지가 놀라며 대답했다.

"그렇다고 이야기한 것은 아닙니다."

거지가 그리 얘기하고 또 한 번 놀랐으니, 젊은이의 얼굴이 금세 바뀌어 밝게 웃는 것이 아닌가? 거지가 세상의 밑바닥에서 이십여 년을 굴러먹으면서 많은 사람을 봐왔다고 자부했지만 눈앞의 이 젊은이처럼 표정의 변화가 잦은 사람이 없었다. 그러면서도 사람이 경망스럽게 느껴지지 않으니 신기한 일이었다.

젊은이는 밝게 웃으며 거지의 어깨를 두드렸다.

"알고 있습니다. 하하. 제가 멋대로 한 말이니까 마음에 담아두진 마십시오. 아, 벌써 길이 끝났군요!"

거지가 그 말을 듣고 앞을 보니 버드나무 길이 두 갈래로 나뉘어져 있었다. 거지가 말했다.

"저는 오른쪽으로 가야 합니다. 소형제께서는?"

젊은이가 포권의 예를 취하며 말했다.

"아쉽지만 여기서 헤어져야겠군요. 남(南) 형께서는 부디 조심하세요."

젊은이는 거지에게서 등을 돌렸다. 거지는 무엇에라도 홀린 듯 그 뒷모습을 바라보다가 퍼뜩 정신을 차리고 외쳤다.

"아니, 이보시오!"

젊은이도 그랬고, 거지 역시 자신의 이름을 밝힌 적이 없었다. 거지가 놀라 외쳤으나 젊은이는 대답하거나 돌아보지 않았다. 바람에 흩날리는 하얀 버들가지 사이로 젊은이의 호리호리한 뒷모습은 순식간에 사라졌다.

귀신에 홀렸는지 혹은 꿈을 꾼 것인지? 남종은 어깨에 걸친 타구봉으로 머리를 두드리며 길을 재촉했다.

2

구파는 몰락했으되, 개방의 힘은 건재했었다. 방주였던 벽수개의 실종으로 인해 개방은 정교와의 항쟁에 참여하지 않았던 것이다. 항쟁이 끝나갈 무렵, 벽수개가 나타났으나 전황이 이미 정파연합으로 기울어졌으니 사람들은 개방의 뒤늦은 참전을 용납하지 않았다.

그런 연유로, 구파일방 중 항쟁이 끝난 뒤에도 살아남을 수 있었던 것은 개방뿐이었다. 그러나 그 역시 오래가지는 않았다. 정파연합이라는 단체의 기존 골격에 사파 고수와 정교로부터 포섭된 고수들을 받아

들여 모용강을 맹주로 한 신 무림맹이 설립되면서 개방은 고립무원. 무림맹의 창설이 구파일방으로 대변되던 무림의 구세력을 타파하는 것이었으니, 청산의 대상으로 여겨졌던 구파일방 중 홀로 살아남은 개방을 가만히 놔둘 리 없었다.

방주인 벽수개가 죽고, 많은 장로들이 잡혀 죽거나 혹은 전향하니 천하의 개방이라도 정사가 결집된 무림맹의 힘 앞에서 무릎을 꿇고야 말았다. 포대 자루를 짊어진 거지는 무림맹의 각 지부로 잡혀가 곤욕을 치르니, 이제 중원에 거지는 많아도 개방의 제자를 보기는 힘들었다.

그 와중에 살아남은 남종은 벽수개의 진전을 고스란히 물려받았다. 그의 백 년 공력과 함께 타구봉법을 받았으니 이는 방주 직을 물려받은 것이나 마찬가지였다.

백성 없는 왕이 그렇듯이 제자 없는 방주도 구슬프다. 남종이 지금 개방의 방주로 신물인 타구봉을 들고 다니긴 하나 중원의 거지들이 모두 개방 제자의 신분을 버리고 평범한 거지로 돌아갔으니 무슨 소용이 있을까?

물론 남종은 애초에 개방의 제자도 아니었고, 방주 자리에 큰 욕심이 있던 것도 아니었으니 그러한 이유로 속을 끓이지는 않았다. 다만 그의 머릿속을 복잡하게 하는 것은 몰락한 방의 재건이라는, 벽수개가 남기고 간 숙제였다. 손버릇 나쁜 노인네에게 맞은 아픔은 남지 않아도, 그에게서 받은 정은 남아 젊은 거지의 마음을 아프게 한다. 남종에게 있어 벽수개는 아버지이자 스승이요, 동시에 친구였으니 그의 유지를 무시할 수 없었다.

낡은 사당은 금방이라도 무너질 것같이 위태로웠다. 남종은 하나의 경첩에 매달린 문짝을 밀고 들어갔다. 지붕이 뚫렸는지 비스듬히 빛줄기가 내리고, 그 안에 맴도는 먼지가 가득하다. 이제는 누구를 모셨는지도 알 수 없게 휑한 제단 옆으로 몇 개인가 사람의 형체가 보였다. 남종이 머리를 벅벅 긁으며 말했다.

"제가 많이 늦었습니까?"

"이제 다 모인 것이오."

대답한 자가 어둠 속에서 걸어나왔는데 이마에 한줄기 검상(劍傷)이 선명했다. 화산이 자랑하던 매향검(梅香劍) 왕민보(王玟寶)도 이제 삼십대 중반에 이르러 젊은 날의 영민함은 간데없고 얼굴에는 오직 피곤한 기색만 역력하다.

정교와의 오랜 항쟁을 거치며 구파의 힘은 현격히 줄어들었고, 핵심이라 할 수 있는 장문인 이하 장로급의 고수들 대부분은 목숨을 잃었다. 그런 상황에서 살아남은 제자들이 무엇을 할 수 있었겠는가? 소림이니 무당이니 하는 이름들은 모용강의 손에 불타 버리고 중원에서 자취를 감춘 것이다.

그러나 모든 일이 그렇듯 구파일방의 잔존 세력을 처리하는 과정에서도 허점이 있었다. 모용강은 빈틈이 없는 사람이지만 수하에게까지 그러한 철저함을 바라는 것은 무리였다. 모용강이 원한 것은 구파의 멸문이었지만 그 속에서 살아남은 이들이 분명히 존재하였고, 화산의 왕민보가 그러했다.

왕민보가 말했다.

"개방 방주까지 오셨으니 정리를 한번 해봅시다. 먼저 화산을 대표해서는 제가 왔고, 종남을 대표해 현재(賢材)와 위진(衛眞), 두 분이 오셨습니다. 그리고…….”

왕민보가 말꼬리를 흐리며 그림자가 진 곳으로 시선을 고정시켰다. 그러자 그로부터 한 젊은 중이 환한 가운데로 나오며 말했다.

"소림의 대우(大牛)라고 합니다."

대우라는 젊은 중은 이름답게 몸집이 크고 눈이 동그란 것이 꼭 소를 닮았다.

"대우 스님이셨군요."

왕민보가 말하자 대우는 고개를 설레설레 저으며 대답했다.

"대우는 아명입니다. 저는 법명(法名)을 받지 못했습니다."

왕민보가 그를 보니 잘해야 이제 스무 살이 되었을까 싶었다. 하긴 정교와의 항쟁에 전력을 쏟아 부은 소림이 개미 새끼, 풀 한 포기 남기지 않고 불타 사라진 것이 6년 전의 일이다. 대우라는 젊은 중은 그때 잘해야 열서너 살이었을 테니 법명을 받지 못했다는 말에 고개가 끄덕여졌다. 법명을 줄 스승이 모두 죽어 없었을 것이고, 그가 살아남은 것도 천운이었으리라.

"그럼……?"

"그냥 대우라고 편히 부르십시오. 저는 고아(孤兒)로 거두어들여진 몸이라 다른 이름도 없습니다."

남종이 보니 대우라는 젊은 중의 얼굴이 순해 이름과 잘 어울렸지만 방금 한 말을 들어 사문에 대한 애착이 컸음을 알 수 있었다. 애착이 클수록 상심도 큰 법이다.

이어 남종과 비슷한 연배의 청년이 앞으로 나섰다.

"청성의 육기환(陸琦環)입니다."

날카로운 눈매가 인상적인 청년은 청성파의 생존자였다. 육기환의 청성파는 정교에 희생당해, 모용강의 직접적인 공세에 멸망한 다른 이들과는 조금 다른 경우였다. 그러나 그 역시 모용강의 계략에 의함이니 원한과 증오는 남과 조금도 다르지 않았다.

거기에 개방의 남종을 더해, 모인 자들은 모두 다섯 문파를 대표하는 여섯 명이었다. 여기에 없는 이들은, 오지 않은 것이 아니라 오지 못한 것이다. 말 그대로의 멸문. 단 한 명의 제자도 남기지 않고 중원에서 그 맥이 끊겨 버린 것이다. 모용강의 원칙은 단 하나, 구파의 몰살(沒殺)이었다. 속가제자들의 경우 전향의 기회를 주었으나 각 문파에 몸을 담고 있던 직전제자들에게 주어진 선택지는 오직 하나, 죽음뿐이었다.

똑같은 생각이 모두의 머릿속을 지나간 듯, 입을 여는 이가 없었다. 구파일방의 위세는 간데없이, 이제 여섯 사람이 남아 쓰러져 가는 사당 안에서 남의 눈을 두려워하며 이야기하는 꼴이 서글펐으리라. 좌중의 분위기가 침울해지자 짝짝, 종남의 위진이 박수를 치며 말했다.

"너무 침울해져 있지 맙시다. 언제까지 이러고 있을 수만은 없잖아요. 사형, 안 그래요?"

살집이 올라 사람 좋아 보이는 현재가 고개를 끄덕였다. 왕민보가 그 모습을 보며 말했다.

"위진 도장의 말이 맞소. 우리가 모인 것은, 바로 작금의 어두운 현실을 타파하고 옛 영광을 돌리기 위함이니까."

사실 이곳에 모인 여섯 사람이 전부는 아니었다. 각각의 사문에는 그들 외의 생존자들이 있었고, 그중에서도 지난날의 영화와 원한을 잊지 못하는 이들이 있었다.

그들은 비록 무림맹의 서슬 퍼런 시선에 감히 고개를 들지 못하였으나 가슴속 결의를 잃지 않았고, 오랜 시간을 들여 하나의 세력으로 모이기 시작했다. 천천히, 아주 천천히. 그리고 세심하게.

지금 이 사당에 모인 여섯 사람은 그들의 대표 격으로, 무공이나 배분이라는 면에서 생존자들의 중심이었다. 왕민보가 다시 말했다.

"어쨌든 더 이상 거사를 미룰 순 없소. 남 방주가 입수한 정보에 의하면 무림맹의 본영에서 내려진 지시에 따라 맹원들이 지부를 이동하면서 공백이 생겨, 이곳 남창(南昌) 지부에 지부장인 이수병(李守倂) 외에 이렇다 할 고수가 없다고 하오. 그러나 언제 다시 충원될지 알 수 없으니 오늘이 적기라고 생각하오."

이수병은 죽은 삼음노괴의 세 제자 중 첫째로, 삼음노괴의 세 절기 중 청해원검(靑海原劍)을 익힌 고수였다. 이 자리에 모인 여섯 사람은 모두 혈로(血路)를 뚫고 살아남은 자들로 평범한 수준이 아니었지만 이수병 혼자라 해도 부담스러운 것이 현실이었다. 하나 그를 두려워하면 어찌 모용강을 치고, 구파의 옛 영광을 수복하겠는가?

"이수병은 내가 맡겠소."

왕민보가 나직이 말했고, 사람들은 고개를 끄덕였다. 여섯 사람, 아니, 구파의 생존자로 모용강에게 반기를 든 이들 중 무공 실력이 가장 뛰어난 것이 왕민보였다. 애초에 강호 후기지수들 중 첫째로 꼽히던 이였고, 흐르는 세월이 그에게 완숙함을 더하여 주었다. 더구나 그는 과거에 삼음노괴와 잠깐 겨루어본 일이 있었는데, 고하(高下)가 선명히 드러나긴 했어도 넘보지 못할 만큼은 아니었다. 삼음노괴의 제자라면 자신이 충분히 당해낼 만하리라.

이야기는 신속히 진행되었다. 오늘밤 당장 동원할 수 있는 인력은 사십여 명뿐이고 그중 고수라 할 만한 이가 여섯. 바로 여기 모인 이들 외에는 모두 중수에 미치지 못하는 이들뿐이다. 말 그대로 이란격석(以卵擊石)이지만 기회는 쉽사리 오지 않고, 온다 한들 위험을 동반하는 법이다. 강서성(江西省) 무림맹의 중심인 남창 지부를 치는 것이 성공한다면, 아직 이름도 없는 이들, 반(反) 무림맹의 기치가 중원에 나부낄 것이다. 그리고 그들은, 너무 오래 참아왔다.

다섯 사람의 얼굴에 확연한 결의를 보고, 남종이 입을 열었다.

"여러분에게 할 말이 있습니다."

"말씀하시오."

"소인이 입수한 정보는 확실하다고 자부하는 바이지만, 아무래도 석연치 않은 구석이 있습니다. 남창의 무림맹 지부는 강서성에서도 가장 핵심인 곳입니다. 그런 곳을, 아무리 인사이동 중의 공백이라지만 허술히 내버려 둘 것인가 하는 의심이 드는군요."

남종은 그리 말하며 오는 길에 만난 젊은이를 떠올렸다. 남종은 젊은이를 모르나, 젊은이는 남종을 알고 있었다. 그가 남기고 간 조심하라는 이야기는 단순한 인사였겠지만.

왕민보가 말했다.

"남 방주는 약한 소리를 하지 마시오. 행여 이것이 함정이라 한들, 우리는 돌파해 내야만 하오. 지금 우리의 전력으로 다른 약한 지부를 점령한들 무슨 소용이 있겠소? 우리의 존재를 저들에게 밝히는 것밖에 더 되겠소?"

"그거야 그렇지요."

남종이 힘없이 맞장구쳤다. 왕민보가 다시 말했다.

"지금 우리가 남창 지부를 쳐 거꾸러뜨릴 수 있다면 그 효과는 말할 수 없이 클 것이오. 지금의 무림맹이 제아무리 철옹성이라 해도, 그 안에 불만을 가진 이들이 없을 리 없소. 이번 거사가 성공하여, 남창 지부를 손에 넣을 수만 있으면 우리의 존재를 널리 알리고 그런 이들의 지지를 끌어올 수 있소. 약한 지부를 노리는 것은 좋지만, 그로 인해 저들에게 방비할 시간을 주게 되면 더 큰 지부를 노리기가 힘들어질 것이니, 소탐대실(小貪大失)의 과오를 저지르는 것이외다."

왕민보의 말 중에 틀린 말은 없었다. 그러나 논리로 따지기 힘든, 불길한 예감이 남종을 괴롭혔는데 가만히 듣고 있던 청성의 육기환이 입을 열었다.

"거사가 실패로 돌아갔을 때의 방책이 있습니까?"

왕민보가 딱 잘라 말했다.

"그런 것은 없소. 남창 지부가 강서성의 중심이지만, 각 성의 중심 지부들 중에서는 가장 약하다 할 것이오. 이 정도를 이기지 못하면 우리에게는 다른 방도가 없는 것이오. 살아남는다 한들 무슨 희망을 가지겠소? 실패한다면 모인 우리의 힘이 그것에 불과함을 인정하고, 그 자리에서 죽을 수밖에."

그러자 육기환이 포권의 예를 취하며 말했다.

"그것이야말로 제가 듣고 싶었던 말입니다. 이 육 모는 왕 형을 따르겠습니다."

왕민보의 결의는 시퍼렇게 날이 서 있었으니 이는 오랜 도피 생활에서 오는 궁핍함과 모용강에 대한 증오가 뭉친 숫돌에 잘 갈려진 한 자루 검이었다. 현재와 위진, 대우가 차례로 그에 대해 예를 표하니 남종도 덩달아 포권을 했다.

왕민보가 일일이 답례하고, 엄숙히 말했다.

"오늘밤 자시(子時)를 기해 거사를 실행합시다. 암행(暗行)이니만큼 모두 검은 옷으로 통일하고, 서로를 구별할 수 있도록 표시를 합시다."

그 외 세세한 사항을 합의하고, 왕민보가 말했다.

"이는 우리가 해야 할 수많은 일들 중 하나에 불과하지만, 선인들은 무엇이든 처음이 중요하다 하셨소. 첫걸음을 잘 떼도록 여러분은 돌아가서서 동도들에게 유의할 사항을 잘 숙지시켜야 할 것이오."

남종을 제외한 이들이 고개를 끄덕였다.

그에게는 개방의 잔존한 정보원이 있었지만, 그들을 전투에 끌어들일 수 없었다. 가만히 두어 정보를 얻는 것보다 전투에 투입하는 것이 훨씬 손해이기 때문이었고, 그들이 한 칼을 받아내는 인간 방패 이상의 구실을 할 수 없기 때문이었다. 개방 방주를 향한 그들의 충성심은 놀라운 것이었지만, 그럴수록 남종은 그들을 뻔히 보이는 죽음으로 몰아갈 수 없었다. 그런 면에서 남종은 개방이라는 거대 방파의 방주에 어울리지 않는 면이 많았다.

사실 그는 구파일방이라는 옛 영화와 관계가 없었다. 그가 떠올릴 수 있는 것은 벽수개에게 끌려 다니며 고생한 기억뿐이다. 명문정파의 사람이라는 자부심과 자신의 순탄한 앞길과 자랑스러운 사문을 부숴버린 모용강에 대한 증오로 점철되어 있는 왕민보나 육기환 같은 이들과는 근본적으로 다른 사람인 것이다.

역설적이게도, 그런 그는 홀로 방주였다. 왕민보나 육기환, 대우나 현재는 모두 생존자들 중 가장 배분이 높고 무공이 강했으나 마땅한 직위를 물려받지 못했다. 장문인이나 방장의 직위를 물려줄 사문의 어른들은 모두 죽어버린 것이다. 방주는 제자가 없고, 왕민보들은 직위가 없었다. 이 또한 비극이라면 비극이고, 모용강의 탓이라면 탓일 것이다.

"잊지 마시오. 자시입니다."

왕민보가 최종적으로 다짐을 해두었고 사람들은 고개를 끄덕였다. 남종은 어쩐지, 다른 이들처럼 확고한 결의를 자신의 눈에 담을 수 없었다.

3

달은 구름 뒤로 숨어 어두운 세상이었다. 선선한 밤공기에 풀벌레 소리가 가득하고, 무림맹 남창 지부를 둘러싼 살기는 짙다. 구파일방의 생존자들로 구성된 이들은 총 마흔두 명으로, 모두 야습에 걸맞게 검은 옷을 맞춰 입고 복면을 뒤집어써서 밤에 녹아들어 있었다.

본래 무림맹 남창 지부는 지부장인 이수병의 밑으로 일류고수 다섯 명이 상주하며, 그 외에 오십여 명의 맹원으로 구성되어 있었다. 그중 일류고수들이 각기 다른 지부와 교체되는 가운데, 일정이 엇갈려 지부에 한 사람도 남지 않는 공백기가 생긴 것인데 이를 포착한 것은 왕민보들에게 있어 천운(天運)이라 할 만한 것이었다.

왕민보는 다시금 주위를 둘러봤다. 살아남은 이들 중 그 겁난을 자신의 힘으로 헤쳐 나온 이가 얼마나 될 것인가? 아니, 이들 중 진정 처절한 싸움을 경험한 이가 얼마나 될 것인가? 아마도 지금 모인 마흔두 명 중 절반 이상은 사람을 베어본 일이 없을 것이다. 지금부터 쳐야 할 상대에 대한 증오가 살기로 뻗치는 만큼, 긴장하고 두려워하는 기색도 역력했다.

'후우······.'

왕민보는 속으로 한숨을 내쉬었다. 무작정 미워하고, 또 두려워하는 이들이 진정 구파일방의 직계라고 생각하니 안타까웠던 까닭이다. 검은 옷과 복면은 야습을 위해 불가피한 선택이었지만, 명문정파의 후예라는 자부심에는 커다란 상처를 남길 것이다. 하나 이 정도를 치욕이라 여긴다면 무슨 일을 도모할 것인가? 왕민보는 지금 이들을 이끄는 자신이 약해지면 안 된다는 생각에 마음을 다잡았다.

왕민보의 곁에는 남종, 현재, 위진, 육기환, 대우가 역시 검은 옷을 입고 서 있었다. 왕민보가 작은 목소리로 이야기했다.

"비록 저들에게 고수가 없다고 하나 잘 훈련된 자들이 우리보다 많으니 정면으로 부딪칠 것이 아니오. 무엇보다 저들의 사람은 끊임없지만 우리는 한 사람 한 사람이 소중하니, 여러분이 꼭 신경을 써야 할 것이외다."

눈으로 대답을 들은 왕민보가 다시 말했다.

"따라서 여러분은 무리하게 싸울 것이 아니라 각자의 역할에만 충실해야 할 것이오. 내가 그의 목을 벨 때까지만 버티면, 바로 우리의 승리요."

왕민보가 그리 말하며 남종을 보고, 남종은 꾹 다문 입으로 고개를 끄덕였다. 낙천적인 성격이 유일한 장점이라는 그도 긴장되긴 마찬가지였다.

일만 대군인들 장수를 잃은 자라면 두려워할 필요가 없다. 남창 지부의 일반 맹원들이 아무리 훈련이 잘되어 있다지만 그들을 지휘할 자가 없다면 주인을 잃은 검에 불과하다.

왕민보는 복면을 뒤집어썼다. 새삼 가슴이 뛰었다. 차례로 복면을 써 어둠 속으로 숨어드는 남종들 역시 그럴 것이다.

"반드시 성공합시다."

복면을 통과하면서 이지러지는 음성이 사람들이 가슴을 쳤다. 남종 정도의 고수가 왕민보와 함께 간다면 이수병을 쓰러뜨릴 가능성이 커지는 게 당연하지만, 그만큼 남아서 버틸 이들의 생존율이 떨어지는 것 또한 당연하다.

선택이 가혹한 만큼, 결의는 단호했다.

간단한 작전이었다. 육기환과 대우, 현재와 위진을 포함한 삼십 명을 일 조로 하여 야습을 감행, 시선을 끈 뒤 왕민보와 남종을 포함한 열두 명을 이 조로 하여 이수병을 치는 것이다. 이 조에 왕민보와 남종을 제하고도 열 명이 필요한 것은 이수병을 도우러 오는 자들을 막기 위함이다.

"으악!"

육기환의 검에 문지기들이 비명을 지르며 쓰러졌다. 명문검파로 이름을 날리던 청성의 이름이 부끄럽지 않은 깨끗한 한 수. 그 여운이 채 가시기 전에 소림의 대우가 달려들었다.

콰콰쾅!

몸집 큰 젊은 중의 쌍장이 무림맹 남창 지부의 굳건한 대문을 박살 냈다. 그 광경을 본 이들이 모두 혀를 내두르니, 대우의 장력이 보통이 아니었다.

땡땡땡땡!

긴급 상황을 알리는 타종이 남창 지부의 노곤한 밤을 깨웠다. 육기환과 현재의 눈에 만족스러움이 떠올랐다. 야습이라기엔 민망하리 만치 떠들썩했지만, 이들의 의도가 원래 무림맹원들의 주의를 끌기 위한 것이었으니 일단 첫 번째 계책은 성공한 셈이다. 육기환과 대우를 필두로 삼십 명의 일 조가 무림맹 남창 지부 안으로 뛰어들었다.

"……?"

기세 좋게 뛰어든 삼십 명의 걸음이 동시에 멈췄다. 남창 지부의 넓은 안마당에는 새하얀 옷을 입은 사내들이 일렬로 늘어서 있었다. 한 사람 한 사람에게서 피어오르는 기도가 실로 대단하여, 결코 일개 맹원의 수준이 아니었다. 사내들의 왼쪽 가슴에는 구름에 묻힌 한 마리 용이 수놓아져 있었다. 검은 복면을 뚫고, 현재의 중얼거림이 사람들의 가슴을 차갑게 파고들었다.

"백기단?"

이제는 모용세가가 아니라 무림맹을 대표하는 무력 집단이 된 오기(五旗) 중 하나, 백기단(白旗團)이라니? 낙양의 본영에 있어야 할 그들이 강서성 남창 지부에서, 그것도 자신들을 기다리기라도 한 듯 서 있는 모습이 시사하는 바는 단 하나뿐이다.

"속은 것인가!"

누구의 것인지 모를 비명이 밤하늘 높이 올라가고, 곧이어 육기환이 소리쳤다.

"모두 등을 맞대고 원진을 형성하시오!"

육기환의 말이 뜻하는 바가 무엇인지, 모르는 이가 없었다. 이미 뒤를 생각지 않겠다 다짐한 이들이다. 이 조를 믿고, 애초의 목표였던 이수병의 목을 딸 때까지 이곳에서 시간을 벌면 그것으로 족하다.

삼십 명의 원진을, 백기단과 남창 지부 맹원들이 다시 한 번 원진을 형성해 감싸 안았다. 육기환이 비장한 각오로 외쳤다.

"왕 형이 거사를 성공한다면 이 한목숨이 어찌 아까울까!"

"크하하하핫!"

육기환이 외치고, 칼칼한 웃음소리가 뒤를 이었다. 웃음소리에 내력이 충만해 듣는 이의 가슴을 떨리게 한다. 일 조의 삼십 명이 일제히 웃음소리가 나는 쪽으로 시선을 돌렸다.

무림맹 남창 지부의 본관(本館) 앞에 설치된 단상 위에, 장년의 사내가 올라서 있었다. 웃음을 그친 사내는 턱을 쳐들고 육기환들을 내려다봤는데, 허리에 한 자루 검을 차고 있었다. 그를 알아본 자가 황망히 내질렀다.

"이수병이다!"

그가 바로 무림맹 남창 지부장인 이수병이었다. 이수병이 말했다.

"천하가 평화로워 마땅한 출셋길이 보이지 않았는데, 네놈들이 제 발로 찾아오다니 이는 하늘이 나를 보위함이구나! 크하하하!"

쩌렁쩌렁 울리는 이수병의 목소리가 삼십 명의 가슴을 뒤흔들었다.

＊　　　＊　　　＊

뒤편 담을 넘어 남창 지부로 잠입한 이 조는, 지부장의 숙소로 쓰이는 별채에 들어섰다. 복층으로 지어진 별채는 전체가 이수병의 개인 관사인데 이층이 바로 침실이었다. 이수병은 독신이라, 넓은 공간을 홀로 쓴다 알려져 있었다.

과연 별다른 호위병이 있지 않아 별채로의 진입은 순조로웠다. 왕민보는 일의 진행이 너무나 순조로워, 어쩌면 이렇게 많은 인원을 동원하지 않아도 되지 않았을까 하는 생각이 들었다. 소수의 인원으로 족하지 않았을까?

땡땡땡땡!

정문 쪽에서 급한 상황을 알리는 종소리가 들려왔다. 일은 시작된 것이다. 왕민보는 열 사람을 각기 요소에 배치하고, 남종과 함께 이층으로 뛰어 올라갔다. 타종을 듣고 이수병도 깨어났으리라. 지체할 틈이 없었다.

퍽!

남종의 타구봉이 문을 부수고, 왕민보가 방 안으로 뛰어들었다.

챙! 챙!

날카로운 검들의 비명 소리! 왕민보는 방 밖으로 밀려났다. 남종이 놀라 보니, 방문이 부서져 활짝 열린 방 안에 다섯 명의 백의 사내가 각기 검을 들고 서 있는 것이 아닌가? 남종이 놀라 외쳤다.

"백기단인가!"

한 사람 한 사람의 무위가 강호 일류고수에 버금간다는 무림맹 오기 중 하나, 백기단이다. 그런 이가 다섯이니, 왕민보가 저지당해 물러난 것도 무리가 아니었다.

"하하하, 겨우 두 분인가?"

열린 창으로 마침 얼굴을 드러낸 달이 비추어 밝은 방 안에, 다섯 명의 백기단 뒤로 침상에 앉아 웃는 청년이 있었다. 이제 이십대 초반으로 보이는 준수한 청년의 흰옷에는 왼쪽 가슴에 한 마리 운룡(雲龍)만이 수놓아져 있는 여느 백기단원들과 달리, 오른쪽 가슴에 한 마리 백호(白虎)가 함께 수놓아져 있었다.

왕민보가 노하여 복면을 벗어 던지고 외쳤다.

"이수병은 어디 있느냐!"

가슴에 운룡과 백호를 담은 청년이 일어나며 말했다.

"그는 따로 할 일이 있다고 나갔소이다. 그보다 눈앞의 상대를 조심하는 쪽이 낫지 않을까 싶은데……."

청년이 여유로운 시선으로 왕민보와 남종을 훑어보았다.

"한쪽은 몰락한 화산의 기재, 한쪽은 이름뿐인 개방 방주. 우리 단원들을 시험하기에 이보다 좋은 상대가 없겠군. 이 다섯은 제가 나름대로 신경 써서 뽑은 이들이니 아무쪼록 최선을 다해주시오."

왕민보가 이를 갈며 말했다.

"자고로 수하 뒤에 숨어 나서지 않는 놈치고 제대로 된 놈이 없었다! 네놈은 누구냐?"

청년이 다시 웃으며 말했다.

"뭐 숨길 것이 있겠소? 나는 백기단주(白旗團主) 남궁선주(南宮鮮朱)외다. 내가 나서지 않는 것은 오히려 그대들에게 득이 되면 득이 되지, 나쁠 것이 없는데 왜 화를 자초하는지 알 수 없군. 차려입은 것은 쥐새끼인데 옛 기억에 취하여 아직도 자신을 범이라 여기는 건가?"

왕민보는 더 이상 말하지 않았다. 그의 신형이 쏜살같이 백기단주, 남궁선주를 향해 쏘아졌고 그 앞을 세 사람의 백기단원이 가로막았다.

"잔챙이는 비켜라!"

왕민보의 검이 움직이고, 허공에 수십 송이의 검화가 피어났다.

챙! 채챙!

놀랍게도 세 사람의 백기단원이 왕민보를 저지했다. 남종이 타구봉을 휘두르며 달려들자 두 자루 검이 번뜩인다. 좁은 실내가 순식간에 격전장으로 돌변했다.

여섯 자루의 검과 한 자루 죽장이 서로 엉키고, 다시 떨어지기를 반복하니 무인의 방답게 얼마 없는 세간들도 남아나질 않았다. 남종의 타구봉이 바닥을 쓰니 탁자가 다리를 잃고 쓰러지며, 왕민보의 일검이 의자를 열여섯 조각으로 나누어 버린다.

개개인의 무위를 따지자면 백기단원들이 왕민보와 남종에게 미치지 못하지만, 평소 훈련된 합벽의 정밀함과 호흡에 힘입어 다섯 명으로 두 사람과 동수를 이루고 있었다.

'이럴 수가!'

모용강의 손으로부터 달아나기를 육 년. 무림의 후기지수들 중 단연 뛰어나다는 옛 영광도 모두 잊고, 오직 검에 몰두해 온 세월이었다. 지금이라면 퇴불과 다시 겨루어봐도 되겠다는 생각이 들 정도였다.

그러나 지금, 세 사람의 백기단원을 상대로 고전을 면치 못하는 현실이 왕민보를 절망케 했다. 물론 지금 세 사람의 합벽을 단번에 뚫지 못한다 하여 저울로 단 것처럼 왕민보의 무위를 계량할 수 있는 것은 아니다. 하지만 구파일방의 옛 영광을 수복하겠다는 이들 중 가장 강한 두 사람이 겨우 다섯 명의 백기단원에 막혀 있으니 이 자리를 피한들 앞으로 어찌 거사를 도모할 것인가?

이는 남종 또한 마찬가지였으니, 그가 가진 타구봉법이 비록 초술의 오묘함은 천하 무공 중 으뜸이나 시전자에 따라 위력이 다를 수밖에 없다. 남종이 벽수개에게서 그의 백 년 내력을 전해 받고, 타구봉법을 전수받았으나 그때 그의 나이가 스물을 넘겼으니 자연 한계가 분명했다. 진기는 이리저리 흩어져 온전한 힘을 내지 못하고, 봉법은 정묘하나 경험이 부족했다. 물론 온전치 못한 진기와 타구봉법으로 남종이 왕민보와 어깨를 나란히 하는 고수의 대열에 올라선 것만으로도 대단하다 할 것이지만, 이런 상황에 처하고 보니 왜 평소에 좀 더 갈고닦아 두지 않았는지 후회막급이었다.

남궁선주는 팔짱을 끼고 지루한 싸움을 지켜보았다. 단원 중에서도 자신의 측근으로 무공이 특히 빼어난 다섯 명이지만, 역시 차이를 극복하기란 쉽지 않을 것이다. 시간이 갈수록 왕민보와 남종에게 밀리는 모습이 역력했다.

'내가 나서야겠군.'

남궁선주는 검을 뽑으며 생각했다. 이 임무는 번거롭기만 한 것이 아니었다. 철옹성 같은 무림맹의 권세 앞에 누구도 반기를 들지 않으니, 평화로운 시대에 두각을 나타내기란 쉬운 일이 아니다. 자체적으로 비무대회를 열어 자신과 같은 후기지수들이 이름을 날리기는 하나, 결국은 실적이 받쳐 줘야 한다.

그런 면에서 이 일에 자신과 백기단이 오게 된 것은 어쩌면 행운이라 할 수 있었다. 무림맹주인 모용강의 천하는 굳건하지만, 그가 죽은 뒤의 천하는 누구의 것도 아니다. 차지하는 것이 임자라면, 누구도 아닌 자신이어야 한다. 남궁선주는 야망이 있었고, 젊은 패기가 있었다. 그의 아버지, 창천검(蒼川劍) 남궁우현(南宮宇賢)이 모용강에게 고개를 숙인 것은 바로 그러한 미래를 그렸기 때문이다.

물론 그러한 야심이 꼭 남궁선주의 것만은 아니다. 지금 모용의 이름 아래 도사리고 있는 고수들은, 모두 마음으로 모용강에게 승복한 이들뿐이다. 그러나 모용강도 인간이니만큼 시간의 흐름에 순응할 수밖에 없으니, 그때가 되면 비록 본인이 아니라도 그 후예가 천하를 움켜

쥘 수 있다는 희망이 있었다.

그것은 모용강이 던진, 눈에 보이는 미끼였지만 사람들에게는 다른 선택이 없었다. 미끼를 물고, 낚이는 것을 정했다면 그들이 할 일은 최선을 다해 문 미끼를 먹는 것뿐. 자신의 후예, 혹은 자신의 핏줄의 것이 될지도 모르는 모용강의 무림맹을 강하게 만드는 것은 모두 그러한 욕망이었다. 그리하여 모용강의 천하는 뒷날을 노리는 자들에 의해 더욱 공고해진다.

그 속에서, 이번 임무를 성공리에 마친다면 남궁선주는 수많은 후보들 중 가장 먼저 앞서 갈 수 있을 것이다. 이들이 아니라면, 어떤 바보가 또 있어 모용강의 무림맹에 반기를 들 것인가? 이것이야말로 절대로 놓쳐서는 안 될 기회였다.

“……!”

형세가 슬슬 한쪽으로 기우는 싸움판에 끼려던 남궁선주가 몸을 획 돌렸다. 싸우고 있는 저들 외에 자신밖에 없어야 하는 이수병의 방에, 다른 자가 들어와 있는 것이다.

활짝 열린 창가에 기대서 있는 청초한 젊은이는, 달빛을 등져 그림자에 얼굴을 묻었다. 그러나 남종은 백기단의 검을 받아내면서도, 어두운 가운데 드러난 윤곽으로 그를 알 수 있었다.

왕유의 시를 노래하던, 속내를 알 수 없던 젊은이였다.

4

젊은이가 입을 열었다.

"남 형, 그러기에 조심하라는 주의를 드렸잖아요?"

챙! 챙!

백기단의 검은 누그러들지 않았으나, 남종은 어느 정도 여유를 찾았다. 왕민보 역시 기울어지는 승부의 추를 감지하고 냉정하게 검을 뿌려 백기단원들을 압박했다.

그러자 이제 초조해진 것은 남궁선주였다. 이쯤에서 자신이 가세해 두 사람을 처리해야 하는데, 알 수 없는 자가 나타났으니 자칫하다가는 기회를 놓칠 수 있었다. 더구나 말하는 품이 남종과 아는 사이라도 되는 듯하지 않은가?

남궁선주가 말했다.

"웬 놈이냐?"

그 말을 들은 젊은이가 남궁선주에게로 시선을 돌렸다. 그림자가 드리운 얼굴 위로 번뜩이는 안광이 놀라웠다. 남궁선주는 자신도 모르게 검을 들었다.

젊은이가 말했다.

"그렇게 물어본다면 할 말이 없는데……."

"으윽!"

젊은이가 흐리는 말꼬리를 물고 외마디 신음이 터져 나왔다. 허공에 한 송이 검화(劍花)가 피어나고, 꽃잎 하나하나가 붉게 물들어 흩어진다. 왕민보의 검이 기어이 한 사람의 백기단원을 쓰러뜨린 것이다.

"제길!"

그 모습을 보고 남궁선주가 아쉬움을 표했다. 너무 여유를 부렸던 것일까? 처음부터 자신이 합세했더라면 왕민보와 남종을 쉽게 죽였을 텐데, 아까운 한 사람의 단원을 잃었으니 명백한 실책이었다.

"차앗!"

남궁선주의 검이 번뜩이며 창가의 젊은이를 찔러 들어갔다. 더 이상 지체할 것이 없고, 불청객의 정체를 굳이 알 필요도 없다. 방해가 될 것 같다면 미리 없애는 것이 편한 방법이다.

남궁세가의 가전 절기, 창궁벽해검(蒼穹碧海劍)은 지금의 가주인 창천검 남궁우현의 손에 의해 완벽히 다듬어졌다. 무당이나 화산 등 검으로 이름을 날리던 구파가 몰락한 지금, 남궁의 이름 앞에 검을 드는 자는 적어도 무림맹 내에는 존재치 않았다. 남궁세가의 소가주이자 무림맹 백기단주인 남궁선주가 가진 검에 대한 자부심은 당연한 것이었다.

그러나 지금, 그 자부심에 한줄기 금이 선명히 그어졌다.

휘익!

남궁선주의 검이 허공을 가르고, 젊은이는 어느새 그의 뒤에 서 있었다.

'감히 내 검을 피하다니!'

남궁선주는 그대로 몸을 비틀어 검을 내려쳤다. 처음부터 하나의 초식이었던 듯, 직선으로 뻗어가던 남궁선주의 검이 유려한 곡선을 그리며 젊은이를 향했다.

챙!

어느새 젊은이의 손에 한 자루 검이 들려 있었다. 남궁선주는 속으로 쾌재를 불렀다. 그의 검은 세가의 보물 중 하나인 청흔(靑痕), 손꼽히는 보검이다. 평범한 검이라면 십 초를 견디지 못하고 이가 나갈 것이다.

챙! 챙!

공세가 이어지고, 젊은이의 검이 그를 막았다. 그러나 남궁선주는 곧 자신의 생각이 안일했음을 깨달았으니, 젊은이의 검이 청혼에 못지 않은 보검인지 몇 번의 검격을 당해내고도 멀쩡한 것이다.

"크윽!"

또 한 번 귀에 익은 신음 소리가 등 뒤로 들려왔다. 오 대 이로 동수를 이루었으니, 넷으로는 버티기 힘들 것이다. 애초에 남궁선주가 이들을 과소평가한 면이 있었다.

"쳇!"

더 이상 시간을 주고 싶지 않았다. 다섯의 수하로 충분하다고 장담한 것은 다름 아닌 자신이었으니, 실패한다면 이수병에게 비웃음을 살 게 뻔하다.

남궁선주의 보검 청혼의 검극에 푸른 기가 일어났다. 왕민보나, 방금 한 사람의 백기단원을 쓰러뜨린 남종도 그 모습을 보고 절로 감탄했으니 남궁선주가 과연 백기단주라는 자리에 어울리는 무위를 가지고 있음이 드러났다.

"조심하시오!"

남종이 타구봉을 휘두르며 외쳤다. 그러나 이제 자리가 바뀌어 달빛을 받아 아름다운 젊은이의 얼굴에는 여유로운 미소가 떠나지 않았다. 그런 젊은이의 태도가 불길에 기름을 부은 것처럼, 남궁선주의 적의를 부추겼다.

"차앗!"

남궁선주의 기합 소리와 함께, 그의 신형이 젊은이를 향했다. 검과 하나가 된 남궁선주의 몸은, 거대한 한 마리 용과 같은 기세였다. 창궁벽해검의 절초, 창룡출해(蒼龍出海)였다.

쉬익!

놀랍게도, 남궁선주의 손끝에 살을 베었다는 감각이 없었다. 푸른 기를 머금은 청흔은 허공을 가르고, 남궁선주는 오른발을 축으로 하여 몸을 한 바퀴 돌렸다. 죽음에 직면한 자의 본능적인 움직임이었다.

"네놈이……!"

왼팔에 피를 흘리며, 남궁선주가 이를 갈았다.

남궁선주가 이제 이십오 세에 불과하지만 명가의 후예로 어려서부터 힘든 수련을 하루라도 빠지는 법이 없었다. 그의 무위는 자신감과 비교적 어울리는 것으로, 무림맹의 동년배 중에서도 검으로는 그를 당할 자가 없었다. 그런 그의 창룡출해 일초가 적중하지 못하고 도리어 반격까지 당했다. 남궁세가의 소주(少主)로, 백기단주로 임명된 이래 이런 낭패를 당한 적이 없었다.

"아아, 이런."

그런데, 눈앞의 젊은이의 얼굴이 일그러졌다. 이목구비가 빼어나니 일그러진 얼굴마저 보기 좋았는데, 놀라운 것은 그것이 아니었다.

"……!"

왕민보와 남종, 세 사람의 백기단원은 그만 손을 멈추고 말았다. 왼팔의 상처에 얼굴을 찡그리는 남궁선주도 눈을 크게 뜨고, 젊은이를 바라보았다.

머리를 말아 올려 담은 주머니가 창룡출해의 검기에 쓸려 뜯어졌는지, 젊은이의 긴 머리가 가는 목을 감싸고 어깨 밑으로 내려왔다.

칠흑으로 빛나는 머리칼 위로 흰 달빛이 흘러내린다. 연지를 찍지 않아도 붉은 입술.

남궁선주가 놀라움을 담고 말했다.

"…여자?"

젊은이가 말했다.

"마음에 드는 색이었는데, 이제 어디서 다시 구한담?"

그리고 젊은이가 검을 들어 남궁선주에게로 달려들었다.

챙! 채앵!

우아하게, 때론 격렬하고 투박하게. 젊은이의 검은 일정한 형식을 가진 듯하면서도 그렇지 않아 종잡을 수 없었다. 뒤늦게 주인을 따르는 긴 머리카락이 풍기는 그윽한 향은 아득하기만 하다. 수직으로 그어지는 혈흔이, 결국 남궁선주의 가슴을 활짝 열어젖혔다.

털썩!

남궁선주의 시체가 피를 뿜으며 쓰러졌다. 젊은이는 이마로 흘러내리는 머리를 뒤로 넘기며 한쪽 소매에서 주황색 끈을 꺼내 뒷머리를 동여맸다. 월하가인(月下佳人), 달빛을 받은 모습이 실로 아름다운 여인이었다.

"당신은……."

여인이 뒤를 돌아보니 왕민보와 남종이 서 있고, 그 뒤로 백기단원의 시체가 바닥에 쓰러져 있었다. 여인이 활짝 웃으며 말했다.

"남 형, 오랜만이네요. 낮에도 봤지만 정식으로 인사하기는 처음이니까요. 하나도 변하지 않았군요?"

여인의 스스럼없는 태도에, 남종은 절로 친근감이 일었다. 육 년 전의 헤어짐을 바로 어제의 것처럼 만드는 소녀를 남종은 알고 있었다. 아니, 이제는 완연한 숙녀이다.

"금 낭자는 많이 변했군요."

금설옥이 웃으며 대답했다.

"그래서 알아보지 못했나요? 그래, 무어가 그리 변했나요?"

"키가 많이 크고, 훨씬 여자다워졌는데요?"

그러자 금설옥이 얼굴을 찡그리며 말했는데, 그 어조가 표정과 어울리지 않게 밝았다.

"어릴 때의 일을 들추어 여자를 난처하게 만드는 남자는 인기가 없답니다."

남종은 금설옥의 종잡을 수 없는 표정이 어디로부터 기인한 것인지 잘 알고 있었다. 그것은 정말 우스운 일이었다.

"금 낭자의 충고는 새겨들을 가치가 있군요."

"당신… 당신은?"

왕민보가 뭔가에 홀린 듯 더듬거렸다. 금설옥이 왕민보를 보고 다시 웃으며 인사했다.

"매향검께서는 소녀를 기억하나요? 아미 말학, 금설옥입니다."

물론 왕민보는 그녀를 기억하고 있었다. 단정 사태의 막내 제자로, 아미파 사절단 중 유일한 생존자였던 소녀는 고운 얼굴을 그대로 간직한 채 아름다운 처녀로 자라났다.

그러나 왕민보가 기억하는 것은 그것이 아니었다. 왕민보는 금설옥의 인사를 받으며 이야기했다.

"지금, 지금 금 낭자의 검은……?"

몰라서 물어보는 것이 아니었다. 왕민보는 방금 백기단주의 가슴을 가른 금설옥의 검을 너무나 잘 알고 있었다. 그것은 왕민보가 평생 잊지 못해, 꿈에서도 종종 나타나는 기풍을 가지고 있었다.

금설옥이 웃으며 말했다.

"매향검께서 무슨 말씀을 하시려는지 짐작이 갑니다만, 지금은 급한 일이 따로 있지 않나요?"

"아아!"

남종이 소리쳤고, 왕민보의 얼굴도 굳어졌다. 정문 쪽에서 싸우고 있는 일 조를 생각하면 여기에서 지체할 틈이 없었다. 백기단주가 있다는 것은 백기단 전체가 움직였다는 뜻이니, 삼십 명에 불과한 일 조가 얼마나 버틸 것인가? 더구나 그곳에는 이수병이 있으리라.

왕민보와 남종이 계단을 뛰어 내려가고, 금설옥이 뒤따랐다.

5

금설옥의 신법은 한줄기 청명한 바람과 같아 가벼우면서도 흔들림이 없었다. 출발이 늦었거늘 어느새 왕민보와 남종의 앞을 달리고 있었다.

깡! 까앙!

각종 병장기가 부딪치고, 사람의 비명 소리가 끊이질 않았다. 왕민보와 남종은 마음이 다급해졌다. 이럴 줄 알았다면 열 명의 인원을 굳이 차출할 필요가 없었을 텐데! 세 사람의 뒤를 따르는 이들에겐 미안한 이야기였지만, 그만큼의 피를 나눌 수 없었음이 아쉬웠다.

그와 함께 금설옥에 대한 원망이 일었다. 왜 좀 더 일찍 자신을 드러내지 않았을까? 그 역시 모용강의 손에 의해 멸망한 아미의 생존자이거늘, 처음부터 합세하지 않았던 것이 남종의 마음을 묵직하게 만들었다.

무림맹 오기(五旗)는 각각 흑(黑), 백(白), 적(赤), 청(靑), 자(紫)의 다섯 가지 색으로 나뉘어져 있다. 각 기는 단주 휘하 사십 명의 정예로 구성되어 있어, 한 사람 한 사람이 무림의 일류고수에 버금가는 무위를 자랑한다.

이수병의 개인 관사에 백기단주가 있어, 자신들의 존재를 알고 섬멸하러 왔다면 당연히 백기단 전체가 출동했다고 봐야 했다. 다섯 명의 백기단원이 그와 함께였으니, 본관 앞에서 일 조와 대치하고 있는 자들이 바로 나머지 삼십오 명의 백기단원일 것이다. 그와 함께 오십여 남창 지부원들과 이수병을 생각한다면, 삼십 명의 목숨은 경각에 달려 있다 해도 과언이 아니다.

"타앗!"

강한 기합 소리와 함께, 왕민보의 앞에 수십 송이의 검화가 피어오른다. 생각지도 못한 기습에 다섯 사람이 비명을 지르지도 못하고 쓰러졌다.

"뒤다! 뒤에서도 온다!"

백기단원들과 남창 지부원들로 구성된 포위망 한쪽이 뒤쪽으로부터의 일격에 무너졌다.

"조심해!"

"으아아악!"

동료를 걱정하는 경고와 덧없는 비명이 어두운 밤을 붉게 덧칠한다. 왕민보와 남종, 금설옥을 필두로 한 열세 명은 하나의 창처럼 강렬히 포위망을 뚫고 원진을 형성해 맞서고 있는 육기환들과 합류했다.

"왕 형, 무사하셨소?"

왕민보를 보고, 육기환이 대뜸 물었다. 얼굴에 온통 피칠갑을 했는데, 누구의 피인지 구분이 가지 않았다. 심한 부상을 입었으면서도, 이수병이 여기 있으니 그를 치러 간 왕민보들이 함정에 빠졌음을 알고 오히려 걱정했던 것이다.

왕민보가 말했다.

"피해가 어느 정도요?"

현재가 그들을 반기며 말했다.

"생각만큼 심각하진 않습니다. 지금까지는 백기단만이 덤벼들었습니다."

불행 중 다행으로, 육기환들의 피해는 크지 않았다. 사망자는 다섯 명 내외였다. 왕민보들이 당장 파악하기는 어려웠지만, 이는 남궁선주와 이수병 사이에 모종의 합의가 있었기 때문이다.

백기단이라 해도 처절한 싸움을 경험해 본 이가 드물었다. 원래부터 모용세가가 보유하고 있던 오기의 구성원들은 정교와의 항쟁 중 죽거나, 살아남은 이들은 무림맹의 각 지부에 차출되었기 때문이다. 지금의 오기를 구성하고 있는 단원들은 모두 이십대의 빼어난 후기지수들이었다.

남궁선주는 이번 임무가 자신의 기회이면서 곧 백기단의 기회라 생각했다. 백기단에 실전의 경험이 가해진다면 적, 청, 흑, 자 사기에 비해 한 걸음 앞서 갈 수 있다는 기대가 있었다.

남궁선주는 이수병에게 백기단만으로 야습을 해오려는 무리를 상대하겠다는 의사를 밝혔고, 이수병도 흔쾌히 받아들였다. 자신에게 실이 될 것은 없었다. 저 반도들을 처리하는 것이 어차피 자신과 남궁선주 공동의 이름으로 보고될 것이라면 굳이 휘하의 지부원들을 희생시킬 필요가 없다.

따라서 표면적으로는 팔십 대 삼십의 싸움이었지만, 실제로는 삼십오 대 삼십의 싸움이었다. 오십여 명의 무림맹 남창 지부원은 포위망만을 형성하고 실제 싸움에 가담하지 않았던 것이다.

그러나 이제 상황이 돌변했다. 십삼 명의 이 조가 일 조에 가세하였고, 그 과정에서 많은 동료를 잃은 남창 지부원들이 분노하며 싸움에 가담한 것이다.

"죽여라!"

"크아아악!"

깡! 까앙! 채챙!

"으아악!"

지키고자 하는 이들이 있고, 공을 세우고자 하는 이들이 있다. 빼앗긴 것을 되찾으려는 이들이 있고, 그저 죽이려는 이들도 있다. 그 모습을 삼 분의 이쯤 드러낸 달 아래, 성난 고함과 더운 피가 어둠과 범벅이 되어 그 모두를 찢어발긴다.

"하앗!"

"쿠엑!"

젊은 중의 근육이 꿈틀거릴 때마다 한 사람의 비명이 격렬한 소음에 더해진다. 누구는 머리가 터지고, 누구는 척추가 으스러졌다. 소림의 후예라는 대우의 신력은 무시무시했지만, 그 자신도 상처투성이로 검은 옷에 피가 잔뜩 스며들어 무겁기만 했다.

"에잇!"

"크윽!"

자신을 향해 찔러오는 백기단원의 검을 피하고, 곧바로 그를 베며 왕민보가 소리쳤다.

"이수병! 이수병은 어디 있느냐!"

"그는 포위망 바깥에 있소!"

위진이 악을 쓰며 대답했다. 그러지 않고서야 이 격전의 와중에 들릴 리 없다. 왕민보가 그를 듣고 다시 소리쳤다.

"이대로는 안 돼! 그를 쳐야 하오!"

"포위망을 뚫어야 하오!"

남종이 외치며, 타구봉을 휘두르자 두 자루 검이 허공으로 솟구쳤다. 무인의 생명과도 같은 검을 잃은 두 사람을 깨끗이 가르는 것은 길게 묶은 머리를 휘날리는 금설옥이었다.

"커흑!"

"으악!"

금설옥이 남종과 눈을 마주치고, 가볍게 웃어 보였다. 남종은 지난날 벽수개가 금설옥을 보고 천하에 다시없을 기재라고 탄식하던 기억을 떠올렸다. 그때는 자신에게 그러한 안목이 없었지만, 지금은 다르다. 물론 금설옥도 십오 세의 소녀가 아니었다. 벽수개가 본 금설옥은 측량할 수 없는 재능을 꼭꼭 감싸둔 소녀였지만, 지금 남종 앞에 선 금설옥은 이미 놀라운 한 사람의 고수였다. 육 년이라는 시간과 뛰어난 스승은 그녀의 재능을 한껏 개화시켰던 것이다.

"내가 가지요!"

금설옥이 그리 외치고, 허공으로 뛰었다. 이미 본 바 있지만, 그녀의 신법은 남다른 데가 있었다. 어두운 밤하늘로 날아오르는 뒷모습이 마치 하늘에서 내려온 천녀(天女)가 아닌가!

"하앗!"

금설옥은 도약과 동시에 한 사람의 이마를 밟고 다시 뛰어올랐다.

챙!

허공에 뜬 몸을 향해 찔러오는 창을 검으로 막고, 금설옥은 그 반발력으로 다시 한 번 도약했다. 그리고 다시, 이번에는 누군가의 어깨를 밟고 세 번째 도약. 짧은 소매와 긴 머리를 말며 두 바퀴를 돌아, 금설옥은 꽃잎이 내려앉듯 우아하게 땅으로 착지했다. 너무나 간단히 포위망을 빠져나온 것이다.

그런 그녀의 눈에, 단상 위에서 뒷짐을 지고 싸움을 내려다보는 장년의 사내가 들어왔다. 삼음노괴의 대제자, 청해원검이라는 절기를 십분 물려받은 이수병. 검을 쓰는 자라면 누구나 겨루어보고 싶은 자이다. 적어도, 방금 쓰러뜨린 남궁선주보다는 강할 것이다.

차차착!

포위망을 빠져나온 금설옥을 중심으로, 작은 포위망이 빠르게 형성된다. 왼쪽 가슴에 운룡을 수놓은 백의의 사내가 여섯. 이수병 한 사람을 상대하는 것보다 더 어려울지도 모른다.

"쉽게는 안 보내주겠다는 건가?"

금설옥은 미간을 찌푸리며 웃었다. 종종 얼굴 표정이 머릿속 생각과, 내뱉은 말과 상충하는 것은 금설옥 자신도 달갑지 않은 습관이었다. 이래서 근묵자흑(近墨者黑)이라 했고, 까마귀 노는 곳일랑 백로는 얼씬도 하지 말라는 것이다. 그러나 한 번 든 버릇은 좀처럼 고쳐질 줄을 몰랐다.

예리한 검기가 금설옥을 중심으로 큰 원을 그리고, 그를 따라 검풍(劍風)이 일었다. 그러나 백기단원들의 반응이 기민하여 포위망이 한순간 늘어났다. 과연 무림맹을 대표하는 무력 집단답게 베인 자가 없다. 묘한 오기가 일어, 금설옥이 여섯 중 하나를 골라 뛰어들었다.

챙!

그러나 금설옥의 검이 표적으로 삼은 백기단원이 아니라, 그 양옆 단원들의 교차된 검에 막혔다. 그 사이로 금설옥의 가슴을 노리는 것은 다름 아닌 표적의 검!

금설옥이 대경하여 몸을 빼니, 이번에는 다른 세 사람의 검이 그녀의 등을 찔렀다. 금설옥은 내력을 일으키고, 몸을 휙 돌리며 힘차게 검을 휘둘렀다.

까까깡!

금설옥을 포위한 여섯 백기단원의 눈이 커졌다. 믿을 수 없게도, 금설옥이 휘두른 일검이 세 사람의 공세를 무력화시킨 것이다. 두 사람의 검은 주인의 손을 떠나고, 개중 내력이 강한 한 사람이 놓치지 않은 것은 반 토막 난 검이었다. 호구가 찢겨 손잡이를 잡은 손이 피로 흥건했다.

칠 할은 금설옥의 무위였고, 삼 할은 보검의 예리함이었다. 옛 주인의 이름을 받은 검은 그만큼이나 강직했다.

금설옥의 검은 틈을 주지 않았고, 검을 놓친 두 명이 쓰러졌다. 여섯 명으로 이루어진 포위망은 이제 네 사람으로 줄어들었다.

"……!"

얼음장 같던 백기단원들의 얼굴에 당황하는 기색이 역력했다. 가냘 픈 여인의 몸에서 나올 것이라고는 도저히 상상할 수 없는 기도요, 무위였다.

호구에서 피를 흘리는 사내가 반 토막 난 검을 집어 던졌다. 금설옥은 날아오는 반 토막의 검을 가볍게 피하며 달려들었다.

쉐엑!

위에서 아래로 내려치는 검로는 단순하기 이를 데 없었다. 촌부의 도끼질이 그보다 못할 성싶지 않았으나, 그것은 보는 이의 안목에 따라 정밀한 무학의 요체를 담은 절초가 될 수도 있었다. 어느 쪽이든, 금설옥의 일검은 검을 집어 던진 백기단원의 머리를 쪼개놓았다.

쩌억!

사람의 머리가 어찌 수박을 썰 듯 저리도 쉽게 갈린단 말인가! 놀랄 겨를도 없이, 피를 머금은 금설옥의 검이 다음 차례의 희생자를 찾는다. 달이 가린 밤에, 희미하게 떠오르는 윤곽만으로도 금설옥의 아름다움은 능히 짐작할 수 있다. 입가에는 세상 무엇보다 화사한 미소를 머금고, 손에는 피에 젖은 보검을 든 그녀의 모습은 지극히 모순된 감정을 불러일으킨다.

"으아악!"

금설옥의 검은 사정을 두지 않았다. 목이 그어지고, 가슴이 갈리며 처녀의 발치에 세 구의 시체가 새로이 누웠다. 각자의 살길을 찾기 바빠 이 싸움을 본 이가 없었으나, 누군가 보았다면 금설옥의 압도적인 무위에 경악을 금치 못했을 것이다.

"하아."

가만히 서서 호흡을 고르는 금설옥의 등 뒤로 끈이 하나 땅으로 떨어지고, 까만 머리가 너울거리며 비단처럼 펼쳐졌다.

금설옥은 끈을 주우려 하지 않고, 고개를 돌려 이수병을 찾았다. 그러나 단상 위에는 그의 모습이 보이지 않았다.

'도망친 건가?'

금설옥이 주위를 둘러보는데 어디선가 날카로운 쇳소리가 들려왔다. 금설옥의 등 뒤에서가 아니라, 좀 더 먼 곳에서. 금설옥은 고개를 들었다.

눈앞에 있는 거대한 건물, 무림맹 남창 지부의 본관의 꼭대기, 지붕 위에서 아득한 밤하늘을 배경으로 두 개의 그림자가 검격을 교환하고 있었다. 경사진 면 위에 서 있으면서도 한 치의 흔들림이 없는 신형은 두 사람의 경지를 말하는 듯했다.

문득, 달이 구름 사이로 살며시 얼굴을 내비쳤다.

두 개의 그림자 중 한쪽이 달빛을 받아 모습을 드러냈다. 장년의 사내, 이수병이었다.

삼음노괴의 진전을 이어받은 대제자이며, 절기 청해원검을 극성으로 익힌 일류검객의 얼굴에 당혹감만이 가득하다. 금설옥은 이수병의 몸 곳곳에 생긴 상처와 그로부터 흘러나와 옷을 적신 피를 보았다.

그는 누구와 싸우고 있는 것인가?

달빛이 드러나, 그림자는 더욱 어두워진다. 거대한 건물을 가로지르는 어둠으로부터 검기가 폭포수처럼 쏟아지고, 이수병은 그를 막기에 급급하다.

달을 가린 구름이 다시 움직이고, 그림자도 그와 함께 움직인다. 어둠에 잠식되어 가는 달빛을 따라, 이수병도 검을 휘두르며 뒷걸음을 친다. 그것은 이미 검법이 아니라 살아남기 위한 몸부림이었다. 마치, 저 어둠에 먹히지 않으려는 것처럼. 하지만 이제 처마 끝까지 몰린 이수병에게는 더 이상 물러날 곳이 없었다.

금설옥은 가만히 서서, 그를 바라보았다. 감싸 안은 어둠을 찢고 튀어나오는 검은 눈으로 볼 수 있는 것이 아니었다. 달빛이 내리는 곳에도 그림자가 없는, 오직 그 남겨진 검기로만이 파악할 수 있는 쾌검. 금설옥은 자신의 눈을 의심하면서 안력을 돋우었다.

왕민보가 금설옥의 검로를 알아본 것처럼, 금설옥도 지붕 위에서 이수병을 핍박하는 검을 알고 있었다. 아니, 그것은 잊으려야 잊을 수 없었고, 미워하려 했지만 끝내 미워할 수 없었던. 지금 금설옥의 손에 들린 검이 밟아온 검로였다.

"으아아아악!"

이수병이 비명을 지르며 추락한다. 금설옥은 뛰었다.

푸컥.

좋지 않은 소리를 내며, 이수병의 목이 땅에 부딪쳐 생전에는 불가능한 방향으로 돌아갔다. 발치에 시체를 놓고, 금설옥이 고개를 들었다. 어둠 속에서 나와, 달을 등지고 시체를 내려다보는 두 눈과 시선이 마주쳤다.

"……."

늘어뜨린 긴 머리에 가려 얼굴이 보이지 않았다. 언뜻 사내로 보이는 몸이 달을 가려 드리운 그림자가 금설옥 위로 내려앉았다. 금설옥은 사내의 그림자에 묻혀, 다만 사내를 올려다볼 뿐이었다. 사내의 한쪽 눈동자가 기묘한 빛을 발하였다.

서서히 이동하는 구름의 그림자가 어느덧 사내를 덮었다. 거대한 어둠에 자신의 그림자를 잃어버린 사내는, 그대로 어둠에 스며들 듯 사라졌다.

"죽여! 죽여!"

까앙! 채챙!

"크아악!"

혈전의 소리가 아득하다. 금설옥은 못이라도 박힌 듯 그 자리에 서서, 사내가 있던 처마 끝을 올려다보았다. 구름은 완연히 달을 가려, 세상이 다시 어두워졌다. 어둠 속에서 사내의 잔상을 그리며, 금설옥이 중얼거렸다.

"…추… 대협?"

6

"아니, 그럴 리 없어."

금설옥이 중얼거렸다. 그일 리 없음을 누구보다 잘 알고 있는 그녀였다. 잘려진 머리와 목을 바느질하여 온전한 몸으로 만든 것이 그녀였고, 매장을 한 것도 그녀였다.

그러나 이수병을 벤 검은 분명 그의 것이었다. 어린 소녀의 눈앞에서 열 명의 사자와 열 명의 점창 문인을 벤 그의 검을, 금설옥은 결코 잊을 수 없다. 지붕 위의 사내가 구사한 쾌검은 바로 추신의 검이었다.

금설옥은 손 안의 검을 다시 봤다. 신병이기는 아닐지언정, 보검이라 칭할 만한 검들 중에서 중상(中上)은 갈 것이다. 바꿔 말하면 썩 좋은 검이긴 하지만 아주 귀한 검이랄 수는 없다는 말이다. 하지만 금설옥에게는 무엇과도 바꿀 수 없는 검이었다. 설사 천하와 바꾸자 해도 눈길 한 번 주지 않으리라.

'그렇다면 대체 누굴까?'

미칠 듯한 궁금증을 억누르고 금설옥은 싸움터로 돌아갔다. 이수병을 죽인 것으로 보아, 적어도 자신들에게 적대적이지는 않을 것이다. 아니, 그것보다는 지금의 무림맹에 반하는 자라는 것이 확실하다.

금설옥이 해야 할 것은, 구파의 생존자들과 함께 싸워 지금의 싸움을 승리로 이끄는 것이었다. 사내를 쫓는 것은, 적어도 그 다음의 일이다. 시간은 소녀를 여인으로 만들었고, 올곧은 마음에 바른 판단력을 더해주었다.

결말이 난 것은 그로부터 한 시진이 흐른 뒤였다. 백기단은 용감했으나, 이수병을 잃은 남창 지부원들은 전의를 상실했다. 구파일방의 생존자들은 벼랑 끝에 몰린 심정으로 싸웠고, 결국 승리했다.

"금 낭자가 아니었더라면 이길 수 없는 싸움이었습니다."

왕민보가 정중히 포권을 하며 고개를 숙였다. 금설옥은 두 손을 내저으며 그를 만류했다.

"그런 말씀은 마세요. 남 형은 아마 저를 원망하고 있을걸요?"

"그게 무슨······?"

"그 말이 맞습니다."

남종이 타구봉을 짚으며 두 사람에게 왔다. 피곤한 얼굴에는 피딱지가 눌어붙어 방금 전의 싸움이 얼마나 치열했는지 말하고 있었다.

"왕 형은 모르겠지만, 금 낭자와 저는 오늘 낮에 이미 한 번 만났죠. 그때 금 낭자는 자신의 정체를 밝히지 않고, 이들이 준비한 함정을 알고 있으면서도 조심하라는 한마디만을 남기고 사라졌습니다. 왜 그랬습니까? 금 낭자가 처음부터 우리와 함께였다면, 아니, 적어도 이들이 거짓 정보를 흘려 우리를 잡으려 한다는 것만이라도 알려주었더라면 몇 사람의 목숨을 더 구할 수 있지 않았습니까!'

보기 드물게 남종이 화를 냈다. 왕민보나 주위 사람들은 남종이 화를 내는 모습을 처음 보는지라 아무 말도 못하고 금설옥만을 바라봤다.

금설옥이 말했다.

"그것은 사과할게요. 분명 남 형과 처음 만나 아는 체를 하지 않은 것은 저의 장난기가 일었기 때문이에요. 하지만 조심하라는 말은 아무 뜻 없이 던져 본 말이었습니다. 정말이니 믿어주세요."

"그럼?"

"제가 사부님과 헤어져 홀로 강호에 나온 것이 오늘인데, 뭘 알고 말했겠어요? 오늘 여기에 온 것은 남 형을 미행했을 뿐이에요."

남종이 그 말을 믿고 고개를 끄덕이는데 왕민보가 끼어들었다.

"낭자의 아미파는 모용강의 손에 의해 멸문하였는데, 사부라 부르실 분이 생존해 계신단 말이오?"

그 말을 듣고 금설옥의 얼굴이 활짝 펴졌다. 그 모습이 화사해 부상을 입은 이들도 통증을 잃고 바라볼 정도였는데, 금설옥이 그를 깨닫고 금세 우울한 얼굴로 바꾸는 것이 아닌가? 사실 아미파의 이야기가 나왔을 때 이미 금설옥의 마음은 심장을 칼로 도려내는 것 같았다. 그러나 그녀의 표정이 마음과 따로 노는 버릇을 들여, 슬프면 웃고 즐거우면 우는 얼굴이 자연스럽게 나왔다. 다만 금설옥은 그것을 매우 싫어해, 의식적으로 둘을 일치시키기 위해 노력했으니 지금도 자신의 얼굴이 밝음을 알고 얼른 고친 것이다.

금설옥이 입을 열지 않자 왕민보가 다시 말했다.

"백기단주를 쓰러뜨린 낭자의 검은 분명 아미의 검법을 바탕으로 했으나 그 위에 더해진 기풍은 전혀 다른 것이오. 낭자의 지금 사부는 아미파 분이 아니지 않습니까?"

금설옥이 말했다.

"정확히 보셨어요. 아미는 멸문하여, 드러나지 않은 속가제자들 외에 남은 것이라고는 저뿐입니다. 제가 새롭게 모신 사부님은 아미와는 관계가 없는 분이세요."

"그렇다면……."

"예, 매향검께서 생각하시는 그분이 맞습니다."

왕민보는 더 물어보지 않고 입을 다물었다. 남종은 그 사부 밑에서 어엿한 고수로 성장한 금설옥을 보며 다시금 감회에 젖었다.

지난날, 눈 덮인 송림에서 당가의 추적자들로부터 금설옥을 구한 것은 바로 벽수개와 남종이었다. 아니, 남종은 당시 무공을 몰랐으니 구했다고 할 수 없지만.

어쨌든 벽수개와 남종은 큰 상처를 입어 정신을 잃은 금설옥을 데려갔고, 정신을 차린 그녀로부터 추신과 모용강에 대한 진실을 들었다. 그러나 진실이 언제나 환영받는 법이 아님을 벽수개는 잘 알고 있었다. 강호는 이미 모용강의 뜻대로 움직이고, 사람들은 누구나 자신이 아는 것이 진실이라 믿고 있었다. 아니, 믿고 싶어했다는 것이 더 정확한 표현이리라.

그 거대한 힘 앞에, 진실 하나로 맞서는 것이 얼마나 무모한 일인지 벽수개는 잘 알고 있었다. 그러나 그라고 뾰족한 수가 있는 것이 아니었으니, 그저 금설옥을 찾는 모용세가의 추적자들에게서 그녀를 보호하면서 정교와 정파무림의 항쟁을 지켜볼 뿐이었다.

항쟁이 끝나갈 무렵, 퇴불이 그들을 찾아왔다. 모용세가의 추적에서 벗어나고자 했던 노력이 퇴불의 이목마저 흐리게 하였지만, 어쨌든 그는 추신과의 약속을 절반은 지킨 셈이었다.

육 년 전 봄에, 퇴불은 금설옥을 데리고 그들을 떠났다.

남종이 말했다.

"그 아이는 찾았습니까?"

금설옥은 고개를 저었다. 지난 육 년, 퇴불과 금설옥은 모용현을 찾아 중원을 뒤지고 다녔다. 그러나 이 넓은 중원 대륙에, 어린아이 하나를 찾기란 쉬운 일이 아니었으니 하다못해 생사 여부만이라도 알았다면 이처럼 막막하지 않았을 것이다.

그러나 퇴불은 실망하는 법이 없었다. 육 년을 하루같이, 금설옥을 가르치며 모용현을 찾아 헤맸다. 지금도 여전히 찾고 있을 것이다.

왕민보가 말했다.

"그런데 이수병을 죽인 것은 누굽니까?"

"저도 잘 모르겠습니다. …아!"

금설옥은 탄성을 지르고, 왕민보와 남종이 의아해하며 물었다.

"짚이는 거라도 있습니까?"

"아니, 아니에요. 아닙니다."

금설옥은 고개를 저었지만 가슴이 뛰었다. 그래, 그 생각을 왜 못했을까?

그의 검은 간월십삼검(間越十三劍)이라 했다. 옛 주인의 이름을 받은, 지금은 금설옥의 것이 된 검이 원래 따르던 검로가 바로 그것이다. 무학에 미쳐 있다는 퇴불도 이름만을 들어봤을 뿐, 신경 쓰지 않았던

검법이다. 중원에 오직 하나, 간월검을 대대로 익히던 목가장이 사라
지면서 함께 사라졌던 무공이다.

중원천지에 오직 추신만이 쓰는 검이었다.

지붕 위의 사내가 쓴 검은 간월십삼검이었다. 그것만큼은 확실한 일
이다. 그것이 간월검이 아니라면, 내일의 태양은 서쪽에서 뜰 것이다.
그러나 추신은 죽었다. 그 수급과 시신을 수습하여 퇴불과 함께 땅
에 묻은 것이 바로 금설옥 자신이다.
목가장의 마지막 생존자였던 추신이 죽음으로, 간월검이라는 절세
의 검법도 그와 함께 사라졌다. 만에 하나, 그에게 전인(傳人)이 있다면
생각할 수 있는 이는 단 한 사람.

소녀가 그랬듯이, 이제는 청년으로 자라났을 소년.

금설옥이 왕민보와 남종에게 고개를 숙였다.
"급한 일이 생겼습니다. 인연이 닿으면 또 볼 수 있겠지요."
"……?"
무슨 말을 하는 건지 두 사람이 파악하기도 전에, 금설옥은 뒤도 돌
아보지 않고 뛰었다. 묶지 않아 물결인 듯 찰랑이는 머리가 어둠 속으
로 녹아들었다.

제2부 2장

자라지 않는 마음

1

반영효(潘令曉)는 쫓기고 있었다. 그러나 지금 자신이 왜 쫓기고 있는지, 누구에게 쫓기는 것인지는 알 수 없었다. 아니, 그런 것을 생각할 여유는 애초부터 없었다. 그저 자신의 목을 죄는 살기로부터 도망쳐야 한다는 생존 본능만이 그의 몸을 움직이고 있었다.

"헉, 헉헉!"

반영효는 골목을 돌아 담벼락에 기대어 섰다. 터질 듯한 심장이 두 다리를 잡아챈 것이다. 목덜미로 흐르는 땀방울이 차가운 밤공기와 만나 체온을 앗아간다.

"……!"

섬뜩한 느낌에 고개를 돌리니 골목 안 담벼락이 드리운 그림자 속에서 자신을 바라보는 날카로운 시선과 눈이 마주쳤다. 밑도 끝도 없는 적의에 온몸이 굳어진다.

반영효는 강서성에서 나름대로 한 자리를 차지하고 있는 삼박회(三博會)의 회주였다. 모용강의 천하에 한자리를 얻어, 강서성에서 삼박회의 위세가 높아졌고 회주인 반영효는 무림맹 여강(余江) 지부장이라는 감투도 썼다. 그 자신 역시, 어느 자리에 가도 결코 꿀리지 않는 무공 실력이라 자부해 왔다.

그럼에도 불구하고, 지금 그는 고양이 앞의 쥐처럼 공포에 질려 죽음을 기다리고 있었다.

"뭐냐! 네놈은 뭐냐!"

삼박회가 비록 정파는 아니나 사파 역시 아니다. 그저 자신들의 이익을 위해 뭉쳤으니, 작심을 하고 나쁜 짓을 한 기억은 없다. 다른 이들을 등쳐 먹었더라도 남들 다 하는 수준이고, 이렇게까지 원한을 살 정도로 몰아세운 적이 없었다. 무슨 일로, 누구에게 이러한 원한을 산 것인지 반영효는 알 길이 없었다.

대답 대신 돌아온 것은 화끈한 통증이었다. 살기에 굳었다고는 하나 평생을 단련해 온 몸뚱이가 채 반응할 틈도 없이, 아니, 반영효의 눈에 보이지도 않는 검이 어둠으로부터 나와 어둠으로 들어갔다.

"커헉……."

반영효의 흐려지는 시야에, 복잡한 색을 비추는 눈동자가 들어와 박혔다.

무림맹의 본영은 하남 낙양 근교에 자리를 잡고 있다. 좀 더 정확히 말하자면 과거 강성했던 맹산파가 있던 자리였다.

물론 맹산파는 멸문한 지 오래였다. 정교와의 항쟁에 희생된 장로와 문도들도 많았거니와, 남은 자들은 모용강과 그에 투신한 자들의 손아래 모두 죽음을 면치 못했다. 기존의 도장은 모두 불살라 사라지고, 그 위에 새롭게 무림맹 본영을 세운 것이다.

"실패했단 말인가?"

보고를 받는 장년인의 냉정한 얼굴이 더욱 무서웠다. 암천대(暗天隊)의 십일호는 고개를 들지 못하고 떨리는 음성을 추스르며 힘겹게 말했다.

"예, 그것이……."

"백기단을 전원 내려 보냈거늘 기껏 구파의 잔당 하나 제압하지 못하다니. 그들의 전력을 우리가 똑바로 파악하지 못한 탓인가?"

암천대의 책임을 추궁하는 말이었다. 암천대의 십일호는 눈앞의 장년인, 일인지하(一人之下) 만인지상(萬人之上)이라는 무림맹의 총사령(總司令) 담대진홍의 위엄에 눌려 차마 변명을 하지도 못하고 고개를 수그렸다.

십일호의 옆에 같이 무릎을 꿇고 있는 팔호가 대신 입을 열었다.

"조사는 정확했습니다만 변수가 존재했습니다."

"변수?"

담대진홍은 냉정하고, 완벽한 것을 좋아하는 사람이다. 그런 점은 맹주인 모용강과 닮아 있었다. 충실한 수하답게 주인의 많은 부분을 따랐는데, 변명을 싫어하는 것도 역시 그러했다.

물론 팔호도 그를 잘 알고 있었다.

"예. 그것은 소인이 조사 중이던 사항과 맞물려 있습니다."

담대진홍의 눈이 빛났다. 팔호가 조사 중이던 것은 최근 강서성에서 일어나는 연쇄 살인이다. 이달 들어서만 벌써 세 군데 지부의 지부장들이 살해되었던 것이다.

"말해 보라."

팔호가 자리에서 일어나 벽으로 갔다. 벽에는 보통 사람의 키보다 큰 중원 지도가 걸려 있었는데 매우 상세하였다. 이렇게 상세한 지도라면 이미 소유하는 것만으로 역심(逆心)을 품었다 하여 잡혀가도 할 말이 없을 것이다.

팔호가 손으로 지도를 짚어가며 이야기하기 시작했다.

"처음 의춘(宜春) 지부의 상규하(尙圭河) 지부장이 죽었을 때가 지난 삼월 십팔 일입니다. 그리고 오 일 후, 상고(上高) 지부의 왕여번(王麗繁) 지부장이 죽었습니다. 소인이 명을 받아 그 일을 조사하기 위해 강서로 내려간 계기가 바로 그 사건이었습니다."

그것은 담대진홍도 익히 알고 있는 사항이었다. 팔호가 다시 입을 열었다.

"그리고 소인이 상고에 도착하였을 때, 세 번째 살인이 일어났습니다. 피해자는 고안(高安) 지부의 여몽진(呂夢陳) 지부장이고, 날짜는 삼월 이십구 일입니다."

"으음."

담대진홍이 고개를 끄덕였다. 대충 그림이 그려진다. 팔호의 손이 관도를 따라 위로 올라, 남창을 가리켰다.

"그리고 일주일 뒤, 사월 오 일 남창 지부장인 이수병 지부장이 죽었습니다. 그날이 바로 구파일방의 잔당들에게 남창 지부가 넘어가게 된 날이기도 합니다."

"그렇다면 그전의 살행(殺行)도 그놈들과 관계가 있단 말인가?"

"그럴 가능성은 매우 적습니다. 그들은 이전부터 남창 지부를 주시해 왔고, 그곳을 치기 위해 역량을 결집하고 있었으니 의춘이나 상고

등의 작은 지부에 대해서는 신경을 쓸 여력이 없었을 겁니다. 더구나
살해당한 이들은 모두 일개 지부의 수장을 맡고 있을 만큼의 고수인데,
제가 시신을 살펴본 바로는 모두 일검에 당하였습니다. 막거나 반항할
틈도 없이 말입니다."

"정확히 보았는가?"

"예."

팔호의 확신에 찬 대답을 듣고 담대진홍은 오른손으로 관자놀이를
주물렀다. 오랜 시간 그를 괴롭혀 온 두통이었다.

팔호의 보고가 계속됐다.

"현재 구파일방의 잔당들 중 가장 뛰어난 고수를 꼽으라면 단연 옛
화산의 매향검 왕민보입니다. 그러나 지부장급의 고수를 일검에 죽이
기란 그 정도의 무위로는 힘든 일입니다."

담대진홍이 고개를 끄덕였다. 팔호의 말처럼, 왕민보에게 그럴 만한
능력이 있다고는 생각할 수 없었다.

"변수는 두 사람입니다."

"두 사람?"

담대진홍이 재차 묻자, 고개를 숙이고 있던 십일호가 말했다.

"백기단주와 이수병의 준비는 철저했습니다만, 두 사람이 그를 망쳐
놓은 것입니다."

"팔호가 조사한 자와 별도의 인물이 또 있다는 것인가?"

십일호가 머리를 조아리며 말했다.

"예. 백기단주를 죽인 것은 한 젊은 여자였습니다."

"여자?"

"예. 이십대 초반으로 보이는 젊은 여자였습니다."

"백기단주가 여자에게 죽었다?"

"검과 검의 일 대 일 승부에서 졌습니다."

십일호는 자신의 탓으로 죽기라도 한 듯 머리를 들지 못했다.

담대진홍은 남궁선주를 생각했다. 경솔한 면이 있지만 그의 나이를 생각하면 크게 나무랄 일도 아니다. 검을 잘 써, 그 아비인 남궁우현의 기대가 컸다. 담대진홍의 눈에도 그만하면 동년배 중에서는 그 이상 가는 자가 있을까 싶을 정도였다.

그런데 그런 남궁선주가 알려지지 않은 여자에게 죽었다는 것은 생각해 볼 일이다. 담대진홍은 아까운 이를 잃었다며 혀를 찼다. 동시에 남궁세가의 가주, 남궁우현이 떠올랐다. 정교와의 항쟁에서 두 명의 아들을 잃은 자이다. 때문에 포섭하기가 힘들었지만, 일단 모용강을 따르기로 결심한 후로는 누구보다 충성을 다한 자였다.

그러나 그 충성은 그의 아들, 남궁선주를 위한 안배나 다름없었다. 후사가 없는 모용강이 내세운 조건, 다음 세상의 주인은 정해지지 않았다는 한 문장을 담보로 한 충성이다. 하나 그를 이뤄줄 하나 남은 자식이 비명횡사했으니 무림맹, 모용강을 향한 남궁세가의 충심이 어찌 될 것인지. 사실 이 일에 백기단을 투입한 것은 담대진홍의 입김이 있었기 때문이다. 당장 팽가의 둘째가 맡은 적기단이나, 신산 제갈찬의 장남이 있는 흑기단을 물리치고 백기단을 내세운 것은 공을 세워보라는 의미에서였다. 담대진홍은 남궁선주의 패기를 좋아했다.

담대진홍이 생각을 멈추고, 다시 물었다. 입맛이 쓰다.

"그리고 이수병을 죽인 것은 다른 자다?"

팔호가 말했다.

"예. 이 지부장을 죽인 자는 이전 세 지부의 살인자와 일치합니다."

“그들은 구파일방의 잔당과는 관계가 없다는 건가?”

십일호가 다시 말했다.

“애초에 소인이 파악한 잔당들의 전력에는 포함되어 있지 않았습니다. 백기단주를 죽인 여자는 매향검이나 개방 방주와 아는 사이였던 것 같은데, 이전부터 함께했던 사이는 결코 아니었습니다. 십오호가 저와 교대하여 칠호와 함께 그녀를 쫓고 있습니다.”

담대진홍은 검지와 중지를 합쳐 관자놀이를 문지르며 생각해 보았다. 과연 저 남궁선주를 죽일 수 있는 여자가 누구란 말인가? 현 무림맹의 수뇌 중에서도 여자는 금편선자 양정문이 유일하다. 그만큼 여자의 몸으로 고수의 반열에 오른 이가 드물어, 일 대 일의 대결에서 남궁선주를 이길 정도라면 자신이 모를 리 없었다. 하지만 머릿속으로 하나하나 셈을 해보는데 도무지 맞는 패가 없다.

담대진홍은 다른 이야기를 했다.

“이수병을 죽인 자는 어찌 되었나?”

팔호가 대답했다.

“놓쳤습니다.”

“놓쳤다?”

담대진홍의 말꼬리가 올라갔다. 질책이 아니라 의외라는 뜻이다. 지금의 암천대는 무림맹이 세워지고, 모용강이 무림맹주로 우뚝 선 이후 구성된 집단이다. 이제는 총사령인 자신의 직속 기관인만큼 그들의 능력을 누구보다 잘 알고 있는 담대진홍이었다.

“분명 그 일로 세 명의 상위 번호를 투입했다 알고 있는데?”

“예. 저와 십이호, 십사호가 있었지만 이 지부장을 죽인 홍수의 행방을 찾을 수 없었습니다.”

가감없는 사실의 보고였다. 암천대 상위 번호 세 사람의 이목을 속이고 사라졌다면 그의 은신술이 세 사람을 능가하거나 혹은 가공할 고수라야 할 것이다.

"현재 저와 교대한 이십일호를 포함하여 세 명이 그의 흔적을 쫓고 있으니 곧 파악될 것입니다."

"물러가라."

결과적으로는 알아낸 것이 아무것도 없었다. 담대진홍은 암천대의 두 사람을 물리고 눈을 감았다. 다시 한 번 고질적인 두통이 엄습해 온다. 언제부터 시작되었는지 모를 두통은, 근래 들어 횟수가 잦아졌다.

"으음……."

구파일방의 잔당들이 아직까지 남아 있음은 크게 놀랄 일이 아니었다. 오히려 그들이 어서 나서주기만을 기다려 왔다. 일일이 찾아다닐 수야 없는 노릇이고, 그 외에도 나름대로 중요한 사안들이 산적해 있었으니까.

그러나 이처럼 드러난 때에, 그것도 모든 것을 파악해 놓은 상태에서 제압하지 못했음은 뼈저린 실수였다. 특히 백기단을 지목해 보낸 것이 바로 담대진홍 자신이었으니, 맹주에게 얼굴을 들고 보고하기가 힘들었다.

'변수가 둘이나?'

대국에 영향을 끼치는 모든 요소를 파악하고 있을 때 담대진홍은 비로소 안심할 수 있었다. 모용강의 천하를 구상하였을 때 그가 들인 심력(心力)은 실로 어마어마한 것이었으며, 그가 예측하지 못하거나 파악하지 못한 사항들 중 판세를 뒤엎을 만한 것은 없었다.

그것은 모용강의 천하가 이루어진 후에도 마찬가지로, 아니, 더욱더

공고해졌다. 사실 남창 지부가 함락당한 것은 크게 신경 쓸 일이 아니다. 저들의 전력이 예상외로 강하였다면 충분히 가능한 일이다. 정보란 항상 신뢰할 수 있는 것이 아니니 그 정도의 오차는 언제라도 발생할 수 있다.

그러나 애초에 알지 못한 요소가 끼어들어 일이 뒤틀린 것은 매우 거슬리는 일이다. 말의 수가 제한된 장기판에 말이 더해졌다면 그것은 더 이상 장기라고 할 수 없다. 그리 되면 새로운 판이 아니라, 아예 새로운 놀이를 고안해야 하는 것이다.

오십 줄에 접어든 담대진홍의 눈가에는 주름이 가득했다.

2

무림맹 지부장만을 노리는 살인귀가 등장했다는 소문은 삽시간에 중원 전역으로 퍼졌다. 무림맹 본영에서는 각 지부장에게 개별적으로 조심하고, 항상 혼자 있지 말라는 지침을 내렸을 뿐 별다른 조치를 취하지 않았다. 특히 그 살행(殺行)이 관도를 타고 북상하고 있음이 밝혀져, 안휘성의 지부장들은 해가 지면 감히 문밖출입을 하지 못하는 상태에 이르렀다.

왕민보와 남종이 이끄는 반 무림맹—이제는 이름을 바꾼 정파연합—은 남창 지부를 그들의 근거지로 삼고 정식으로 무림맹에 맞서 중원에 정의(正義)를 수복하겠다는 뜻을 밝혔다. 때를 맞췄는지는 몰라도 강서성의 다른 무림맹 지부들이 지부장의 죽음으로 인해 혼란스러운 시기라,

당장 그들이 견제당할 일은 없어 보였다. 이는 무림맹 본영에서도 마찬가지로, 딱히 그들에 대한 의견을 표명하지 않은 채 시간은 흘러갔다.

이름도 없는 살인마의 행각은 그날 이후 여강과 경덕진(景德鎭)을 끝으로 자취를 감추었다. 한 달이라는 시간이 흐른 지금은 모두 그를 잊은 듯, 세간의 관심은 온통 강서성을 중심으로 새로운 세력을 구축해 나가는 정파연합에 쏠려 있었다.

금설옥은 안휘성 합비(合肥)에 당도해 있었다. 확신할 수는 없었지만, 지금은 잊혀진 살인자의 수법이 간월검이라는 것을 보아 그는 모용현일 가능성이 컸다. 아니, 그 외에는 누구도 생각할 수 없었다.

이곳 합비는 무림맹의 안휘성 중추지부가 있는 곳으로 지부장은 삼음노괴의 두 번째 제자인 양당국(梁堂菊)이다. 자신이 모용현이라면 잠잠해질 것을 기다려 그를 직접 노릴 것이라 금설옥은 생각했다. 그 정도의 거물이 아닌 이들을 노리는 것은 강서성으로 충분했을 것이다.

금설옥은 모용현을 생각했다. 추신의 부탁으로 그녀가 살려야 했던 아이. 퇴불과 함께 그를 찾아 헤맨 육 년의 세월. 그동안 금설옥은 끊임없이 추신을 생각하고, 모용현을 생각했다.

어느 때에는 그를 이해할 수 있었다. 모용현은 힘없는 어린아이에 불과했고, 그에게 있어 살아남을 수 있는 최선의 선택을 한 것뿐이다. 만약 금설옥이 그와 같은 상황에 처했더라면 다른 길을 택하였겠지만, 타인에게까지 자신의 기준을 강요할 수는 없다. 누구도 같은 사람은 없다.

그러나 그러다가도, 금설옥은 소년을 미칠 듯이 증오하는 자신을 발

견했다. 모용현이 내린 판단에 희생된 자들의 수는 몇 사람의 손으로
도 꼽기 힘들 정도이다. 더구나 그것은 소년 자신이 아니라 추신이라
는 사내를 빌어 이루어낸 결과였다.

금설옥은 육 년간 퇴불에게서 무공과 못된 습관을 배웠다. 퇴불의,
이제는 금설옥의 새로운 사문은 이름을 가지지 않았다. 일인전승(一人
傳承)의 한 가지 법도만이 있을 뿐인, 퇴불만큼이나 특이한 문파였다.

금설옥은 퇴불에게 무공을 배우며 추신을 생각했다. 사실 두 사제가
어느 한곳에 머무르지 않고 모용현을 찾아 중원을 떠돌아다닌 것이 바
로 추신의 유언 때문이었으니 그의 생각을 하지 않으려야 않을 수 없
었다.

금설옥은 오랜 시간을 두고 추신을 생각했다. 그녀가 기억하는 추신
의 말 한마디, 그의 행적 하나하나를 찬찬히 되짚어가며 여정의 지루함
을 잊었다.

모든 일이 그렇듯, 지나간 뒤에 돌아보는 것은 괴로운 일이다. 당시
에는 보이지 않았던 자신의 과오가 어느 정도 마음의 중심을 잡게 된
때에는 선명하게 떠오르기 때문이다. 금설옥 역시 그랬다. 왜 그때 좀
더 깊이 생각하지 못했을까. 왜 좀 더 넓게 보지 못했을까. 어린 소년
만을 탓하기란 비겁한 일이다. 소녀 역시 그의 죽음에 연관된 자들 중
하나였으니까.

그래도 금설옥은 모용현에 대한 미움을 어쩌지 못했다.

금설옥은 아직도 추신이 자신에게 그의 검―추신―을 맡긴 까닭을
알 수 없었다. 처음에는 그의 검으로 모용현을 지켜달라는 뜻이 아닐
까 싶었지만 그것은 아니었다. 적어도 금설옥이 아는 추신이라는 자는,
그런 생각을 할 자가 아니었다. 그녀는 추신이 모용현에게 그의 가전

절기라는 간월검을 전승하는 광경을 지켜본 바 있었다. 무공의 전수가 아니라 고승의 선문답에 더 가까운 일이었지만. 그렇다면 오히려 추신은 금설옥이 아니라 모용현의 손에 들려야 했다. 그것이 좀 더 자연스러운 일이 아니었을까?

이러한 의문들은 추신의 기억에 생명을 부여했다. 금설옥은 추신을 생각하고, 또 생각하며 모용현을 기다렸다.

"저, 손님."

"예?"

생각에 잠겨 있던 금설옥이 놀라며 퍼뜩 정신을 차렸다. 점소이가 난처한 얼굴로 말을 건 것이다.

"죄송합니다만, 자리가 없어 그러는데 다른 분과 동석을 해도 괜찮으시겠습니까?"

"아, 예. 상관없어요."

주위를 둘러보니 한창 점심때라 자리가 다들 꽉 차 있다. 사실 금설옥은 식사를 마친 지 오래되었지만 마땅히 갈 곳이 없어 가만히 시간을 죽이고 있었으니 그만 나가라 해도 할 말이 없는 입장이다. 점소이가 머뭇거린 것은 아무래도 자신이 무림인이기 때문일 것이다.

금설옥이 가만히 있으니 점소이가 한 사람을 자리로 데려왔다. 이제 금설옥의 또래로 보이는 훤칠한 청년이다. 허리에 한 자루 검을 찼으니 무림인인 듯한데, 자신의 자리로 데려온 것이 이해가 가는 대목이었다. 청년이 웃으며 말했다.

"결례를 받아주셔서 감사합니다."

"아닙니다. 앉으세요."

금설옥은 청년으로부터 주문을 받고 가는 점소이를 잡았다. 빈 그릇을 치우고, 차를 한 잔 더 갖다달라는 주문을 한 뒤 금설옥은 다시 생각에 잠겼다. 새로운 도시에 왔지만 볼 만한 곳은 이미 돌아다닌 터라 낮 동안 마땅히 할 것이 없던 탓이다.

점소이가 곧 청년이 주문한 식사를 가져왔는데, 죽엽청과 두 개의 잔을 함께 가져오는 것이다. 청년이 서글서글하게 웃으며 술을 한 잔 권했다.

"이것도 인연인데, 제가 술을 한잔 사겠습니다. 받으시죠."

금설옥도 마침 지루한 터라, 사양하지 않고 술잔을 받아 들었다. 청년의 웃는 얼굴이 나쁘지 않았다.

청년이 말했다.

"저는 당정견(唐正見)이라고 합니다."

그러자 금설옥의 태도가 급변했다. 잠깐이나마 품었던 호감이 싹 가시는데 청년이 그를 알고 당황해하며 말했다.

"제가 뭔가 실수라도 했습니까?"

금설옥이 그 모습을 보고 웃으며 대답했다.

"아니요, 그렇지 않아요. 다만 당(唐)이라는 성을 가진 사람을 저는 아주 싫어합니다. 그대의 탓이 아니니 걱정하지 마세요."

그러자 당정견이라는 청년 역시 웃으며 말했다.

"하하, 그것은 참으로 우연의 일치로군요. 실은 제가 제일 싫어하는 사람도 당씨 성을 가졌거든요?"

당정견은 한 번의 젓가락질과 한마디 말에도 기품이 있어 귀한 집 자식임을 대번에 알아볼 수 있었다. 하지만 그러한 기색을 겉으로 드러내지 않으며 대화에 있어서도 상대를 배려하는 여유가 있으니 금설옥이 자연 호감을 가지며 대답했다.

"그런가요? 그것참 공교로운 일이군요."

금설옥의 목소리와 얼굴이 한결 너그러워지자 당정견이 기꺼워하며 술잔을 들었다.

"우리에게 미움을 받는 두 당씨를 위하여 건배!"

청년은 묘하게 사람을 끌어당기는 힘이 있었다. 금설옥은 자신도 모르게 잔을 들어 당정견에게 호응하였고, 당정견은 웃는 얼굴로 독한 술을 들이켰다.

"크으! 좋군요."

금설옥이 그를 따라 한 모금 들이키고 잔을 내려놓았는데, 당정견이 자신을 뚫어져라 쳐다보는 것이다. 금설옥은 무심코 두 손으로 자신의 얼굴에 뭐가 묻기라도 했나 만져 보다가 당정견이 원하는 것을 깨닫고 쓰게 웃으며 말했다.

"아, 제 이름은 금설옥이라고 합니다."

"금설옥? 설옥이라……. 대단히 여성스러운 이름이군요? 아, 죄송합니다! 제가 워낙 마음에 있는 말을 숨기지 못하는 성격이라 말이죠."

금설옥은 그제야 자신이 지금 남장을 하고 있다는 사실을 알았지만 크게 개의치 않았다. 다만 눈앞의 당정견이라는 사내가 혼자 이야기하고, 혼자 사과하며 애써 변명하는 모습이 어쩐지 마음에 들었다.

"그런 이야기는 처음 듣는군요."

"그렇습니까?"

여인에게 이름이 여성스럽다는 말을 할 리가 없지 않은가? 당연한 이야기인데도 놀라는 당정견의 모습을 보며 금설옥은 속으로 웃었다.

"예, 처음입니다."

"이거 참, 제가 대단한 결례를 했군요."

바로 사과하는 당정견을 찬찬히 보니 눈썹이 짙고 날이 선 콧대가 잘생긴 미남이다. 여자깨나 울렸겠다 싶을 정도이다.

그러면서 금설옥은 추신을 생각했다.

'그가 이 사람보다는 잘생겼던 것 같아.'

금설옥은 괜찮은 남자를 보면 자신도 모르게 추신과 비교하는 버릇이 다시 도졌음을 깨닫고 얼굴을 찡그렸다. 기억은 믿을 것이 못 되어, 흐릿한 얼굴을 미화시키게 마련이다. 그러나 적어도, 추신이 눈앞의 사내보다 과묵했음은 사실이다.

"보아하니 금 형도 이곳 사람은 아닌 것 같은데 무슨 일로 오셨소? 아, 이런. 그래요. 저도 이곳 사람은 아닙니다. 실은 아버지와 대판 싸우고 홧김에 집을 뛰쳐나와 여기저기 돌아다니고 있는 실정이죠. 아, 아버지와 왜 싸웠냐구요? 그건 집안 사정이라서 말씀드리기가 곤란하군요. 너무 서운해하지 마세요."

당정견은 묻지도 않은 말을 계속 늘어놓았고, 자연 금설옥은 싫증을 냈다. 그런데 당정견이 오히려 신이 나서 나온 음식에는 손도 대지 않고 자신의 이야기에 몰두하는 것이 아닌가? 그제야 금설옥은 자신의 표정이 당정견의 이야기에 무척 흥미를 느끼는 것으로 비칠 것이라는 걸 알았다.

"…그래서 제가 말했습니다. '아버님께서 저에게 애초에 바르게 보라는 이름을 지어주셨으니 저는 그에 따르는 것뿐입니다. 혹시 아버님의 의도는 바르게 보기만 하고 행동은 반대로 하라는 것이었습니까?' 말을 끝내는데 갑자기 눈에서 불꽃이 확 튀더군요. 예, 태어나서 처음으로 아버지에게 따귀를 한 대 맞았던 날입니다. 전 하도 놀라서 멍하니 있는데, 마침 집에 놀러 와 있던 누님 부부가 아버지를 말리시는 모습을 보니 갑자기 화가 나는 겁니다. 아니, 대체 내가 뭘 잘못했나? 옳은 것을 옳다 하고, 그른 것을 그르다 했는데 맞아야 하니 이게 대체 뭔가 싶어 당장 등을 돌리고 집에서 나와 버렸죠.”

“그렇군요.”

금설옥이 당정견의 말을 듣다가 문득 떠오르는 것이 있었다.

“혹시 당 형이 가장 싫어한다는 당씨가?”

당정견이 웃으며 대답했다.

“예. 바로 제 아버지죠.”

그 얘기를 듣자 서글서글한 웃음이 이내 부잣집 도령의 철없음으로 바뀌어 버렸다. 잠시나마 들었던 호감이 금세 사그라지고, 금설옥은 고개를 저으며 말했다.

“왜 아버지를 싫어하죠? 부친께서는 어떻게든 당 형이 잘되라는 뜻에서 하신 말씀이셨을 텐데.”

“그건 금 형이 제 아버지를 몰라서 하는 소리요. 그는…….”

당정견이 무언가 이야기하려다 입을 다물었다. 금설옥이 그런 당정견을 보며 잔에 남은 술을 들이켰다. 목이 칼칼하다.

“당 형은 그런 말일랑 하지 마십시오. 세상에는 아버지와 싸우고 싶어도 그러지 못할 사람이 있으니까.”

금설옥이 그리 말하고 빈 잔을 채웠다. 세상모르는 철부지의 말일랑 더 듣고 있기가 괴로웠다.

털썩!

“이거야 원. 술도 약한 주제에 퍼마시긴.”

당정견을 자신의 침상에 내던지고, 금설옥은 짜증을 냈다.

따로 놀던 말과 표정을 일치시켜, 당정견에게 보라는 듯 싫은 소리를 했더니 효과가 있던지 그 후로 그는 단 한 마디도 하지 않았던 것이다. 그 대신 술잔만 기울이다 그대로 뻗어버렸지만.

그대로 버려두고 왔어야 했는데. 금설옥은 몇 번이나 후회했지만, 아무래도 술에 취해 뻗은 사람을 두고 올 수는 없었다. 그의 말을 들어 보니 이곳에 아는 사람도 없고, 세상 물정 모르는 도련님인 듯한데 괜한 봉변을 당할지도 모른다는 생각이 마음 한구석을 살살 긁었기 때문이다.

비록 객잔의 빌린 방이긴 하나, 이틀이나 자신이 자던 침상 위에 처음 보는 남정네가 누워 있는 모습을 보니 묘한 기분이 들었다. 금설옥은 허리에 손을 얹고 중얼거렸다.

"영광인 줄 아시오. 풋!"

금설옥은 말해 놓고도 자신의 말이 가당찮아 실소를 터뜨렸다. 이렇게 실없는 소리를 하는 것이나, 속내와 표정이 일치하지 않는 것이나 모두가 정신 나간 사부의 탓이다.

금설옥은 속으로 퇴불을 욕하며, 당정견의 몸 밑에서 이불을 빼내 덮어주었다. 나름대로 배려라고 한 것인데, 하고 나니 그가 신은 신발이며 겉옷가지가 마음에 걸렸다. 벗겨놔야 좀 더 편히 잘 수 있을 테지만 아무래도 다 큰 처녀가 처음 본 남자의 옷을 벗기는 것이 꺼림칙하다.

"이럴 때 무슨 말을 해야 하지? 떡 본 김에 제사 지낸다? 이건 아닌데……."

금설옥은 다시 허튼소리를 중얼거리고, 그대로 몸을 돌려 방을 나갔다. 슬슬 해가 지려 하고 있었다.

무림맹 합비 지부는 도시 외곽에 위치해 있었다. 남창 지부와 달리 합비 지부는 무력 집단의 근거지라는 느낌이 아니었다. 몇 개인가의 건물은 외부로부터의 침입에 상관없이 오직 그 안에서 오가는 사람들의 동선만을 고려한 듯 단조롭게 세워져 있었다. 담장도 그리 높지 않아, 지나치듯이 보면 일반적인 여염집으로 착각할지도 모를 구조였다.

금설옥은 높다란 나무 위에 앉아 합비 지부를 내려다보고 있었다. 모용현이 안휘성으로 들어왔다면, 그리고 이십여 일간 다른 살인을 저지르지 않았다면 그가 노리는 것은 틀림없이 이곳의 지부장, 양당국일 것이다.

안휘성에서 이곳이 아니라면, 남궁세가를 노릴지도 모르지만 금설옥은 어쩐지 모용현이 합비로 올 것이라는 확신이 들었다. 그러나 벌써 삼 일째거늘 모용현은 나타나지 않았다. 금설옥은 내심 초조해졌는데, 혹 자신의 판단이 틀려 모용현이 남궁세가로 갔을지도 모른다는 생각이 들었던 것이다.

'그렇다 해도 이곳으로 필히 올 것이야. 난 기다리기만 하면 돼.'

생각은 그리했으나 금설옥은 참고 기다리기 힘들었다. 인내력만큼은 누구에게도 뒤지지 않는다고 생각했는데 자신도 모르는 사이 성격이 급해진 것이다. 이 또한 퇴불의 탓이었다.

퇴불은 지금쯤 어디에서 모용현을 찾고 있을까? 무림맹 지부장들이 정체 모를 흉수에게 연속으로 살해당했다는 소식을 그가 들었다면 적어도 안휘성 내에는 와 있을지 모른다. 그러나 워낙에 그런 쪽으로 둔한 사람이라 전혀 엉뚱한 곳을 찾고 있을지도 모를 일이다.

금설옥이 그리 생각하고 있는데, 합비 지부의 대문이 열렸다. 두 필의 말이 끄는 붉은 마차가 나왔는데, 말머리가 시내를 향해 있다. 금설옥이 지켜보던 이래, 처음으로 해가 진 후 바깥 행차이다. 게다가 붉은색의 마차는 지부장이 출타할 때에나 쓰인다 들었으니, 아무래도 마차에 타고 있는 것이 양당국일 확률이 높다.

마차는 시내 유흥가에서 조금 떨어진 기루 앞에 멈췄다. 외양은 수수해 보이는데, 어딘가 모르게 고급스러운 냄새가 풍긴다. 다른 기루들과 달리 한적한 곳에 홀로 서 있음이 그랬고, 문지기를 하는 이들의 기도가 남다르기도 했다.

마차에서 내린 이는 평범한 체구의 중년인인데, 마치 병자처럼 얼굴이 누렇게 떠 있었다. 그가 바로 무림맹 합비 지부장인 양당국이다.

양당국은 본래 삼음노괴의 세 제자 중 둘째로, 역시 삼음노괴의 세 가지 절기 중 하나인 황산장(黃山掌)을 계승한 자이다. 황산장 특유의 내력이 있어, 수련의 정도가 깊어질수록 얼굴색도 황색으로 물들어간다는 것을 금설옥은 퇴불에게 들어 익히 알고 있었다.

사부의 말을 되새기며 양당국을 몰래 훔쳐보니 과연 얼굴이 온통 누런 것이 본신 무공의 성취가 극에 달하였음을 알 수 있었다.

'만만치 않겠는걸?'

금설옥이 그리 생각하며 보고 있으니 양당국이 두 사람의 수하만을 데리고 기루 안으로 들어갔다. 그런데 주의를 살피는 모습이나 조심하는 기색이 여간이 아닌 게, 뭔가 꺼리는 구석이 있는 듯하다.

'손님인 척 들어가 볼까? …무슨 소리니.'

금설옥이 또 허튼 생각을 하고, 그런 자신을 어이없어했다. 비록 남장을 하고 있다지만 여자들이 술과 웃음, 몸을 파는 곳에 들어가기에는 걸리는 것이 많다. 저런 고급스러운 가게에 들여보내 줄 만한 옷차림도 아니거니와 실제로 돈도 없다.

'아니, 내가 왜 들어가야 하지?'

금설옥은 새삼 자신이 왜 양당국을 감시하고 있는지 떠올렸다. 양당국을 감시하고 있는 것은 모용현을 찾기 위함이고, 모용현을 찾는 이유는 그것이 추신의 바람이었기 때문이다. 금설옥 자신은 모용현에 대해 미움과 약간의 연민을 가지고 있을 뿐이다. 소년에게 사부인 단정 사태가 죽고, 사자들이 죽은 것에 대한 책임을 물을 수야 있을지언정 찾아내어 복수를 할 만한 것도 아니다.

그것은 퇴불도 마찬가지로, 두 사람은 추신이 남긴 모용현이라는 주문에 얽매여 있다 할 것이다. 추신이 남긴 말 외에, 퇴불과 금설옥에게는 모용현을 찾을 어떠한 의리도 존재하지 않았다.

세상에 없는 자의 말이거늘, 그가 가진 힘은 살아 있는 누구의 것보다 강하다.

금설옥은 입술을 깨물고, 기루의 뒤편으로 몰래 돌아갔다. 벽면은 매끈히 다듬어져 타고 오르기가 수월찮다. 그러나 금설옥은 개의치 않고 몸을 띄웠다. 소리없이 부드러운, 고양이를 연상케 하는 도약이었다. 금설옥은 층을 구분하는 처마 끝을 잡고 한 번의 반동으로 몸을 퉁겨 그 위로 올라섰다.

달그락.

금설옥의 발에 밟힌 기와가 몸을 비틀었다.

"쯧."

완전치 못한 신법과 부주의함 때문이다. 금설옥은 미숙한 자신을 책망하며 조심조심, 건물의 바깥쪽 벽에 붙어 몸을 움직였다. 다행히 기루의 바깥에는 그리 많은 불을 피워놓지 않아 어두웠다. 시내의 평범한 기루들이 사내를 유혹하는 붉은 등을 있는 대로 달아놓은 것과는 대조적이었다.

금설옥은 가장 가까운 창에 귀를 댔다.

"화 매, 그러지 말고 이리 오라구. 줄 게 있다니깐."

"피, 며칠이나 몸이 달게 해놓구선, 알량한 선물 하나로 내 마음이 풀릴 것 같았나요?"

분명 돈으로 쾌락을 사고파는 사이일 텐데, 오가는 대화에 쌓인 연정이 보통이 아니다. 아니, 한쪽에만 쌓인 연정이다. 여인의 말에는 교태가 있을지언정 진심이 없다. 그럼에도 불구하고 사내의 목소리에는 애타는 마음이 있으니, 참으로 어리석다 할 것이다.

"눈이 멀었군, 멀었어."

금설옥이 다시 벽을 타고 움직인다. 조심조심, 기루의 주변을 끊임없이 순찰하는 이들의 눈에 띄지 않게 이동하여 다른 창에 귀를 기울였다.

"아흐응! 아하! 아하!"

"허억! 허억!"

뜨거운 교성이 한창이다. 금설옥은 이내 귀를 뗐다. 방금 들어간 양당국이 벌써 일을 치르고 있을 리 없다. 잘 차려입긴 했지만 결코 여자를 만나러 가는 옷차림이 아니었다. 그보다는 다른 용무를 보러 왔을 가능성이 높다. 이 정도의 고급 기루라면, 비밀스러운 이야기를 하기에도 좋을 것이다.

금설옥이 이층을 건물 밖으로 돌며 창 안을 살폈는데, 대부분이 남녀의 비밀스러운 일이라 양당국이 있을 것이라 생각되는 방이 없었다.

금설옥은 위를 올려다봤다. 기루는 한 층이 더 있어, 총 삼층의 구조였는데 이층의 밖에는 이처럼 좁으나마 발 디딜 곳이라도 있었다면 삼층은 이층으로부터 쭉 올라가 있어, 날짐승이 아니라면 건물 밖으로부터 안쪽을 살피기가 불가능해 보였다. 비밀스러운 이야기라면, 저런 곳에서 해야 제 맛일 것이다.

이층에는 빈방이 없었다. 금설옥은 다시 한 번, 이번에는 삼층의 창을 올려다보며 기루를 한 바퀴 돌았다. 불이 꺼진 곳은 없으나, 기척이 없는 곳은 있다.

금설옥은 숨을 한 번 들이쉬고, 몸을 날렸다. 매끈한 벽을 발로 차 다시 한 번 도약해, 창틀을 손으로 짚었다. 한 손의 힘으로 몸을 끌어 올리니, 일련의 동작에 막힘이 없어 금설옥의 경공 수법이 상승의 경지에 있음을 알 수 있었다.

금설옥이 조심스레 창을 열고 들어가니, 아무도 없는 방이 대낮처럼 환하게 불이 피워져 있었다. 더구나 커다란 상 위에 갖은 산해진미가 차려져 있으니 금방이라도 손님을 맞을 수 있는 기세였다.

아니나 다를까, 문밖에서 여러 사람의 기척이 느껴졌다. 금설옥이 대경하며 주위를 둘러보다 커다란 병풍을 발견하고 그 뒤로 숨어들었다.

"대인, 드시지요."

여인의 목소리와 함께 문이 열리는 소리가 들린다.

'잘못 걸렸구나!'

금설옥이 자신의 경솔함을 탓하며 자리에 주저앉았다. 이 방에서 연회가 파할 때까지 꼼짝없이 갇힌 신세다.

"누가 있지 않은가?"

굵은 목소리가 들려왔다. 금설옥이 놀라 얼른 기척을 숨기고 숨을 고르고 있으니 처음 문을 연 여인이 웃으며 말한다.

"호호, 양 대인도 참 짓궂으십니다. 저희 탐명루(探明樓)를 누구보다 잘 아시는 분이 그런 말씀을 하시다니요."

"그대가 나를 만나주지 않으니 내가 이러는 것 아닌가?"

"젊은 아이들이 많은데 어찌 그런 말씀을 하십니까?"

여인의 음색에 농익은 향기가 있었다. 그건 그렇고 양 대인이라는 걸 보니 잘못 걸리긴커녕 제대로 들어온 것 같았다.

'한날한시에 두 양씨가 손님으로 왔을 리는 없으렷다?'

양 대인이라는 자가 양당국이 맞다면 더욱 조심해야 했다. 그만한 고수가 지척에 있는 기척을 놓칠 리 없으니. 금설옥이 다시금 자신의 기를 극한으로 죽이며 귀를 기울였다.

"임 대인, 앉으시지요."

"흠."

양당국이라고 생각되는 목소리가 상석을 양보한다. 임 대인이라 불린 자가 헛기침을 하며 병풍을 등지고 자리에 앉았다. 금설옥과 병풍 하나를 사이에 두고 앉은 것이다.

"양 지부장도 어서 앉으시오."

"예."

직함을 들어보니 양당국이 확실한 듯했다. 금설옥은 속으로 쾌재를 불렀다.

금설옥이 기척을 세어보니 양당국과 그를 수행해 온 두 사람, 임 대인과 그 외 세 사람, 양당국과 농을 주고받은 여자까지 방 안에 총 여덟 사람이 있었다. 아니, 금설옥 자신까지 포함하여 아홉 사람이었다.

몇 번의 술잔이 오가는 것 같더니 문이 열리고 방 안으로 또 한 차례 사람들이 들어왔다. 발소리가 가벼운 것이 다 여자라, 아마도 이들의 술시중을 들기 위해 부른 기녀들일 것이다.

"허허, 듭시다."

"예, 대인."

여인들의 노랫소리와 탄금 소리가 들렸다. 술자리의 분위기가 고조되며 양당국과 임 대인이라는 자의 대화가 한마디, 두 마디 늘어갔다.

금설옥이 병풍 너머 대화의 앞뒤를 대충 꿰어 맞추며 들어보니 임 대인이라는 자는 관아의 인물인 듯하다. 머리를 굴려보니 이해가 가는 대목이었다. 모용강이 무림을 장악했다 한들 이처럼 중원 전체를 아우르는 조직을 단독으로 구성할 수는 없는 노릇이다. 자연, 각 지부는 그 지역의 관부와 긴밀한 관계를 맺는 것이 유리할 성싶었다.

맛있는 냄새가 뱀처럼 소리없이 병풍을 넘어왔다. 처음 창으로 들어왔을 때 봤던 음식의 모습과 냄새가 겹쳐지니 금설옥이 배를 움켜쥐며 당정견을 욕했다.

'그러고 보니 그 녀석 때문에 저녁도 먹질 못했네. 망할 녀석. 하여튼 당가는 죄다 그 모양이라니까.'

금설옥이 그렇게 생각하니 자연히 당감소의 얼굴이 떠올랐다. 모용강의 손발이 되어 계략을 구현해 낸 자였고, 사부와 사자들의 시신을 독으로 훼손한 자였다. 그날의 장면은 꿈에서라도 잊을 수 없다.

그러나 원한과 굶주림은 별개의 문제다. 물론 금설옥은 또래는커녕 일류고수와 견주어도 손색없는 내력의 소유자라 이, 삼 일은 물 한 모금 없이도 버틸 수 있다. 그러나 버틸 수 있다 하여 배고픔이 사라지는 것은 아니다. 더구나 금설옥이 육 년간 퇴불과 함께하며 그의 좋은 것이라고는 무공밖에 얻은 것이 없는 반면 나쁜 것은 가리는 것 없이 받아들였는데 그중에 하나가 식탐(食貪)이라, 손만 뻗으면 닿을 만한 곳에 음식을 두고도 먹지 못하니 그 괴로움이 오죽하랴?

이렇게 되니 병풍 뒤에 숨어 배를 곯고 있는 자신의 모습이 안쓰럽기까지 했다. 이러다가 모용현이 나타나지 않는다면 이마저 헛짓거리가 될 것이다. 금설옥은 그런 생각을 하며, 자신의 처지를 되돌아봤다.

모용강의 비밀을 알게 되어 쫓긴 이후, 벽수개와 남종의 손에 구해져 숨어 지내는 동안 아미는 정교에 의해 철저히 짓밟혔다. 졸지에 갈 곳이 사라진 그녀에게 온 것이 퇴불이었고, 추신의 유언으로 만난 두 사람은 곧 사제의 연을 맺었다.

모용현을 찾아 헤매며, 퇴불로부터 무공을 배우며 금설옥은 자신이 할 일을 곱씹어보았다. 제자의 자질만큼이나 스승의 가르침도 훌륭하여 소녀의 경지는 날이 다르게 상승하였지만, 그 상승 무학으로 무엇을 해야 할지는 알 수 없었다. 퇴불의, 이제는 금설옥의 사문이 된 이름 없는 일인전승의 문파는 그 무학만을 전승할 뿐, 그것으로 무엇을 해야 하는지는 가르치지 않았던 것이다.

금설옥은 그럴 때마다 단정 사태를 생각했다. 무학으로는 퇴불에 견주지 못한다 해도 그 의기만큼은 비교가 불가했다. 비록 스스로의 성질을 다스리지 못했지만, 항상 바른 것을 추구하고 협을 행하고자 하던 마음가짐만큼은 잊을 수 없었다.

퇴불과 단정 사태를 생각하면, 다시금 자연스레 추신이 떠올랐다. 사실 금설옥은 추신과 오랜 시간을 함께한 것도 아니고, 그와 자주 만난 것도 아니었다. 그에게 직접적으로 무엇을 배운 것도 하나 없었다.

그럼에도 불구하고, 금설옥은 추신을 생각했다. 훗날 되짚어본 추신의 한마디 한마디와 그의 행동은 모두가 진실 된 것이라, 사람의 마음을 움직이는 힘이 있었다. 금설옥은 자연스레 그로부터 얻은 것들이 많았다. 아니, 그로 인해 얻은 것이라 해야 옳을 것이다.

추신에게 자신을 비추어 얻은 것. 그 하나하나의 무게는, 퇴불에게 배운 무공보다도 더 소녀를 강하게 만들었으리라.

그래, 복수는 해야 할 것이다. 스승인 단정 사태와 사자들의 죽음은 물을 자가 없다 해도, 아미의 멸문을 물을 자는 하나로 존재한다. 운룡검, 이제는 천하제일인이라는 이름이 더 자연스러운 모용강.

그러나 사문의 죄를 물을지언정, 무림맹이라는 단체를 부정할 수 있을까? 금설옥이 퇴불과 헤어져 강호에 홀로 나와, 남종들을 도와 남창지부를 치고 백기단주를 죽인 것은 지난날의 의리를 생각한 탓이 크다. 금설옥은 아미의 복수 외의 것에 연루되고 싶은 마음이 없었다. 모용강으로 하여금 아미를 멸문시킨 죗값을 치르게 한다면 그것으로 족했다. 모용강이 추신이나 다른 이들에게 저지른 죄에까지 값을 치르게 할 자격이 자신에게는 없다는 것이 금설옥의 생각이었다.

그러니 구파일방의 옛 영화를 되찾는다거나, 아미파를 다시금 일으키겠다는 왕민보들의 생각은 헛된 꿈처럼 느껴졌다. 이 역시 퇴불의 영향일까?

"하하, 임 대인께서는 참으로 화통하십니다!"

"하하, 양 지부장이야말로 겸손하구려. 옛말에 좋은 술은……."

얇은 병풍을 사이에 두었는데도 술잔이 오가며 떠드는 소리가 먼 곳
의 일처럼 느껴진다.

금설옥은 다시 모용현을 생각했다. 모용강에게 복수를 하겠다지만,
그것은 아미파를 멸문시킨 것에 대한 복수이다. 금설옥은 단정 사태들
과 추신의 죽음이, 모용강보다는 모용현의 탓이라 생각했다.

이렇게 하염없이 그를 기다리는 것은, 그러한 까닭이기도 했다.

"음? 밖에 무슨 일이 있나?"

임 대인이라는 자의 목소리였다. 생각에 잠겼던 금설옥이 퍼뜩 정신
을 차려 귀를 기울이니 과연 바깥이 소란스러웠다. 양당국의 목소리가
들렸다.

"뭐 큰일이겠습니까? 저들이 알아서 처리하겠지요."

"흐음."

그러나 소란스러움은 그치지 않았다. 기녀들의 탄금도 바깥의 소란
스러움에 흥취를 잃었던 것이다. 술자리의 분위기가 가라앉자 누군가
가 자리에서 일어났다. 양당국을 수행해 온 두 사람 중 하나인 듯했다.
양당국의 목소리가 들렸다.

"무슨 일인지 확인하고, 처리하게. 어디 임 대인께서 와 계신데 소란
을 피우는 건지 원. 임 대인, 기분 푸십시오. 이곳이 원래 이런 곳이 아
닌데……."

"허허, 그것이 뭐 양 지부장의 잘못이겠소?"

양당국으로부터 지시를 받은 자가 걸어나가는데, 바깥의 소란스러
움이 극에 달했다.

쾌당!

문이 부서지는 소리가 났다. 금설옥은 궁금함을 참지 못하고 병풍

옆으로 고개를 내밀었다.

4

　문을 부수고 들어온 것은 잿빛 장포의 괴인이었다. 앞머리를 길게 늘어뜨려 얼굴이 잘 보이지 않았는데, 병풍 뒤로 살짝 내민 두 눈으로는 괴인의 비스듬한 옆모습만이 들어왔다.
　그러나 그것만으로도 충분했다.
　"어느 안전이라… 윽!"
　양당국의 수행인은 호기로운 외침을 채 끝마치지 못하고 피를 흘리며 쓰러졌다.
　"까아악!"
　뜨거운 피가 숫구쳐 천장에 붉은 족적을 남긴다. 금을 타고 노래하던 기녀들이 날카로운 비명을 질렀다. 그네들의 눈에는 괴인의 손이 움직였다는 정도로밖에 인식되지 않을 것이다. 보이지 않는 쾌검.
　"대인을 보호해라!"
　양당국이 크게 외치고, 다른 수행원이 그 앞에 섰다.
　"자, 자객이냐?"
　금설옥의 눈에는 여전히 보이지 않는 임 대인이 떨리는 목소리로 외쳤다. 그러나 괴인은 임 대인 쪽으로 눈길 한번 주지 않고 등을 돌려 양당국을 향했다. 금설옥에게는 괴인의 등밖에 보이지 않았다.
　"네놈……. 설마?"

양당국의 노기 어린 목소리가 의혹으로 바뀌는 것은 순간이었다. 위험을 느꼈는지, 양당국이 발로 상을 차올렸고 괴인의 검이 그를 갈랐다.

샤각!

나무로 만들어진 상이 종이쪽처럼 잘리는데, 그 사이로 누런 기운이 튀어나왔다. 바로 양당국의 황산장이다. 음험한 기운이 일품이라, 괴인이 옆으로 피하니 두 조각 난 상이 황산장의 기운을 못 이기고 산산조각이 났다. 양당국이 눈에서 불을 뿜을 듯 대로하며 소리쳤다.

"…네놈은 또 누구냐!"

허공으로 흩어지는 조각들 사이로 양당국의 모습이 드러났는데, 괴인이 물러나는 바람에 병풍 밖으로 내민 금설옥과 두 눈이 마주쳐 버린 것이다.

"에잉!"

금설옥이 혀를 차며 병풍 밖으로 뛰쳐나왔다.

방 안은 엉망이었다. 방금 부서진 상의 파편들이 여기저기 흩어져 있고, 남은 음식들도 널브러져 있어 온전한 것이라고는 눈을 씻고 찾아봐도 보이지 않았다. 기녀들은 방 한구석에 몰려 있었는데, 임 대인으로 보이는 노인이 그 틈을 파고들어 자신을 숨기고 있었다. 그 앞에는 임 대인을 수행해 온 세 사람이 버티고 서 있었다.

"크윽!"

양당국과 금설옥이 대치하는 사이, 괴인의 검이 양당국의 또 다른 수행원을 베었다.

"까아악!"

"으허허!

뜨거운 피가 임 대인의 얼굴에 튀자, 기녀들은 다시 소리를 지르고 임 대인은 뜻을 알 수 없는 말을 반복했다. 임 대인의 수행원들이 잔뜩 긴장하고 있는데 괴인은 그쪽으로 눈길 하나 주지 않고 몸을 돌리는 것이 아닌가?

어지러운 방 안에, 세 사람이 묘한 대치를 이루게 되었다. 금설옥은 비록 검을 빼 들지 않았지만 양당국의 기세가 워낙 험악한지라 경계를 늦추지 않으며 괴인에게로 시선을 돌렸다.

긴 머리는 묶지 않아 그대로 허리까지 늘어뜨렸다. 앞머리도 내려 오른쪽 얼굴을 가렸는데 그나마 드러난 반쪽도 흐트러진 머리에 가려 보이지 않았다. 그러나 드리운 머리칼 사이로 오른 눈이 기묘하게 빛나고 있다. 그날, 금설옥을 내려다보던 바로 그 눈이다.

"모용현?"

금설옥이 무심코 중얼거리고, 괴인의 기세가 순간 흐트러졌다. 양당국이 그 틈을 놓치지 않고 금설옥과 괴인에게 쌍장을 내밀었다.

"하압!"

황산장의 음험한 기운이 방출되니 금설옥이 감히 경시하지 못하고 검을 빼 들었다. 그러나 그것은 허초였다. 금설옥과 괴인에게 쌍장을 날린 양당국은 뒤도 돌아보지 않고 창밖으로 뛰쳐나갔다.

잠깐, 괴인의 시선이 금설옥을 향했다. 빛나는 오른 눈이 아니라 깊고 검은 왼 눈이 금설옥의 눈과 마주쳤다. 괴인과 눈을 마주친 금설옥은 무언가 말을 하고 싶었지만, 괴인은 그럴 틈을 보이지 않았다. 금설옥에게서 등을 돌린 괴인은 양당국을 따라 창밖으로 뛰쳐나갔다.

금설옥도 주저하지 않고 몸을 날렸다.

탐명루라는 기루가 한적한 곳에 있다 해도, 어차피 합비라는 도시 안에 있는 만큼 시내까지 그리 멀지 않았다. 양당국 정도의 고수라면 단숨에 내달을 수 있는 거리다. 비록 날이 어두워 사람이 잘 나다니지 않을 시간이긴 하나 엄연히 순찰을 도는 관병이 있으니 시내로 들어간 양당국을 죽이기가 쉽지 않을 것이다.

금설옥이 그리 생각하며 양당국과 괴인을 쫓다가 제자리에 멈춰 섰다. 어두운 밤에, 흰옷을 입은 두 사내가 금설옥의 앞길을 막아선 것이다. 이제 오십대가 되었을까 싶은 사내들이 각각 검을 들고 있는데, 피어오르는 살기가 그들의 옷만큼이나 선명하니 금설옥이 다른 생각을 하지 못하고 검을 휘둘렀다.

카앙!

허공에 불꽃이 튀고, 금설옥이 뒤로 물러섰다. 금설옥의 일격이 막힌 것이다. 곧바로 이어지는 두 사람의 합벽이 날카롭다. 금설옥이 감히 경시하지 못하고 주의를 기울여 두 자루의 검을 막으니 순식간에 십여 초를 교환하고 나서야 세 사람이 서로 떨어졌다.

금설옥이 말했다.

"당신들은 뭐요? 나에게 무슨 원한이 있어 다짜고짜 칼을 들이대는 것이오?"

그러자 둘 중 한 사내가 입을 열었다.

"우리는 남궁세가의 쌍검자(雙劍子)다."

남궁세가의 쌍검자라면 가주인 남궁우현과 같은 배분의 장로급 인사다. 남궁세가 역시 칠 년 전, 정교와의 항쟁에 많은 전력을 잃었으나 그중에서도 살아남은 이들이었다. 각각 좌검(左劍), 우검(右劍)이라고 불리우는 이들의 원래 이름은 남궁자현(南宮紫賢)과 남궁여현(南宮與

賢)으로, 한 살 터울의 사촌지간이다. 두 사람의 합벽은 가히 무림의 일절로 손색이 없어 정교인들에게는 두려움의 대상이었다.

물론 그 명성은 금설옥도 익히 들어 알고 있었다. 금설옥이 말했다.

"남궁세가의 쌍검자께서 후배에게 다짜고짜 살수를 펼치는 것은 무슨 이유입니까?"

"한 달 전, 남창에서 무림맹 백기단주를 죽인 것이 네년이렷다?"

자신이 여자라는 것을 알고 있다. 금설옥이 눈을 부라리며 말했다.

"그렇습니다."

"흥! 그 백기단주가 바로 남궁세가의 소가주라는 것도 알고 있느냐?"

금설옥은 잠깐 기억을 되돌렸다. 되짚어보니 그가 자신의 입으로 남궁 뭐시기라고 한 것 같기도 하다.

"그건 몰랐습니다."

그러자 쌍검자 중 묵묵히 듣고 있던 이가 화를 내며 말했다. 눈 밑에 비스듬히 상처가 난 자, 좌검이었다.

"이년이 어디서 발뺌이냐! 몰랐다고 남궁의 피를 끊은 네 죄가 가벼워질 줄 알았느냐?"

이쯤 되자 금설옥도 화가 났다. 강호의 선배라고 예우를 해주자니 밑도 끝도 없다. 게다가 이들에게 막혀 양당국과 괴인을 놓치고 말았으니 이를 어찌할 것인가?

"선배면 선배지, 어디서 이년 저년 막말을 하십니까? 그리고 내가 언제 발뺌을 했다 그러시오? 그래, 내가 백기단주를 죽였으니 선배들의 소가주를 죽인 거겠지요. 선배들 말이 다 맞습니다. 됐나요?"

이제 이십여 세의 까마득한 후배가 쌍검자와 같은 무림의 대선배에게 할 수 있는 말이 아니었다. 금설옥이 원래 단정 사태의 영향을 받아 불같은 성질이 있었는데, 요 근래 퇴불의 제멋대로인 성정에도 영향을 받은 바 있었다. 물론 두 사람처럼 극단으로 치달은 것은 아니었지만 지금처럼 할 말이 있으면 참는 법이 없었다.

자연히 그 말을 들은 쌍검자들이 잔뜩 화를 내며 살기를 돋웠다.

"저, 저런! 산 채로 잡아오라는 가주의 명이 없었다면 당장 목을 쳤을 텐데!"

"누가 순순히 잡혀가 준다 했소?"

"정녕 안 되겠구나!"

노기 띤 음성이 밤하늘로 올라가며, 좌검과 우검이 금설옥을 핍박해 들어갔다. 금설옥도 내력을 일으키며 맞섰다.

카앙! 카앙!

두 자루 검이 어지러운 변화를 일으키며 금설옥의 요처를 찔러 들어온다. 변화가 무쌍하나 그 안에 법도를 지키는 진중함이 있으니 과연 명성에 걸맞는 검기였다. 그러나 그럼에도 불구하고 금설옥의 빈틈없는 수비에 이십 초, 삼십 초가 지나도록 옷깃 하나 건드리지 못하니 자연 두 사람의 눈에 이채가 서렸다.

"……!"

다시 한 번, 쌍검자와 금설옥이 떨어져 섰다. 금설옥의 호흡에 흐트러짐이 없으니 결코 가볍게 볼 내력이 아니었다. 쌍검자가 검을 교환하며 살펴보았는데 금설옥의 검로가 정도를 걷는 듯하면서도 변화가 막측했다. 그러나 기본이 되는 검기는 어디까지나 명문정파의 것이었다. 우검이 물었다.

"네년은 아미파와 무슨 관계더냐?"

원래 금설옥이 익힌 아미검은 그것만으로 손색이 없는 검법이었다. 퇴불은 이미 잘 닦인 기초를 허물지 않고, 그 위에 그네들 사문의 무학을 접목시켰으니 금설옥의 성취가 더욱 빨랐던 것이다. 때문에 금설옥은 아직도 자신이 퇴불의 제자이며, 동시에 아미파의 제자임을 잊지 않고 있었다.

금설옥이 냉랭히 말했다.

"왜, 내가 아미파의 전인이라면 어쩌시겠소? 찔리는 것이라도 있습니까?"

비록 남궁세가가 모용강의 밑으로 들어가 무림맹의 천하에 한 축을 담당하는 호사를 누리고 있지만 그에 대해 부끄러움을 느끼는 이들도 있었다. 과거 구파일방과 오대세가의 사이가 나쁜 것이 아니었으니, 쌍검자에게도 멸망한 구파일방은 떠올리기 싫은 기억이었다.

좌검이 물었다.

"네가 정녕 아미의 전인이냐?"

"그렇습니다."

우검이 물었다.

"아미에 살아남은 분이 계시더냐?"

금설옥이 고개를 저었다.

"아무도 없습니다."

좌검이 말했다.

"그렇다면 누가 너를 이렇게 키워냈단 말이냐!"

금설옥도 화가 머리끝까지 치밀어 올랐다. 이들이 지금 무슨 낯으로 자신을 핍박하는 것인가? 같은 정파라며 형제처럼 지냈던 과거도 있었지만, 한쪽은 멸문하였고 한쪽은 모용강에게 붙어 새로운 천하에 위세가 등등하다. 그런 이들에게서 아미의 이름이 언급되는 것을 참을 수 없었다.

"궁금하거든 어디 한번 직접 알아보시지요!"

금설옥이 그러면서 내력을 끌어올리니, 그 기세가 실로 대단하였다. 좌검과 우검이 서로 눈을 마주치니, 오랜 세월을 함께해 온 이들이라 절로 마음이 통했다.

'이 어린것의 내력이 이토록 대단하니 내버려 두었다가는 무슨 화를 일으킬지 모를 일이다.'

쌍검자의 검이 다시 한 번 금설옥을 향했다. 생포해 오라는 가주의 말을 들어 어느 정도 사정을 두었던 아까와 달리 필살(必殺)의 기세가 험악했다.

*   *   *

양당국은 걸음을 멈췄다. 뒤따라오던 괴인이 어느새 그의 눈앞에 서 있었다. 괴인이 한 발을 앞으로 딛자, 기세에 눌린 양당국이 한 발을 물러섰다. 양당국이 괴인을 다시 보니, 비록 드리운 앞머리에 얼굴이 잘 보이지 않으나 눈빛이 선명하여 결코 많은 나이가 아니었다.

양당국이 쌍장을 내밀며 진기를 일으켰다. 양 손바닥에 어린 황색의 기운이 강렬했다.

"네놈이 그 살인귀렷다! 좋다, 오늘 내가 너의 목으로 죽어간 이들의 원혼을 달래야겠다!"

양당국의 외침이 하늘 높이 솟았다. 사형인 이수병이 이자에게 죽었다지만 눈앞의 괴인이 강했기 때문이라고 생각할 수 없었다. 이수병은 삼음노괴의 밑에 있을 때에도 무공을 익히는 데 게으른 편이었으니, 지부장이라는 자리에 들어앉은 후에야 더 말할 것도 없었다. 반면 자신은 끊임없는 수련으로 완숙의 경지에 이르러, 이제는 죽은 스승과도 능히 견줄 수 있지 않을까 스스로 생각할 정도였으니 말이다.

괴인의 입이 열렸다.

"나의 목으로 죽어간 이들의 원혼을 달랠 수 있는가?"

낮고, 차가운 목소리. 목덜미가 싸늘해진다. 양당국은 이러한 기억이 몇 번 있었다. 그것은 자신의 힘이 닿지 않는, 어떤 절대자의 앞에서 느꼈던 섬뜩함이었다. 오래전, 무공이 일천하던 때에 스승인 삼음노괴의 앞에서 느꼈고 그 후에는 무림맹주 모용강과의 대면에서 느낀 기억이 있었다.

물론 그 기억 속의 절대자들과 눈앞의 괴인을 비교할 수는 없었지만, 그 기세만큼은 조금도 다를 것이 없었다. 괴인의 입이 다시 열렸다.

"그럴 수 있다면……."

"차앗!"

양당국이 쌍장을 휘두르며 달려들었다. 황산낙암(黃山落巖), 이름 그대로 봉우리 끝에서 거대한 바위가 떨어지는 듯 어마어마한 장력이 괴인을 덮쳐 왔다. 그러나 양당국의 쌍장의 지척인데도, 괴인은 요지부동하며, 다만 중얼거릴 뿐이었다. 괴인의 중얼거림은 똑똑히 양당국의 귀로 들어갔다.

"…얼마나 좋겠소?"

양당국의 두 눈에 경악이 가득했다. 괴인은 쌍장을 피해 양당국을 스쳐 지나고, 양당국은 힘없이 두 팔을 늘어뜨린 채 쓰러졌다. 괴인의 손에는 한 자루 청강검이 들려 있었다.

“어, 어느새……?”

덧붙일 말이 있었는지 알 수 없었다. 괴인은 청강검을 검집에 넣고 늘어뜨린 앞머리를 넘겼다.

달빛에 괴인의 얼굴이 온전히 드러났다.

짙으나 얇게 그린 듯이 자라난 두 눈썹이 모아진 자리로부터 날카롭게 올라선 콧날은 그림자를 드리운다. 깊고 검은 왼 눈과 달리, 오른 눈에는 검푸른 유리(瑠璃)가 박혀 있는, 모용현이었다. 크면 좀 더 아버지를 닮으리라 생각했던 사람들이 무색하게, 어머니인 강남제일미 남영혜를 쏙 빼닮은 어릴 때의 모습 그대로였다.

모용현이 눈을 감지 못한 양당국의 시체를 향해서인지, 누구를 향해서인지 다시 중얼거렸다.

“내 한 목으로는 그들을 달랠 수 없다오.”

모용현은 고개를 들어 달을 보았다. 하나, 둘… 이제 겨우 일곱 명을 죽였을 뿐이다. 일곱. 이제 겨우 일곱이다.

채앵!

멀리서 은은한 소리가 들려왔다. 쇳덩이끼리 부딪치는 소리다. 모용현은 귀를 기울였다.

이 대 일의 싸움이다. 모용현은 양당국을 쫓느라 무시한 아까의 상황을 떠올렸다. 그들의 살기가 자신을 쫓아오는 이를 향해 있었으니 군이 상관할 필요가 없었다. 양당국을 쫓는 자신을 무시했으니, 괜히 그들을 건드릴 이유가 없다.

그러나 모용현은 금설옥을 생각했다.

남창에서 처음 만났을 때, 모용현은 금설옥을 한눈에 알아볼 수 있었다. 아아, 살아 있었구나. 금설옥의 생사를 확인하였을 때, 모용현은 너무나 기뻤다. 소년에게 밉다는 말을 남기고, 그 미워하는 소년을 살리기 위해 검을 들던 소녀였다. 그처럼, 항상 자신의 머릿속을 떠나지 않았던 소녀가 살아 있음을 확인하였을 때, 모용현은 실로 오랜만에 순수한 기쁨을 느꼈었다.

하지만 금설옥의 앞에 나설 수는 없었다. 모용현은 형산을 내려오면서 결심한 것이 있었다. 아니, 그것이 아니라도 자신이 무슨 염치로 금설옥의 앞에 나타날 것인가?

금설옥이 자신의 뒤를 쫓고 있다는 것 역시 알고 있었다. 굳이 확인하지 않아도, 그녀는 모용현을 알아보았을 것이다. 그럼에도 자신을 따라오는 것은 그 확인이 필요하기 때문일까? 그 이유가 무엇이든, 모용현은 여전히 금설옥의 앞에 나설 용기가 없었다.

채앵! 챙!

검이 지르는 비명 소리가 아련하다. 금설옥의 앞을 가로막았던 자들의 기도는 범상치 않았다. 모용현은 잠깐 망설이다 몸을 날렸다.

5

검격의 교환이 거듭될수록 세 사람의 안색이 어두워졌다.

쌍검자의 명성은 과연 헛것이 아니었다. 이미 한차례 실력을 확인했지만, 아까와 판이하게 달라진 마음가짐이 그대로 검기에 반영되었는지 한 수 한 수가 지독한 살수로 금설옥의 요처를 노리는 것이었다. 특히 좌검 남궁자현은 좌수검(左手劍)인지라 보통의 경우와 검로가 판이

하게 달라 상대하기가 더욱 힘들었다. 그리고 그것이 두 사람의 합벽을 더욱 강하게 만드는 힘이기도 했다. 한 사람씩 따로 보아도 남궁선주와 비교할 수 없는 고수였는데, 그런 두 사람이 합벽을 하여 더욱 큰 위력을 발휘하니 금설옥으로서는 자연 수세에 몰릴 수밖에 없었다.

'너무 쉽게 생각했구나!'

금설옥이 퇴불로부터 사사하여 이미 한 사람의 고수가 되었다지만 스승의 곁을 떠나 혼자 몸으로 강호에 나선 지는 이제 한 달이 되었을 뿐이었다. 더구나 남창 지부에서의 싸움이 끝난 뒤로 달리 검을 쓸 일이 없었으니 아직 경험이 일천하였다. 남궁세가의 쌍검자라는 이름이 무거운 줄은 알았지만 맞서 싸우기를 두려워하지 않았던 것이다.

그러나 쌍검자들이 느끼는 당혹스러움은 금설옥의 그것과 비교할 수준이 아니었다. 아무리 올려 보아도 이십대 초반에 불과한 금설옥이 두 사람을 상대로 밀리고 있긴 하나 침착하게 대응하는 모습은 놀라운 것이었다. 두 사람이 쌍검자라는 이름으로 불리고 있으나 한 사람 한 사람이 뛰어난 고수임에도 불구하고 함께 손을 썼던 것은 금설옥을 진지한 상대라고 생각할 수 없었기 때문이다. 그저 소가주를 죽인 흉수를 잡아 세가로 데려가고자 하였기 때문에 자신들의 명성을 개의치 않고 달려든 것이었다. 그러나 그 후, 금설옥의 무위를 확인하고 아예 제거하고자 합벽을 시도하였는데 오십여 초가 지나도록 승부를 보지 못하니 강호에 이름 높은 쌍검자의 체면이 말이 아니었다.

'대체 어디서 이런 고수가 튀어나왔단 말인가? 여기서 끝을 보지 못한다면 우리의 체면은 말할 것도 없거니와 세가에 큰 위협이 될 것이다!'

이처럼 다른 생각을 하면서도 세 자루 검의 기세가 험악해지는 것은 함께였다. 금설옥이 수비에 치중하여 검을 펼쳤지만 홀로 싸워도 승리를 장담치 못할 상대가 둘이나, 그것도 숙련된 합벽을 자랑하는 이들을 맞이하였으니 시간이 갈수록 불리해지는 것이 당연했다.

쉬익!

날카로운 소리를 내며 남궁자현의 검이 금설옥의 소매를 베고 지나갔다. 금설옥이 대경하며 몸을 돌려 좌검을 지나치니 남궁여현이 그 틈을 놓치지 않고 파고들었다.

채앵!

금설옥이 놀랍게도 균형을 잃었으면서도 우검의 공격을 막고 뒤로 굴렀다.

"헉, 허억."

서너 바퀴를 굴러 자리에서 일어나니 잘린 소매도 소매거니와 옷이 온통 잔풀과 흙으로 더럽혀져 있었다. 묶어 올린 머리도 끈이 풀렸는지 어깨 밑으로 늘어져 있었다. 차분하던 호흡도 흐트러진 것이 내력의 소모도 만만치 않았다. 싸움이 계속된다면 패배할 것이 불을 보듯 뻔했다.

'일단 도망치자.'

아미를 들먹이는 그들의 태도에 화가 났었지만 이대로 죽는다면 그러한 분노도 부질없다. 자신이 죽으면, 아미의 맥이 진실로 끊기게 될 것이다.

금설옥이 마음을 먹고 몸을 돌리는데, 그의 앞에 두 명의 복면인이 나타나 길을 막아섰다. 복면을 포함하여 입고 있는 옷이 온통 검은색이었는데, 두 눈을 제외하고는 맨살을 드러내지 않았다.

그들이 나타나자 남궁여현이 외쳤다.

"필요없다 하였거늘 어찌하여 나타났느냐!"

복면인들 중 한 사람이 금설옥을 사이에 두고 대답했다.

"우리가 나타나지 않았다면 놓쳤을 것이오. 말을 물가에 데려가도 먹일 수는 없다더니. 흐흐흐!"

복면인들은 바로 무림맹의 암천대였다. 그들은 금설옥의 행적을 파악하여 미행을 계속하며 담대진홍의 명을 받아 남궁세가에 그 정보를 흘렸다. 쌍검자들이 금설옥을 찾아올 수 있었던 것도 암천대의 정보가 있었기에 가능한 일이었다.

그러나 지금 금설옥을 놓칠 뻔한 것을 가지고 암천대가 말에 비유하며 조롱하였으니 쌍검자들의 기분이 좋을 리 없었다. 남궁자현이 크게 노하여 외쳤다.

"네깟 놈들이 감히 누구를 능멸하려 드는 게냐!"

그러나 돌아온 것은 냉소뿐이었다. 암천대 칠호가 대답했다.

"흐흐, 그렇게 존귀하신 분들이 어이하여 까마득한 후배를 상대로 이 대 일의 싸움을 하는 거요? 남궁세가의 쌍검자라, 애초에 혼자의 몸으로는 아무것도 못하는 게 아닌가?"

남궁자현이 핏대를 세우며 소리를 지르려 하는데 남궁여현이 그를 말렸다.

"형님, 그런 말에 흥분하지 마십시오. 일단은 저년을 잡는 것이 우선입니다. 저들의 말대로 우리가 놓칠 뻔했으니 변명의 여지가 없습니다."

"…끄응."

"뭘 하시오? 우리는 공을 채가려 모습을 드러낸 것이 아니오."

칠호가 그리 말하고 팔짱을 끼며 뒤로 한 걸음 물러났다. 쌍검자들이 눈빛을 교환하고, 금설옥에게 달려들었다.

금설옥이 보아하니 새로이 나타난 두 복면인의 기도도 평범한 것이 아니라 적어도 백기단보다는 윗줄에 놓아야 했다. 쌍검자들이야 말할 것도 없으니 자신의 명이 이 자리에서 끝나나 싶었다. 하지만 지금 복면인들이 뒤로 물러나며 관망하는 자세를 취했으니 이는 어두운 가운데 실 같은 밝음이라, 다른 생각을 하지 못하고 검을 다잡으며 진기를 일으켰다.

"하앗!"

열다섯 소녀의 미약했던 아미구양공(峨嵋九陽功)도 이제는 달라져 있었다. 내력은 결코 속성으로 얻어지는 법이 없다지만 금설옥의 아미구양공은 퇴불이 전수한 무명문(無名門)의 운기법과 어울려 크나큰 성취를 이루었던 것이다. 추신, 금설옥의 검에 붉은 기운이 일렁였다.

"대단하구나!"

남궁자현이 감탄하며 검을 내려쳤다. 그를 보좌하며 남궁여현이 검을 그으니 좌검은 종(縱)이요, 우검은 횡(橫)이라, 십자번참(十字蕃斬)이라는 절초다. 쌍검자의 합벽 중에서도 가히 정수라 할 수 있었다.

콰앙!

진기와 진기가 충돌하고, 그 여파가 주위로 퍼져 나갔다. 허리를 뜰 긴 풀잎들이 그에 휘말려 세 사람을 중심으로 원을 그리며 피어올랐다. 푸른 잎이 달빛을 받아 맴돌더니 이윽고 소리없이 땅으로 가라앉았다.

그제야 세 사람의 모습이 온전히 드러났다.

"크흑!"

"으흠……."

금설옥이 입에서 한줄기 선혈을 흘리고 쌍검자는 신음을 흘렸다. 금

설옥의 내력이 동년배들과 비교할 수 없을 만큼 심후하다지만 쌍검자
들과 정면으로 견주는 것은 무리였다. 적지 않은 내상(內傷)을 입고, 금
설옥은 피를 흘리며 무릎을 꿇었다.

쌍검자들은 두 사람 모두 반 토막 난 검을 들고 망연자실해 있었다.
금설옥의 강맹한 일격을 견디지 못해 십자번참은 깨지고 애검마저 잃
게 된 것이다. 금설옥의 검이 보검인 것은 알고 있었으나, 쌍검자들의
검 역시 세가의 보검이다.

"어찌 이런……."

남궁여현의 음성이 침울했다. 쌍검자들이 비록 내상은 면했으나 명
백한 패배였다. 까마득한 후배를 상대로, 그것도 두 사람이 함께 달려
들어 이러한 결과를 낳았으니 더 이상 금설옥을 핍박할 명분이 서질
않았다.

그러나 내상을 입어 운신이 어려운 금설옥을 보니 다른 마음이 솟았
다. 어차피 자신들이 아니어도 암천대로부터 도망치기란 요원하다. 쌍
검자가 함께 검을 들이밀었을 때부터 명분이나 체면이란 그들에게서
떠나간 터, 금설옥을 암천대의 손에 맡긴다면 결국 아무것도 얻지 못하
고 말 것이다.

"형님……?"

남궁여현이 입을 여는데, 남궁자현이 고개를 흔들었다.

"여기서 더 이상 싸울 수는 없다. 일단 돌아가자."

남궁여현은 평생 사촌형의 말을 거역해 본 적이 없었다. 결국 고개
를 끄덕이자 남궁자현이 금설옥에게 말했다.

"살아난다면, 다시 겨루어보자."

그러나 지금 금설옥에게는 남궁자현의 목소리가 아득했다. 헝클어

진 진기를 수습하기에도 벅찼으니, 멀어지는 두 사람의 뒷모습도 잘 보이지 않았다.

"으윽……."

결국 금설옥은 눈을 감았다. 무릎을 꿇어 상체를 추신, 검에 기댄 채 눈을 감고 있는 금설옥을 향해 암천대의 두 사람이 걸어갔다.

"남궁세가의 쌍검자라더니, 명성도 믿을 게 못 되는군. 늙어 기력이 쇠할 나이인가?"

침묵을 지키던 쪽이 입을 열었다. 칠호가 말했다.

"이 여자의 화후(火候)가 그들을 능가했음이지. 눈으로 보아 확실한데도 편견에 사로잡혀 믿지 않으려 하는 자에게 십오호라는 상위 번호가 주어진 건가?"

십오호가 그 말을 듣고 입을 다물었다. 칠호가 그를 한심해하는데, 두 사람의 귀에 낮은 음성이 들려왔다.

"암천대인가?"

내공이 실려 멀리서 온 것도 아니고, 바로 지척에서 나온 소리였다. 암천대 상위 번호 두 사람의 이목을 숨기고 가까이 접근하다니? 십오호가 미처 놀랄 틈도 없이, 목에서 피를 뿜으며 쓰러졌다. 칠호가 단도(短刀)를 뽑아 들며 순식간에 몇 장을 물러나 보니 십오호의 시체 옆에 머리를 길게 늘어뜨린 한 사람이 서 있었다.

"……!"

칠호의 눈이 커졌다. 사내인지 여인인지 모를 자의 신형이 순간 흐려지더니 그의 바로 앞에 나타난 것이다.

불에 데인 듯, 화끈한 통증이 아랫배에 긴 선을 그린다. 독을 바른 단도는 채 휘둘려 보지도 못한 채 땅으로 떨어지고, 그와 함께 칠호의 시체도 땅에 쓰러졌다.

　모용현은 정신을 잃은 금설옥을 보았다.

6

　긴 머리를 날리는 뒷모습은 추신을 닮아 있었다. 재빨리 물러나는 복면인을 따라붙은 신법 또한 추신의 신법이었다. 보이지 않으나 느낄 수 있는 검기는 말할 것도 없었다.

　그러나 그는 추신이 아니다.

　금설옥은 눈을 떴다.

　달이 지고 어슴푸레 새벽이 오는 듯, 주위에는 안개가 끼어 있었다. 속이 진탕되어 피를 한 모금이나 뱉어낸 것치고는 기이하게 편안했으나 혹시나 싶어 운기조식을 하여 막힘이 없음을 확인했다. 정신을 잃은 동안 내상이 치유된 것이다.

　자리에서 일어나니 전신이 상쾌했다. 고개를 돌리니 먼발치에 누군가 서 있었다. 멀어져 가는 눈으로 보았던, 복면인들을 해치운 괴인이었다. 금설옥의 내상을 치유하고, 정신을 차릴 때까지 곁에서 지키고 있었던 것이다.

　"……."

　금설옥은 입이 떨어지지 않았다. 한 달을 넘게 쫓았는데, 막상 눈앞에 있으니 무슨 말을 해야 할지 모르는 것이다. 금설옥이 일단 고맙다는 말을 하려는데, 괴인이 금설옥을 돌아보며 말했다.

"정신이 드셨소?"

돌아보는 괴인의 얼굴이 금설옥의 시야에 박혔다. 시간의 지층에 묻혀 버린 기억이 수맥이 터지듯 솟구쳐 올랐다. 금설옥이 본 소년의 얼굴은 항상 더러웠지만 그 여린 선만큼은 무엇으로도 가려지지 않았다. 소년의 얼굴은 아주 조금, 더 초췌해졌을 뿐이었다.

그래, 너였어.

"나를 구하러 돌아온 거야?"

이제는 자신보다 훌쩍 커버린 모용현이었지만 말에 거침이 없었다. 금설옥의 말이 뜻밖이었는지 모용현은 잠시 머뭇거리다가 다른 이야기를 했다.

"내상은 괜찮소?"

금설옥이 대답했다.

"네가 치료해 준거니?"

"…좋아진 것 같으니 이만 가보겠소."

상대에게는 대화를 이어갈 의사가 없었다. 등을 돌리는 모용현에게 금설옥이 다급히 외쳤다.

"잠깐, 잠깐!"

모용현이 차분히 돌아보며 말했다.

"더 이상 날 쫓지 마시오. 나라는 것을 확인했으니, 그것으로 충분하지 않소?"

앞머리를 내려 항상 가리고 있었던 오른쪽 눈은, 이제 길게 늘어뜨린 머리칼 사이로 기묘한 빛을 뿌리고 있었다. 의안을 해 넣은 것일까? 반면 온전히 드러난 왼쪽 눈은 착 가라앉아, 좀처럼 그 속을 드러내려

하지 않았다.

금설옥이 말했다.

"날 기억하긴 하는군?"

"……."

가라앉은 눈동자가 일렁였다. 금설옥이 그를 보고 재빨리 말을 이었다.

"물어보고 싶은 것은 없어?"

"…이만 가겠소."

모용현이 다시 등을 돌렸다. 그 태도가 몹시 단호하여, 금설옥이 감히 붙잡을 생각을 못하고 물었다.

"다음은 누구지? 누구를 죽일 거야?"

"……."

망설이는 모용현을 보고 금설옥이 말했다.

"왜 말을 못해?"

모용현이 돌아보지도 않고 대답했다.

"창천검(蒼川劍)이오."

그 한마디에 담긴 적의가 차가웠다. 금설옥은 아무 말도 하지 못하고, 멀어지는 모용현의 뒷모습을 바라봤다.

모용현은 머릿속이 복잡했다.

암천대의 존재를 알고 있었지만, 자신은 그들의 눈을 피해왔다. 그러나 금설옥에게까지 암천대가 들러붙었을 줄은 상상도 못했던 것이다.

지금 암천대가 금설옥을 미행하고 있다는 것은 그간 무림맹에서 금설옥의 행방을 몰랐다는 이야기이다. 아니, 이미 그녀가 살아 있다는 것 자체로 모용강이 금설옥을 어떻게 판단하는지 알 수 있었다. 어차피 모용강은 자신의 입으로 모든 것을 말하였고, 금설옥이 알고 있는 사실은 대세에 한 치의 영향도 끼칠 수 없었다. 그러니 금설옥을 굳이 제거할 필요를 느끼지 못했을 것이다.

그러나 중요한 것은 지금이었다. 경위를 알 수야 없었지만 금설옥은 무시하지 못할 고수가 되었다. 더구나 그녀는 아미의 전인으로, 구파일방의 잔당들이 일으킨 남창 지부 습격 사건에 가담하였다. 모용현은 그녀가 그 집단 내에서 어떤 위치를 차지하고 있는지 알지 못했으나, 금설옥이 그 존재만으로 충분히 위협적인 고수임은 확실했다. 한번 그들에게 가담한 이상, 무림맹은 이처럼 그녀를 파악하고 처리하려 애쓸 것이다.

새벽 공기가 차가웠다. 모용현은 옷깃을 여미며 중얼거렸다.

"나는 왜 가르쳐 주었지?"

모용현은 그가 가지고 있는 간월검 열 개의 구결로부터 얻을 수 있는 모든 것을 얻어낸 후 형산에서 내려왔다.

검객이 흘린 피는 소년이 흘려야 할 것이었다. 검을 적신 피 역시 소년의 것이어야 했다. 하지만 그중 어디에도 소년의 피는 없었다.

형산을 내려오며 그가 하고자 했던 일을 완수하기 위해서는 마음을 단단히 굳혀둘 필요가 있었다. 그리고 그것은, 처음으로 자신의 손에 피를 묻힌 이래 거듭된 살행으로 어느 정도 성과를 얻을 수 있었다.

그러나 모용현은, 남창에서 금설옥을 만나 자신의 마음이 흔들렸음을 알았다. 금설옥은 소녀였을 때와 마찬가지로, 아니, 그 이상으로 빛나고 있었다. 이제 그 올곧은 마음에 걸맞은 무위를 갖추고 그 자신이

해가 되어 주위를 환하게 비추고 있었던 것이다.

모용현은 금설옥의 생존을 확인한 기쁨과 함께, 여전히 그녀에게 다가갈 수 없는 자신을 확인하는 절망을 맛봐야 했다. 그녀에게 닿기에 자신은 너무나 더러웠다. 어린 시절과 마찬가지로 금설옥에게 다가가면 갈수록, 그 환한 빛에 자신의 추함만 드러나는 것이다.

모용강의 죄는 만천하에 공개되었지만, 모용현의 죄는 아무도 모른다. 모용강과 금설옥, 천하에 오직 두 사람만이 알 뿐이다.

금설옥은 모용현이 저지른 죄의 증거였다.

그럼에도 불구하고 모용현은 자신을 쫓는 금설옥에게 다음 표적을 알려주었다. 그녀에게서 멀어지고자 하지만, 지금처럼 금설옥이 자신을 찾아와 주기를 바라는 마음도 분명 존재한다. 이율배반(二律背反)이란 이런 때에 쓰이는 말이다.

모용현은 오래된 느티나무에 등을 기댔다. 간밤의 혈향(血香)이 아직도 남아 코끝을 떠나지 않는 것 같았다.

'나는 대체 어쩌자는 걸까.'

새벽 안개가 서서히 걷히고 있었다.

금설옥의 머릿속도 복잡하기는 매한가지였다.

소녀와 소년은 달리 친분이 있는 것도 아니었다. 정확히 말하자면 금설옥은 모용현을 미워했고, 지금도 미워하고 있었다. 그런 그녀가 모용현을 찾아 헤맨 것은 추신의 한마디 말 때문이었다. 그날 추신이 맡긴 모용현을, 금설옥은 지키고자 했을 뿐이다. 퇴불이나 그녀나 그 후로 소년의 생사조차 알 수 없었기에 이제껏 그 일로부터 벗어나질 못한 것이다.

그러나 이제 금설옥은 모용현의 생존을 확인하였다. 그것은 달리 말해 더 이상 모용현을 쫓아다닐 필요가 없음을 뜻한다. 주문과도 같았던 추신의 부탁으로부터 해방된 것이다. 육 년 동안 기다려 온 순간이었다.

그러나 금설옥의 마음은 생각했던 것처럼 개운하지 않았다.

"어째서?"

하루를 준비하는 사람들이 하나둘 모여드는 새벽의 거리를 지나며 금설옥은 중얼거렸다.

더 이상 모용현을 찾을 필요가 없음에도, 왜 그가 다음에 찾아갈 곳을 알려 했는지?

이제 금설옥에게 남은 일은 복수를 하는 것뿐이다. 그녀에게 복수의 대상은 딱 두 사람이었다. 바로 천하제일인 모용강과 천엽비도 당감소. 그것은 사부의 손을 빌려서 해결할 문제가 아니었으니, 솔직히 막막한 길이었다.

금설옥은 문득 모용현의 살행을 떠올렸다. 무림맹의 지부장들을 한 사람 한 사람씩 죽여 나가고 있는 그의 행위는 무엇이고 그 목적은 무엇인가? 금설옥은 지난 한 달 동안 모용현을 쫓으며 그러한 의문을 가져 본 적이 없음을 깨달았다.

모용현이 익힌 것은 간월검만이 아니었다. 당시에는 몰랐으나 금설옥이 지금의 경지에 올라 되돌아보니 검보다 더 놀라웠던 추신의 신법마저 모용현은 똑같이 구현해 냈던 것이다.

그를 죽음으로 몰고 간 소년은, 과연 무슨 마음으로 그의 무공을 익혔던 것일까? 장성하여 고수가 된 모용현이 지금 하려는 것은 복수인가? 복수라면 무엇을 위한 복수란 말인가?

추신을 위한 복수인가? 할아버지와 아버지를 위한 복수인가? 아니면 소년 자신을 위한 복수?

'셋 모두일 수도 있지.'

금설옥은 계단을 올랐다. 묵고 있던 객잔의 방으로 들어가니, 당정 견이 세상모르고 자고 있었다. 창가로 들어오는 아침 햇살을 받는 얼 굴이 너무나 평온했다. 그 모습을 보니 죽을 고비를 넘겼던 간밤의 일 이 갑자기 먼 일처럼 느껴지고, 괜한 심술이 났다.

"아함……."

당정견이 눈을 비비며 몸을 일으켰다. 유시(酉時)에 자 진시(辰時)가 다 된 지금에야 일어났으니, 어림잡아 여섯 시진을 내리 잔 것이다. 아 무리 취했다 해도 그리 오랜 시간을 자기란 쉬운 일이 아니었다.

"이제 일어났나요?"

기지개를 펴는 당정견에게 금설옥이 말했다. 그 말에 가시가 돋쳐 있었으나 당정견은 알아차리지 못한 듯 태연스레 말했다.

"음? 여긴 어디요?"

"제가 묵고 있는 방이지요. 정신을 차리지 못할 정도로 취해서 하는 수 없이 이리로 데려왔습니다. 속은 좀 괜찮은가요?"

금설옥이 남장을 하고 있었지만 때때로 그를 인식하지 못해 말투가 오락가락했다. 그러나 당정견은 신경 쓰지 않는 눈치였다.

"좀 괜찮은데 해장을 하긴 해야겠소. 금 형은 괜찮소?"

"예. 저는 괜찮습니다."

금설옥과 당정견은 식당으로 가 식사를 주문했다. 기다리는 동안 금 설옥은 말없이 모용현을 생각했다.

'창천검이라면 남궁세가의 가주, 남궁우현을 말함이다. 이수병이나 양당국은 삼음노괴의 제자라지만 창천검은 그와 원한을 맺은 적이 없어. 그런데도 창천검을 치겠다는 것은 무슨 뜻이지?

모용현의 살행이 복수를 목적으로 하는 것이라면, 남궁우현을 칠 이유가 없다. 적어도 금설옥은 그것이 옳은 생각이라 여겼다.

생각에 골몰하는 금설옥을 당정견이 물끄러미 바라봤다. 금설옥이 한참 다른 생각을 하다 그 시선을 깨닫고 말했다.

"뭘 그렇게 보는 겁니까? 무례하군요."

당정견이 웃으며 말했다.

"어제는 몰랐는데 아침에 보니 참 잘생겼다 싶어 감상 좀 했소. 눈 코입이 오밀조밀하여 사내의 호방함과는 거리가 있지만 오히려 여인의 아름다움과 닿아 있으니 정말 미남이구려!"

당정견이 그리 말하는데 묘하게도 밉질 않았다. 금설옥은 그와 비슷한 이들을 몇몇 알고 있었는데, 그런 이들은 하나같이 좋은 집에서 부모와 주위의 사랑을 한 몸에 받으며 별다른 어려움 없이 자랐다는 공통점을 가지고 있었다. 웃는 모습이 해맑은 이 청년도 그럴 것이다.

문득 당정견의 웃는 모습 위로 모용현의 얼굴이 겹쳐 보였다. 비슷한 또래의 두 사람이건만, 모용현이 그처럼 웃는 모습을 상상할 수 없었다. 그것은 분명 슬픈 일이었다.

식사를 마친 후, 금설옥은 방으로 올라가 얼마 없는 짐을 챙겨 객잔을 나왔다. 금설옥은 다시 한 번, 모용현을 만나기로 했다. 아까처럼 겉도는 것이 아닌, 진심으로 대화를 나누고 싶었다. 그의 속내를 알고 싶었다.

객잔 밖에는 당정견이 그를 기다리고 있었다.

금설옥이 말했다.

"아직 안 갔나요?"

당정견이 빙그레 웃으며 말했다.

"어제 듣지 않았소? 난 갈 곳이 없어 방황하는 몸이라오."

금설옥이 고개를 끄덕이며 말했다.

"그럼 계속 방황하시지요. 전 이만."

그리고 몸을 돌리는데, 당정견이 그 앞을 가로막으며 말했다.

"잠깐, 잠깐! 옷깃만 스쳐도 인연이라는데 우리가 함께 술을 마시고 하룻밤을 지냈으니 이미 훌륭한 인연을 맺은 게 아니오?"

금설옥이 얼굴을 붉히며 화를 냈다.

"지금 무슨 소리를 하는 거예요!"

"뭘 그렇게 화를 내는 거요? 금 형과 난 좋은 친구가 된 것이 아니오?"

금설옥은 당정견이 아직도 자신을 남자라 알고 있음을 깨달았다. 여자라는 것을 알았다면 '하룻밤을 지냈느니' 하는 이야기를 감히 하지 못하리라.

당정견이 다시 말했다.

"그리고 난 이제 갈 곳이 없소."

"돌아갈 집이 있잖아요?"

"이제 집을 나온 지 한 달도 안 되었는데 벌써 들어가면 내가 아버님께 고개를 숙이는 꼴이 되지 않겠소? 어제도 말했지만 나는 아버님과 싸우고 나왔단 말이오."

"무슨 일로 싸웠는지 내가 알 수야 없지만 그만 들어가는 게 좋지 않습니까? 부모는 자식을 기다려 주지 않는다 했으니, 당 형은 틀림없이 후회할 거예요."

"흥! 나는 절대 후회하지 않을 것이오."

금설옥이 한숨을 쉬며 말했다.

"당 형은 철이 없군요."

이 말에는 반쯤의 진심과 반쯤의 의도가 섞여 당정견으로 하여금 화를 내도록 만들려는 목적이 있었다. 그런데 당정견이 씩 웃으며 능청스럽게 대답하는 것이 아닌가.

"맞소! 나는 어려서부터 철이 없다는 말을 많이 들었는데, 아직까지도 종종 듣는다오. 금 형이 지금 나를 알아보았으니, 이는 백아(伯牙)를 알아본 종자기(鍾子期)와 능히 비견할 만한 일이 아니겠소?"

피식. 금설옥이 결국 헛웃음을 지었다.

7

남궁세가가 있는 육안(六安)은 합비로부터 그리 멀지 않았다. 금설옥은 당정견이라는 혹을 붙이고 삼 일을 걸어 육안에 도착했다.

삼 일이라는 시간을 함께하면서 금설옥은 당정견이라는 사람에 대하여 좀 더 많은 것을 알게 되었다. 대화 중에 때때로 튀어나오는 가족 이야기는 따뜻했고, 문학과 역사에 조예가 깊어 명문의 자제라는 티를 은연중에 내비치고는 했는데 그러한 치기가 때로는 귀엽게도 때로는 싫게도 느껴지곤 했다.

두 사람의 대화는 주로 당정견이 말하고 금설옥이 듣는 것으로 역할 분담이 이루어져 있었는데, 당정견은 박식하기도 하거니와 능글능글한 말솜씨도 제법이라 듣는 재미가 그만이었다.

육안에 도착한 것은 점심 무렵이었다. 두 사람은 시내에 들어가 방을 잡고, 요기를 하기 위해 객잔에 앉았다.

"여기도 그런 곳이군요."

식사를 주문하고 차를 마시는데 당정견이 뜬금없는 말을 던졌다. 하나 그의 이야기가 대부분 그런 식으로 시작됨을 금설옥은 잘 알고 있었다. 금설옥의 대답을 기다리지도 않고 당정견이 입을 열었다.

"무림맹이라는 거대한 권력이 가진 폐해가 명확히 드러나는 곳이란 말이오."

"그게 무슨 이야기죠?"

당정견의 입에서 무림맹에 대한 이야기가 나온 것은 처음이었다. 금설옥이 반문하자 당정견이 고개를 저으며 말했다.

"아까 우리가 남궁세가의 담장이나마 보지 않았소?"

금설옥과 당정견은 육안에 들어서 남궁세가의 위용을 이미 본 바 있었다. 금설옥이 고개를 끄덕이자 당정견이 말했다.

"직접 보니 그 위세가 어떻소? 상당하지 않소?"

"상당하더군요."

"남궁세가는 기본적으로 무가(武家)라오. 저 큰 장원 안에는 무수히 많은 무림인들이 있지요. 금 형은 무림인이 무어라고 생각하시오?"

때때로 당정견은 이렇게 상대를 내려다보는 화법을 즐겨 사용했는데, 이는 금설옥이 당정견에게 호감만을 품지 못하는 원인이기도 했다. 금설옥은 쏘아붙이듯이 대답했다.

"무의 길을 가는 사람이지요."

그 말의 가시를 느낄 수 있을 만큼 당정견이 세심했더라면 아직까지 이런 식의 질문을 하지는 않았을 것이다. 당정견은 자신이 바라는 답을 낸 금설옥을 기꺼워하며 말했다.

"금 형의 말 그대로요. 무림인이란 무의 길을 가는 사람이지! 그러면 대체 무의 길이란 무어란 말이오?"

"……."

금설옥은 입을 다물었다. 금설옥의 역할은 한 번 운을 띄워주는 것으로 끝이다. 당정견은 그저 자신의 얘기를 할 무대가 필요했을 뿐이다.

"잘 생각해 보시오. 농부는 농사를 지어 곡식을 생산하고, 상인은 물건을 사고팔아 이윤을 남기지요. 장인은 물건을 조제하고, 문인은 글을 씁니다. 그네들은 다들 무언가를 이 세상에 창조하는 것을 업으로 하는 이들이오. 내가 지금 크게 이야기했지만, 세상의 많은 사람들이 이러한 범주에 들지 않는 자가 드물 것이오."

당정견이 차를 마셔 목을 축이고 다시 이야기했다.

"그 드문 이들이 바로 무림인이라는 족속이지요. 무림인이 하는 일이 무엇이오? 밤낮 칼을 휘두르고 주먹을 휘두르고, 오로지 사람을 죽이는 방법을 연구하는 것이 그들이오."

마음에 드는 이야기는 아니지만 그 안에 틀린 점이 없긴 했다. 금설옥이 고개를 끄덕이자 당정견이 의기양양해하며 말을 이었다.

"그들은 오로지 무기를 휘두르고 사람을 죽이는 자들이라, 세상에 무엇 하나 내놓지 못하는 자들이오. 한데 그런 이들이 모여 세력을 형성한다고 생각해 보시오. 이 세상에 내놓기는커녕 있는 목숨을 없애기에 급급한 자들이 십, 이십도 아니고 백, 이백이 모여 있다고 생각해 보시오. 그들의 입으로 들어갈 쌀과 그들이 입을 옷과 그들이 휘두를 무기는 다 누가 만드는 것이오?"

"다른 이들이겠지요."

"바로 그렇소. 그럼 무림인이라는 족속들이 하나 만들어내는 것도 없는데 무엇과 쌀을 교환하고, 옷을 교환하겠소?"

"음, 글쎄."

"간단하오. 바로 무력(武力)이지. 무공을 익힌 무림인의 무력이란 단순히 일반인들 사이에서 싸움을 잘한다고 평가받는, 그런 수준이 아니지 않소?"

"그야 그렇지요."

"그 과정에서 바로 폐해가 있단 말이오. 뭐 하나 생산할 줄 모르는 무림인이라는 것들이 교환하려는 무력이라는 것이 어디 실체가 있는 것이오? 당장 저 남궁세가를 보시오. 저들이 뭐 내세울 것이 있다고 큰 집을 지어 여러 사람을 끌어들이겠소? 저 집을 세울 돈은 어디서 났고, 여러 사람이 먹을 쌀은 어디서 났겠소? 모두 무력을 앞세워 이 도시의 사람들에게서 뜯어낸 것이 아니겠소? 달리 말하면 남궁세가란 육안 사람들에게 붙어 사는 기생충이나 다름없단 말이오."

금설옥이 당정견의 이야기를 듣고 있으니 그 말 자체에는 틀림이 없었다. 그녀가 몸담고 있었던 아미파 역시 불경을 읽고 무공을 수련하기만 했지 농사를 짓는다거나 하는 일은 한 번도 한 적이 없었다. 그만한 거대 집단을 유지시키기 위한 최소한의 것들도 자급자족하는 법이 없었던 것이다.

금설옥이 어렴풋이 알기로도, 아미파 역시 속가제자들의 가문에서 주는 기부금과 아미산 주변 마을에서 거둬들이는 공양으로 운영되었다. 금설옥 자신이 아미파의 중요한 수입원 중 하나이기도 했다.

그러나 금설옥은 당정견의 말에 쉽사리 승복할 수 없었다.

"당 형의 말이 맞다 해도, 그것은 남궁세가의 일만이 아니지 않나요?"

"그래서 내가 무림맹의 폐해라 하지 않았소."

"하지만 그것은 그전에도 마찬가지였죠. 구파일방이라고 지금의 무림맹과 다를 바 없었고 남궁세가는 지금의 무림맹이 들어서기 전부터 위세를 떨치고 있었습니다. 어찌 그것을 무림맹의 폐해라 할 수 있습니까?"

금설옥은 본의 아니게 무림맹을 옹호하게 되었다. 그 절반은 금설옥의 본심이라 할 수 있었지만, 나머지 절반은 당정견의 말에 대한 반발이었다. 때문에 금설옥은 스스로 말을 해놓고도 심히 부끄러웠는데 당정견이 대답했다.

"지난 시대의 과오가 있다면 필히 청산하고 새로운 길을 모색해야 할 것인데, 무림맹은 그 기회를 놓쳤으니 이는 비난받아 마땅한 일이 아니겠소?"

모용강의 무림맹이 들어선 이래, 달라진 점이 있다면 더 이상 정사(正邪)의 구분을 하지 않았다는 점뿐이다. 무림맹은 기존 구파일방의 체제를 고스란히 받아들였는데, 이는 정파와 사파라는 물과 기름같이 섞일 수 없는 두 집단을 하나로 묶어두는 데 모용강이라는 공포 한 가지로는 부족했기 때문이다. 말을 다룰 때에도 채찍과 당근을 함께 쓰듯이, 무림맹이라는 거대한 단체를 유지하기 위해 모용강은 구파일방이 누리던 이권을 적절히 분배하였다.

그것은 금설옥이 고민하는 대목이기도 했다. 그 자신이 구파일방의 한 일원으로 속해 있을 때는 보이지 않던 것들이, 밖으로 나오고 나서야 보이기 시작했던 것이다.

금설옥은 퇴불과 함께 중원을 떠돌며 많은 것을 보고, 많은 것을 생각했다. 무림맹의 가혹한 처사에 분노하다가도, 그것이 자신이 속해 있던 구파일방이 과거에 하던 일과 다르지 않음을 깨닫고 절망했었다. 이를 깨우쳐 준 것이 퇴불이었다. 항상 제멋대로이고, 무림이라는 거대한 틀 안에서 다른 이들과 섞이지 못하던 퇴불에게는 과거 구파일방의 권세가 드높던 시절이나 지금 무림맹이 지배하는 시절이나 다를 것이 없었다. 퇴불의 그런 면은 제자인 금설옥에게도 영향을 끼쳤으니, 금설옥이 구파일방의 하나인 아미에 뿌리를 두었으면서도 왕민보들에게 깊이 공감하지 못했던 까닭이 바로 그곳에 있었다.

그렇게 생각해 보면 당정견의 말은 퇴불과 비슷한 점이 있었다. 금설옥이 퇴불과 함께 다니면서 그에 대해 놀랐던 점은 퇴불의 제멋대로인 성정이 오직 무림인들에게만 발하여진다는 점이었다. 무공을 익히지 않은 일반인들에게 퇴불은 항상 친절했고, 힘없는 이들에게 청을 들었을 때 그 자신이 할 수 있는 일이라면 마다하는 법이 없었다. 그러면서도 무림인이라 하면 누구나 제 눈 아래에 두었으니 금설옥이 곁에서 지켜보면서도 무엇이 퇴불의 본모습인지 알 길은 없었으나 큰 감명을 받은 것이 확실했다.

그러나 당정견의 말이 청산유수였지만 금설옥을 감복시킬 수는 없었다. 그의 말은 오로지 머리에서 나온 것이었으니, 그 말이 금설옥의 머리에 가 닿을망정 가슴으로는 가지 못함이 당연했다. 실제로 빼앗기는 입장에 서보지 못한 이가 그 마음을 어찌 헤아릴 것인가? 금설옥도 그와 같은 또래로, 금가장의 막내로 태어난 덕에 유복한 어린 시절을 보냈으나 십대 이후로는 아미파에 입문하여 항상 근검하였고, 그 후 육

년은 퇴불과 함께 강호를 떠돌았으니 보고 듣고 겪은 것이 자연 당정
견과 비할 바 아니었다.

그렇게 생각하니 금설옥이 은근히 심술이 나, 한마디 던졌다.

"당 형, 혹시 굶어본 적이 있나요?"

"예?"

"아니, 아닙니다."

당정견이 확실히 듣지 못한 듯 반문했으나 금설옥은 얼버무렸다. 척
봐도 귀공자로 태어난 자라, 평생 어려움이라고는 모르고 살아왔을 것
이다. 아버지와 다투고 집을 나왔으면서도 주머니가 두둑하니 이런 자
의 입에서 나오는 어떤 말에 신뢰가 갈 것인가?

두 사람이 식사를 마치고 잠시 앉아 있는데 녹색 옷을 입은 십여 명
의 청년이 객잔으로 들어왔다.

금설옥이 그를 보고 좋지 않은 기분이 들었는데, 아니나 다를까, 청
년들이 두 사람에게로 오는 것이다. 십여 명의 청년이 금설옥과 당정
견을 에워싸고, 그중 하나가 말했다.

"당신들이 감히 남궁세가를 비방한 자들이오?"

8

"비방이라니?"

청년들 중 하나가 다짜고짜 내뱉은 말에 금설옥이 영문을 모르고 대
답했다.

"뭔가 잘못 알았나 본데…….'

뭔가 말을 하려다 금설옥의 머리에 떠오른 것이 있었다. 잊고 있었지만 분명 당정견이 '기생충'이라는 말을 써가면서 남궁세가를 욕한 것은 사실이었다. 그렇지만 사석에서의 이야기를 이들이 어찌 알고 한 식경도 지나지 않아 올 수 있었을까? 금설옥이 주위를 둘러보다 점소이와 눈이 마주쳤는데, 점소이가 그 시선을 피하는 것이었다.

청년들 중 하나가 그 모습을 보고 말했다.

"이제 알았나? 이 육안에서는 황제를 욕할지언정 남궁세가를 욕할 수는 없다. 육안의 모든 이들이 세가의 눈이요, 귀이다."

금설옥의 귀로는 청년의 말이 들어오고, 눈으로는 당정견의 웃는 얼굴이 들어왔다. 그것 보라는 듯 의기양양한 웃음이었다.

"순순히 따라오지 않겠다면 할 수 없지. 잡아라."

명령이 떨어지자 금설옥과 당정견에게 각각 두 명의 청년이 붙었다. 사내들은 우악스러운 손으로 금설옥의 좌우 팔을 잡아 일으키려 했다.

쾌당!

사람들의 시선이 쏠리고, 당정견의 눈도 커졌다. 잡아 일으키려던 사내들이 오히려 금설옥에게 제압당한 것이다. 금설옥은 양손으로 두 사내의 팔을 비틀어 잡았고, 사내들은 얼굴을 탁자에 바싹 붙인 채 괴로워했다. 교묘한 금나수법이었다.

처음 말을 했던 청년이 외쳤다.

"감히 반항을 하다니!"

와당탕탕!

금설옥이 잡고 있던 두 사내를 옆으로 밀치고 일어났다. 단단히 화가 난 금설옥이 말했다.

"감히? 감히라니, 누가 누구에게 그런 말을 쓸 수 있단 말인가? 남궁세가가 뭐라고 사람을 함부로 잡아들인단 말이오?"

"이곳에서는 세가가 곧 법이다!"

"흥! 그깟 세가가 뭐 그리 대단하다 그러는지 모르겠군!"

"이놈이……!"

청년이 끝내 말을 못 잇고 얼굴만 벌겋게 달아올랐다. 금설옥이 냉랭히 외쳤다.

"당 형, 그만 갑시다!"

당정견이 말했다.

"그러고 싶은데 이자들이 놓아주질 않는구려."

그러나 말과 달리 당정견의 얼굴은 여유만만, 미소가 입가에서 떠나지 않고 있었다. 금설옥은 당정견의 본실력을 정확히 알지 못했으나, 지금 이 사내들에게 쩔쩔맬 만큼 한심하지는 않을 것이라 생각했다. 그런 것은 걸음걸이나 호흡만으로도 충분히 가늠할 수 있었다.

"스스로의 힘으로 빠져나오세요!"

"금 형은 너무 냉정하오."

당정견이 그리 말하고 자리에서 일어났다. 그의 두 팔을 잡은 사내들이 당황하더니 서로 부딪쳐 쓰러지는 것이 아닌가? 당정견이 일어나 자신들을 떨쳐 낼까 두려워 힘을 주었는데, 당정견이 그 힘을 역으로 이용한 것이다. 이는 지극히 섬세하고 어려운 수법이었으니 금설옥도 살짝 놀라 말했다.

"이제 보니 상당한 고수였군요?"

"어디 금 형만 하겠소."

당정견이 미소 지었는데 잘생긴 얼굴이 더욱 빛났다. 금설옥이 그를 보니 어쩐지 가슴이 설레면서도 얄밉게 느껴졌다. 두 사람이 함께 다니면서 금설옥은 굳이 자신의 기를 숨기려 들지 않았으니 당정견은 그녀의 무위를 어느 정도 짐작하고 있었을 것이다. 하지만 그러면서도 당정견은 전혀 자신을 내비치지 않았으니 그것이 얄미웠다.

'혹시 내가 여자라는 것도 알고 있는 거 아닐까?'

그사이 두 사람을 포위하고 있던 청년들이 각자 검을 뽑아 들었다. 처음 말한 청년이 상기된 억양으로 외쳤다.

"네놈들이 정녕 반도(叛徒)로구나!"

그 외침이 신호라도 되는 듯, 청년들이 달려들었다. 금설옥은 탁자를 딛고 우아하게 뛰어올라, 포위망 바깥에 있는 탁자 위에 올라서 외쳤다.

"반도라니? 남궁가가 황실이라도 된단 말이냐?"

금설옥의 말도 험해졌다. 청년의 말이 워낙 어이가 없던 탓이다. 빠져나오지 못한 당정견을 상대하는 몇 사람을 제외하고, 여덟이나 되는 사내들이 금설옥에게 달려들었다.

탁자 중앙에 서 있던 금설옥이 한 발 물러나 가장자리에 두 발을 모으니 탁자가 그 무게를 이기지 못하고 기울어졌다. 세워진 탁자 뒤로 금설옥의 모습이 사라지고, 달려들던 사내들이 예기치 못한 상황에 놀라 발을 멈췄다. 그와 동시에 금설옥이 탁자를 발로 차 밀었다.

"으헉!"

탁자가 사내들을 덮치고, 운이 나쁘게도 다리 끝에 명치를 치인 한 사내가 신음 소리를 내며 쓰러졌다.

"비겁한!"

선두의 사내가 분개하며 탁자를 옆으로 밀쳐 냈다. 그러나 그곳에는 이미 금설옥의 모습이 보이지 않았다.

"으윽!"

비명은 후미로부터 튀어나왔다. 금설옥이 어느새 사내들의 뒤를 치고 있었던 것이다.

금설옥은 각기 다른 방향에서 찔러 들어오는 다섯 자루의 검을 절묘하게 피하며 검, 추신을 휘두르니 세 사람이 팔에 상처를 입어 검을 떨어뜨렸다. 순식간에 네 사람이 당해, 온전히 검을 들고 서 있는 자가 반으로 줄어들었다. 그나마 서 있는 네 사람의 얼굴도 딱딱하게 굳었는데, 금설옥의 무위가 한눈에 보더라도 자신들과 격이 달랐기 때문이었다.

"아이쿠, 금 형! 나 좀 도와주시오!"

금설옥이 네 사람과 대치하는 중, 등 뒤에서 도움을 요청하는 당정견의 목소리가 들려왔다. 금설옥이 돌아보니 당정견이 세 사람을 상대하고 있는데, 아까 보여준 고명한 수법은 간데없고 검을 놀리는 모습이 서툴기만 했다.

"차앗!"

금설옥이 고개를 돌린 틈을 노려 사내들이 달려들었다. 그러나 금설옥은 보지 않아도 보이는 듯, 가슴을 찌르는 검을 손쉽게 피하며 반격했다.

본래 이들은 남궁세가의 하급 무사들로, 거리를 순찰하던 중 점소이의 신고를 받아 온 자들이었다. 당연히 금설옥의 상대가 되지 않았으니 십 초를 견디지 못하고 남은 자들 역시 검을 떨어뜨렸다.

금설옥이 그들을 처리하고 당정견을 보니, 허둥대면서도 세 사람의 검을 잘 막고 있었다. 그러나 그 모습이 몹시 위태로워 금설옥이 다급히 뛰어갔다.

"카앙!"

날카로운 소리를 내며, 당정견의 어깨를 위협하던 검이 부러졌다. 금설옥이 당정견의 앞을 막아서니 세 사람이 감히 달려들지 못하고 뒤로 물러났다. 금설옥이 외쳤다.

"성한 사람이 조금이라도 있을 때 물러가라!"

"크윽!"

그렇게 청년들이 객잔을 나갔는데, 그때까지 남아 있던 손님이라고는 금설옥과 당정견뿐이었다. 금설옥이 객잔의 주인에게 성큼성큼 걸어가 음식 값을 치르겠다 하니 주인이 고개를 저으며 말했다.

"돈은 받지 않겠습니다. 어서 나가주십시오."

"왜 받지 않겠다는 겁니까?"

금설옥이 반문하자 주인이 고개를 떨구며 말했다.

"손님께서는 외지 분이니 모르시겠지만 여기 육안은 남궁세가의 도시입니다. 그들을 거슬러서는 살 수 없답니다. 우리 아이가 손님들의 이야기를 세가의 무사들에게 고해바쳤지만 부디 두 분께서는 이해해주십시오. 그 아이가 그러지 않았다 해도 두 분의 이야기를 들은 다른 손님들 중 누군가가 고해바쳤을 겁니다. 그렇게 되면 객잔의 주인인 저에게도 불똥이 튀니 어쩌겠습니까?"

금설옥이 그 이야기를 듣고 대꾸하려는데 당정견이 어깨를 잡고 말렸다.

"지금 이들에게 무슨 말을 하겠소? 금 형, 어서 나갑시다. 그것이 이들을 도와주는 길이오."

당정견의 손에 끌려 금설옥은 객잔을 나왔지만 형언할 수 없는 감정이 속에 맺혀 답답하기 그지없었다. 금설옥이 골목을 걸어가며 말했다.

"내가 육 년 동안 중원을 떠돌았으나 육안은 오늘 처음인데, 이런 곳인 줄은 미처 몰랐소. 한낱 무가를 저리 두려워하다니……. 당 형, 말해 보시오. 이게 정상이오?"

당정견이 빙긋 웃으며 말했다.

"그러게 내가 뭐라 했소? 이게 다 무림맹의 탓이라 하지 않았소?"

금설옥은 대답하지 않았다. 당정견의 말이 옳기야 하겠지만, 그것이 전부는 아니다. 도시 전체를 아우르는 남궁세가의 권세가 하루아침에 만들어졌다고는 볼 수 없었다. 물론 무림의 권력이 모용강의 아래 재편되는 과정에서 좀 더 강화되기야 했을지언정, 무림맹이 근본적인 원인일 수는 없었던 것이다.

금설옥은 묵묵히 걸었다. 머릿속은 여러 가지 생각으로 복잡했다. 아무리 생각해도 이것은 옳지 않다. 남궁세가가 무슨 자격으로 육안이라는 도시와 그 주민들을 마치 자기들의 것처럼 부리는 것인가? 객잔 주인은 저들이 무력으로 주민들을 통제함을 넌지시 비추었다. 다른 이들도 객잔 주인과 크게 다르지 않을 것이다.

남궁세가가 주민들의 위에 군림할 수 있었던 것은 바로 그들이 가진 무력 때문이다. 그것은 당정견의 말 그대로이다. 보통 사람과 확연히 다른 무공을 익힌 덕에, 단지 그 이유로 저들의 부당한 통제에도 사람들은 따를 수밖에 없는 것이다.

'아니야. 그건 분명 아니야.'

금설옥은 자신이 배운 무공을, 그녀가 가진 무공을 생각했다. 단정사태는 무공보다 더 중요한 것이 많으니, 그를 먼저 익히지 않으면 무공이 아무리 뛰어난들 소용이 없다 했다.

그 때문에 금설옥은 방황을 하고 실수를 저질렀다. 추신에 대한 것이 바로 그것이었다. 돌이켜 보면, 단정 사태가 강조한 무공보다 더 중요한 것을 금설옥은 추신으로부터 배웠다 해도 과언이 아니었다. 그들 사이에 비록 한 마디 가르침과 질문이 오간 적이 없으나, 추신의 대쪽 같은 행동은 그 자체로 소녀에게 하나의 표본과 같았다. 더욱이 금설옥은 추신에게 죄를 지우는 데 일조하였고, 죄책감으로 괴로워했으나 결국 그 과정에서 얻은 것이 적지 않았던 것이다.

'그 아이도 괴로워했겠지.'

항상 그랬다. 추신을 생각하면 그와 함께 떠오를 수밖에 없던 소년이 있었다. 아니, 이제는 금설옥보다 한 뼘이나 큰 청년이 된 모용현 역시 추신에게 죄를 지었다.

금설옥은 더 이상 추신에게 지은 죄로 괴로워하지 않았다. 추신은 자신에게 용독의 혐의를 입히고, 또 충분히 풀 수 있었음에도 망설인 금설옥을 처음부터 원망하지 않았던 것이다. 금설옥이 괴로워했던 것은, 결국 스스로의 양심을 저버렸기 때문이다. 중요한 것이 무엇인지, 알고도 외면했던 자신을 똑바로 볼 용기가 없었기 때문이다. 하지만 금설옥은 끝내 용기를 냈고, 추신이 아니라 스스로에게 용서받을 수 있었다.

그것이야말로 추신에게서 얻은 것이었다.

금설옥은 다시 모용현을 생각했다. 모용현 역시 그녀와 마찬가지로 추신에게 죄를 짓고, 다른 이들에게 죄를 지어 괴로워했을 것이다. 그러나 지금은 어떠한가? 그 마음을 알고 싶었다.

"여기 있다!"

적의를 담은 외침에 금설옥은 퍼뜩 정신을 차렸다. 골목 앞에서 검은 옷을 입은 사내가 금설옥과 당정견을 보고 외친 것이다. 금설옥이 망설이는데, 당정견이 금설옥의 손을 잡아끌며 외쳤다.

"일단 피합시다!"

당정견은 금설옥의 손을 잡고 사내가 있는 반대 방향으로 뛰었다.

'……!'

금설옥이 갑자기 멈추고 당정견에게서 손을 뺐다.

"뭐 하는 겁니까? 어서 피하자니깐."

당정견이 다시 금설옥의 손을 잡으려는데 금설옥이 손을 뒤로 숨기며 말했다.

"아니, 아니오. 혼자 갈 수 있소."

당정견이 그 모습을 보고 알 수 없다는 표정을 지으며 다시 뛰기 시작했다. 금설옥이 그 뒤를 따라 뛰는데 장성한 외간 사내에게 처음으로 손을 잡혀본 터라 얼굴이 뜨겁게 달아오르고 가슴이 쿵쾅쿵쾅 뛰는 것이다.

당정견의 손은 크고, 억셌다. 편하게만 살아온 도련님이라고만 생각했는데, 무림인이긴 무림인인지 손에 굳은살이 배겨 있었다. 혹독한 수련을 받았다는 증거였다.

'내 손도 그렇지. 여염집 규수들과는 비교할 수 없을 텐데. 실망하지 않았을까? 아니, 난 지금 남장을 하고 있는데 무슨 상관이람.'

금설옥이 그렇게 생각하며 당정견을 따라 뛰는데, 그들 앞에 한 사내가 튀어나왔다. 앞니가 튀어나오고 얼굴에 큰 점이 있는 사내였다.

"쳇!"

금설옥과 당정견이 검을 뽑는데, 사내가 두 손을 앞으로 내저으며 황급히 말했다.

"아닙니다! 진정하십시오!"

금설옥과 당정견이 잠깐 머뭇거리는 사이, 사내가 말했다.

"금설옥, 금 대협이시죠? 추적자들의 수가 제법 많습니다. 저를 따라오십시오."

"대협?"

금설옥이 어이없는 얼굴로 당정견과 마주 보았다.

9

금설옥과 당정견은 점박이 사내의 뒤를 따라 복잡한 골목 안으로 들어갔다. 사내는 빠르지도, 느리지도 않은 속도로 두 사람을 이끌었다. 저 멀리, 때로는 아주 가깝게 금설옥과 당정견을 찾는 자들의 소리가 들렸으나, 사내는 속도를 바꾸는 법이 없었다. 사내를 따르며 당정견이 속삭였다.

"금 형, 대협이었소?"

금설옥이 질색을 하며 대답했다.

"나야말로 알고 싶네요. 대체 뭘 보고 날더러 대협이라는 거지?"

"사람을 잘못 본 건 아닌 것 같은데요?"

"그러니까 더 문제죠."

모퉁이를 십여 번이나 돌고 돌아 사내가 한 집의 대문 앞에 섰다. 사내가 붉은 대문을 두드리니 안쪽으로부터 낮은 목소리가 들려왔다.

"누구시오?"

"푸른 기와를 얹어드렸소."

알 수 없는 말이 오가고, 문이 열렸다. 금설옥과 당정견이 안내를 받아 안으로 들어가니, 낯익은 얼굴이 금설옥을 반겼다. 남종이었다.

"오랜만입니다."

금설옥도 얼굴을 펴 재회를 기뻐했다.

"오랜만이네요. 남 형, 건강하셨군요."

두 사람이 간단히 인사를 교환한 후, 남종이 당정견을 보며 말했다.

"동행이신가요?"

"아, 이쪽은 당 형이라고 여행 중에 알게 된 사이예요. 당 형, 인사하세요."

"당정견이라고 합니다."

"남종입니다."

당정견과 남종이 포권의 예로 서로 인사를 나누었다. 남종이 금설옥에게 자리를 권하며 난감한 얼굴을 하였는데 눈치가 빠른 당정견이 먼저 알아차리고 이야기했다.

"두 분께서는 밀린 이야기를 나누시지요. 소생은 잠시 바람이나 쐬고 오겠소이다."

남종이 고개 숙여 감사의 표시를 했다. 당정견이 나가고, 방 안에 두 사람만이 남자 남종이 말했다.

"금 낭자, 그날 어딜 그렇게 급히 가셨소? 남은 사람들이 모두 금 낭자를 보지 못해 얼마나 아쉬워했는지 아시오?"

"제가 뭔데 저를 보고 싶어한단 말예요?"

"그날의 최고 공로자가 바로 금 낭자 아닙니까. 금 낭자가 백기단주를 상대하여 죽이지 않았더라면 우리는 몰살당했을 거요. 당연히 다들 금 낭자를 보고 싶어하지요."

금설옥이 남종의 말을 듣고 말했다.

"좋아요. 그런데 남 형은 육안에 왜 오신 거죠? 그리고 우리를 데려 오신 분이 날더러 금 대협이라 불렀는데 그건 또 어떻게 된 거죠? 그리고 어떻게 곤란한 때를 타서 우리를 구해준 거죠? 우연이라기엔 너무 공교롭다고 생각하지 않아요?"

"아이고, 한 번에 하나만 물어봐요. 이 거지는 머리가 나빠요."

남종을 쏘아보며 금설옥이 말했다.

"엄살 피우지 말아요. 남 형의 머리가 나쁘다면 내 머리는 뭐가 되나요? 어서 내 물음에나 대답하시죠?"

금설옥이 그리 물으며 남종의 눈을 빤히 쳐다봤다. 그 눈이 너무나 맑고 깊어 남종이 감히 시선을 뗄 생각을 못하고 체념하듯 말했다.

"알았어요. 알았습니다."

남종이 두 손을 내밀어 진정하라는 손짓을 했고, 금설옥은 허리를 뒤로 젖히며 팔짱을 끼었다.

남종이 말했다.

"먼저 내가 육안에 온 이유는, 짐작하고 있을지 모르겠지만 우리… 정파연합의 이번 목표가 바로 남궁세가이기 때문이죠."

"너무 이른 것 아닌가요? 남궁세가를 칠 만한 힘이 있나요?"

금설옥이 기억하는 정파연합이란 그 이름에 어울리지 않게 초라한 것이었다. 기껏해야 사십여 명에 불과했는데, 남창 지부를 습격하면서 입은 피해를 생각하면 과연 남궁세가를 상대할 수 있을지 걱정이 앞섰다.

“뭐, 그것은 금 낭자가 걱정하지 않아도 되오. 이쪽도 나름대로 승산
이 있다 생각하여 선택한 길이니까.”

구파일방의 생존자들이 모여 결성한 신 정파연합은 매향검 왕민보
를 맹주로 추대하고, 지난 한 달 동안 남창을 중심으로 세력을 다졌다.
때마침 벌어진 강서성 지부장들의 잇따른 죽음에 힘입어 정파연합은
무림맹의 통치 아래 소외되어 왔던 강서성 내의 군소방파와 생존해 있
던 구파일방의 속가제자들을 규합하여 강서성을 그들의 세력권으로 다
지는 데에 성공하였던 것이다.

남종은 그에 더하여, 무림맹과 남궁세가 사이에 흐르는 미묘한 알력
을 포착해 냈다. 정파연합에 살해당한 백기단주는 다름 아닌 남궁세가
의 소가주이다. 무슨 꿍꿍이인지 모르겠으나 무림맹은 정파연합이 강
서성을 집어삼키는 동안 아무런 움직임도 보이지 않았으니, 남궁세가
가 그를 좋게 볼 리 만무하다.

모용강이 수하들에게 요구하는 단 하나의 가치, 절대적인 복종이 남
궁세가로부터 균열을 일으키고 있었으니, 그 틈을 파고들어야 한다는
것이 남종의 생각이었다.

남종이 다시 말하기 시작했다.

“그럼 다음. 금 낭자를 여기로 데려오게 된 것은 우연이라고도 할
수 있고, 아닐 수도 있어요. 우선 금 낭자가 지금 육안에 있어 우리와
만난 것은 우연이죠. 우리가 금 낭자를 미행했다거나 그런 것은 아니
에요. 하지만 금 낭자가 남궁세가의 무사들을 상대로 소란을 피웠으니
자연 우리의 정보망에 들어왔고, 금 낭자라는 것을 알아서 이렇게 모셔
온 겁니다. 답이 됐나요?”

“좋아요. 그런데 대체 대협은 뭐예요? 아무리 생각해 봐도 나는 대

협이라고 불릴 만한 일을 한 적도 없고, 그럴 위인도 아니거든요?”

“그건……”

말 잘하기로 둘째가라면 서러울 남종이 말꼬리를 흐리며 곤혹스러워했다. 쉽게 말하지 못하는 남종을 보고 금설옥이 말했다.

“답답하니 어서 말하세요.”

“금 낭자의 사문은 어디죠?”

“예?”

뜬금없는 말에 금설옥이 놀라 눈을 크게 뜨고 되물었다. 남종이 말했다.

“사문 말입니다. 사문.”

“저야 뭐……”

금설옥은 말을 멈추고 남종을 다시 바라봤다. 부드럽던 남종의 얼굴이 딱딱하게 굳어 있었다.

“금 낭자가 지금 광승을 사부로 모셔 큰 성취를 이루었지만, 그 뿌리는 아미에 내리고 있지 않나요? 금 낭자는 아미를 잊으신 겁니까?”

콰!

금설옥이 탁자를 세게 내리치며 말했다.

“누가 아미를 잊었다 그랬나요? 나는 절대 잊지 않아요!”

남종이 말했다.

“그러면 이야기는 쉽군요. 금 낭자가 아미의 뿌리를 잊지 않았다면, 당연히 우리 정파연합의 일원이라 할 수 있지요. 아닌가요?”

“그건……”

“금 낭자는 우리를 도와 백기단주를 처치하지 않았습니까? 그 일은 왜 했던 겁니까?”

"그거야, 일단 남 형에게는 은혜를 입기도 했고……."

"같은 구파일방의 생존자로서 유대감을 느꼈기 때문이 아닙니까?"

금설옥은 쉽게 대답하지 못했다. 그 모습을 보고 남종이 말했다.

"물론 이 말에는 어폐가 있지요. 이런 나조차도 아직까지 그네들과 섞이지 못하고 있으니까요."

정파연합의 중심을 이루고 있는 구파일방의 생존자들 중 대부분은 지난날의 영화와 권세를 잊지 못하는 이들이었다. 사문에 대한 긍지와 복수, 빼앗긴 권력의 수복이라는 목표가 그들을 하나로 묶었으나, 남종이 그 안에 들어가야 할 이유는 오직 개방을 다시 일으키라는 벽수개의 한마디 유언뿐이었다.

남종이 다시 말했다.

"막 태어난 갓난아기처럼 약한 정파연합에 당신이라는 존재가 얼마나 큰 힘이 될지 생각해 본 적이 있습니까?"

"아니, 내가 뭘요?"

"금 낭자는 아미의 생존자이며 동시에 광승의 전인이지 않습니까?"

금설옥은 남종이 무엇을 말하는지 알 것 같았다. 금설옥의 목소리가 돌연 싸늘해졌다.

"저를 이용한 건가요?"

목소리만이 아니라 금설옥의 몸에서 뿜어져 나오는 기운이 험악했으니 남종이 침을 한 번 꿀꺽 삼키고 대답했다.

"금 낭자, 너무 원망하지는 말아줘요. 우리도 나름대로 고충이 있었으니까."

사실 정파연합이 남창 지부를 치면서 이루어낸 성과는 말할 수 없이 컸다. 백기단주를 죽이고 백기단을 궤멸시키며, 소문난 검객인 이수병을 죽일 수 있으리라고는 누구도 생각할 수 없었던 일이다.

그러나 그 정도의 성과로 정파연합이 세력을 키우기에는 한계가 있었다. 압도적인 무림맹을 버리고 누가 정파연합의 밑으로 들어갈 생각을 하겠는가? 무엇보다 정파연합에는 무림맹에 대항할 만한 고수가 없었다. 매향검 왕민보가 그나마 빼어나다 할 뿐, 그를 제외하고 정교의 겁난과 무림맹의 숙청 속에서 살아남은 이들 중에는 사문의 진전을 제대로 이어받은 자가 거의 없었다.

그런 때에 나타난 것이 바로 금설옥이었다. 금설옥은 아미파의 생존자이며, 동시에 광승 퇴불의 전인이었다. 이러한 자가 또 어디 있을까?

천하제일인 모용천이 죽고, 삼절이 사라진 지금 모용강에 맞설 수 있는 유일한 자로 꼽히는 이가 바로 광승 퇴불이다. 그런 퇴불의 전인이며 또한 구파일방의 생존자인 금설옥이 무림맹에 붙어 영화를 누리는 남궁세가의 소가주를 베었다. 그는 동시에 무림맹 백기단주이기도 하니 이보다 더 완벽한 그림을 누가 그리겠는가? 왕민보와 남종은 금설옥의 무위를 좀 더 부풀리고, 동시에 그녀가 퇴불의 제자임을 알려 사람을 끌어 모았다. 무림맹이 세워진 후 종적을 감춘 퇴불이 이제 새롭게 나타난 정파연합의 뒤에 있다는 은근한 암시는 누구에게나 매력적이었으리라.

"그래서 나를 대협으로 만든 건가요?"

금설옥의 목소리가 더욱 차가워졌다. 남종이 굳어진 얼굴로 대답했다.

"그래요."

금설옥이 말했다.

"남 형…… 남 형이 어떻게 그러실 수 있죠?"

"금 낭자, 미안하지만 우리도 어쩔 수 없었어요. 할 수 있는 것은 무엇이든 해야 했어요. 그리고 어차피 금 낭자도 우리와 함께할 것이라 생각했으니까요."

"내가 언제 남 형들과 함께한다 그랬나요?"

"그럼 금 낭자는 사문의 복수를 할 생각이 없는 건가요? 무림맹에 빼앗긴, 원래 우리가 가졌어야 할 것들을 되돌려 받을 생각이 없는 건가요?"

"그만 하세요!"

금설옥이 자리에서 일어났다.

"다른 사람은 몰라도 남 형이 그러실 줄은 몰랐어요. 정파연합이라는 단체는 왜 세운 거죠? 무림맹이 옳지 못하다고 여기기에, 무림맹의 천하가 많은 사람들을 고통스럽게 하기 때문 아닌가요?"

남종은 쉽게 대답하지 못했다. 지금 금설옥에게 들은 말들은, 사실 남종이 다른 이들에게 하고 싶던 말이었다. 그러나 남종은 끝내 하지 못했는데, 그 당연한 이야기들이 현실과는 거리가 있음을 깨달았기 때문이었다.

금설옥이 말했다.

"다른 사람은 몰라도, 남 형이 그러실 순 없어요. 그분의 일을 알고 계신 남 형이, 어떻게 이런 일을 하실 수 있나요?"

금설옥의 음성은 가라앉아, 오히려 화가 나 있을 때보다 더 남종을 두렵게 만들었다. '그분'을 말하는 금설옥의 슬픔이 고스란히 전해졌기에, 젊은 거지는 고개를 숙이고 말았다.

"나는 가겠어요."

금설옥이 말하고 몸을 돌리는데, 방 밖에서 사내의 목소리가 들려왔다.

"남 방주님, 들어가도 되겠습니까?"

그를 듣고 남종이 고개를 들어 말했다.

"아, 왕 형. 들어오십시오."

문이 열리고 한 사내가 들어왔다. 나이는 이제 서른을 넘었을 청년이었는데, 무림인은 아니나 굳게 다문 입술이 강인해 보였다.

남종이 말했다.

"이 집의 주인이신 왕하민 선생이십니다. 이쪽은 금……. 금설옥 대협이십니다."

"남 형, 또……!"

금설옥이 남종에게 다시 화를 내려 했으나 왕하민이라 소개받은 사내가 고개를 숙이는 탓에 따라 인사를 받고 말았다. 왕하민이 금설옥에게 말했다.

"그 유명한 금 대협을 이렇게 뵙다니 참으로 영광이오. 왕하민이라고 합니다."

"영광이라뇨. 당치도 않습니다. 금설옥입니다."

왕하민이 잠시 금설옥을 살펴보더니 다시 말했다.

"듣던 대로군요. 좋습니다. 내 염치 불구하고 이리 고개를 조아리며 부탁합니다. 금 대협, 부디 육안을 구해주시오."

"예?"

남궁세가가 육안에 자리 잡았다 하나 국법이 지엄한데 어찌 그들이 이처럼 주인 노릇을 할 수 있겠는가? 남궁세가가 지금처럼 육안의 왕 노릇을 하게 된 것은 바로 무림맹이 세워진 날부터였다.

"저도 자세하게 알지는 못하나 남궁세가가 이렇게 날뛸 수 있는 것도 다 그 뒤에 황실과 연계된 무림맹이 있어서라 들었습니다. 무림맹으로부터 황실로 들어가는 돈이 막대해, 나라에서도 그네들을 두고 보기만 하는 것이 아닙니까? 관청에서도 그저 세금이나 제때제때 내라 하지 남궁세가로부터 핍박받는 민초들을 강 건너 불구경하듯 하니 저희는 그저 죽어야겠습니까?”

그렇게 말하는 왕하민의 얼굴이 분노로 가득했다. 금설옥은 그를 가만히 듣고 있었다. 왕하민이 다시 말했다.

“그런데 이제 정파연합의 분들이 이렇게 와주셨으니 저희는 그저 감사할 뿐입니다. 육안이 온통 남궁세가의 것이라 오가는 주민들의 눈도 두려워해야 할 테지만 그중에서도 저와 뜻을 같이하는 사람들이 있으니, 여러분께 미약하나마 힘을 보탤 것입니다.”

금설옥은 겉으로 환하게 웃었으나, 속으로는 어찌해야 할지 몰랐다. 남종들의 수작에 장단을 맞출 마음은 조금도 없었지만, 왕하민으로부터 받는 기대를 저버릴 만큼 모질지도 못했다.

뻔히 이용당할 것을 알면서 저들을 위해 검을 들어야 하는지, 아니면 저들을 외면하고 정파연합으로부터 완벽히 빠질 것인지. 금설옥은 다시 자리에 앉아 생각에 잠겼으나 쉽사리 결론을 낼 수 없었다.

“남 형, 전 가겠어요.”

금설옥이 힘없이 일어섰다. 남종은 고개를 끄덕이며 앞서 일어나 문을 열어주며 말했다.

“거사는 내일 밤에 실행할 것이오. 우리가 처음부터 금 낭자 없이 남궁세가를 치기로 했지만, 와준다면 천군만마와도 비교할 수 없이 큰 힘이 될 겁니다.”

금설옥이 그 이야기를 흘리듯 남종을 지나쳤다. 자신을 지나 방을 나서는 금설옥에게 남종이 다시 말했다.

"우리는 이번 일에 막대한 희생을 예상하고 있어요. 만일 금 낭자가 와준다면, 그만큼 동지들의 희생이 줄어들 거예요."

금설옥은 돌아보지 않고 방을 나갔다.

10

금설옥과 당정견은 점박이 사내의 안내를 받아 한적한 곳의 민가로 갔다. 한 번 남궁세가의 주목을 받은 이상 육안 내에 있는 어떤 숙박업소도 믿을 수 없었으니, 금설옥은 일단 남종의 배려를 받아들이기로 했다.

집은 작고 좁아, 손에게 낼 방이 하나뿐이었다. 당정견과 같은 방에서 지내야 한다는 것이 금설옥은 썩 내키지 않았지만 이제 와서 여자라는 티를 낼 수도 없었다.

금설옥은 침상에 앉아 남종의 말을 되새겼다.

'내가 가지 않으면 그만큼 죽은 이들이 많아진다고?'

금설옥이 변했듯, 남종 역시 변했다. 남종은 더 이상 자유로운 거지가 아니었다. 벽수개로부터 받은 방주라는 사슬에 매여 어린 날의 호기로움은 찾아볼 수 없었다. 번뜩이던 총기는 색이 바래 오로지 그네들의 목적을 위해서만 빛을 발하는 것이다.

금설옥의 가슴을 찌르는 마지막 말도, 얼마나 많은 계산 끝에 나왔을까 생각하니 괜스레 서글퍼졌다. 그런 치졸함은 누구보다 남종 본인이 쓸쓸할 것이다.

"무슨 얘기를 들었기에 그리 심각하오?"

금설옥이 고개를 들어보니 당정견이 걱정스러운 얼굴을 하고 있었다. 금설옥은 순간, 당정견에게 모든 것을 말하고 싶은 충동을 느꼈다. 모두 털어버린 후 그에게서 조언을 듣고 싶었다.

"아니에요."

그러나 그럴 수는 없다.

금설옥은 침상에 누워 벽 쪽으로 몸을 돌렸다. 계속 당정견을 보고 있노라면 마음이 약해져, 결국 이야기하고 싶어질 것 같았다.

금설옥은 벽을 보며 마음을 가라앉히고 생각을 정리했다. 단정 사태라면 당연히 그들을 도와 남궁세가를 칠 것이다. 그러나 그것은 썩 내키는 방법이 아니었다.

금설옥은 추신을 생각하고, 퇴불을 생각했다. 그들이라면 과연 어떻게 행동했을까? 추신이라면 그들을 무시했을 것이다. 퇴불의 경우는 쉽게 예상하기 힘들지만, 결코 어느 쪽에도 호의적인 반응을 보이진 않았으리라. 어쩌면 자신을 이용한 정파연합부터 때려잡으려 할지 모른다.

하나하나 되짚어보지만, 어느 것도 금설옥을 만족시키지 못했다.

'당연하지. 나는 그들이 아니잖아.'

어느새 밤이 깊어, 창밖이 어두웠다.

다음날이 되었지만 금설옥은 방 안에 틀어박혀 있었다. 묘한 것은, 당정견이 더 이상 묻지 않고 그저 금설옥과 함께 방 안에 있어주었다는 것이다. 물론 정파연합의 사람들이 당정견을 경계하고 있었으므로

그가 나가고자 해도 나갈 수 없었을 것이지만 지금 그가 처해 있는 상
황에 대하여 한 점의 궁금증도 없어 보이는 것이 이상했다.

"답답하지 않나요?"

금설옥이 물어보자 당정견이 웃으며 대답했다.

"하나도 답답하지 않소. 어차피 나가면 남궁세가의 무뢰배들에게 곤
욕을 치를 것인데 공짜로 자고 먹여주고 숨겨주기까지 하니 얼마나 좋
소? 이것도 다 금 대협의 덕 아닌가?"

"누가 대협입니까?"

금설옥이 쓰게 웃으며 부정하고 이야기했다.

"어쨌든 나를 따라 육안까지 와서 고생을 하게 되었으니 미안하네
요. 그래도 이건 당 형이 자초한 일이라는 걸 아셔야 해요."

당정견이 말했다.

"내가 더 미안하지요. 하지만 내가 미안하게 생각하는 건 금 형에
대해서만이오. 내가 언제 틀린 소릴 했소? 금 형도 직접 보았지 않소?"

당정견이 말하던 중 슬그머니 목소리를 낮췄다. 금설옥이 자신의 말
을 듣고 있지 않았기 때문이다.

금설옥은 당정견과 이야기하던 중 자신이 육안에 왜 왔는지를 다시
한 번 떠올렸다. 이것저것 신경 쓸 것이 산적해 있지만, 자신에게는 일
단 할 일이 있다. 바로 모용현을 만나는 것.

이제까지의 행적을 살펴보아 모용현이 노리는 것은 남궁세가의 가
주, 창천검 남궁우현 한 사람일 것이다. 그러나 남궁세가의 안으로 숨
어 들어가 가주 한 사람을 죽이고 나오는 것이 어디 말처럼 쉬운 일일
까? 모용현이 남궁세가 주변에 머물며 기회를 엿보고 있다면, 정파연
합이 습격할 오늘이야말로 기회일 것이다.

'나타난다면 오늘밤이겠군.'

자리에서 일어나는 금설옥을 보고 당정견이 말했다.

"나갈 겁니까?"

"당 형은 오늘 여기 있는 것이 좋겠어요. 음, 아니지. 그네들이 이기리란 보장이 없으니……."

"어딜 가려는지 몰라도 나도 따라가겠소."

당정견이 금설옥을 따라 일어났다. 금설옥이 정색을 하며 말했다.

"당 형, 잘 들으세요. 내가 당 형을 믿고 이야기하는데, 오늘 남궁세가에서 큰 싸움이 벌어질 거예요."

"싸움이라니요?"

금설옥이 거기까지 이야기하다 잠깐 망설였다. 이미 당정견과 며칠을 지냈지만 아직 그의 출신을 정확히 알지 못하는 상태에서 어디까지이야기를 할 것인지 가늠하기가 쉽지 않았다. 그러나 금설옥이 애초에당정견에게 호감을 가지고 동행을 허락하였으니 이제 와 불신함은 어리석은 일이다.

금설옥이 말했다.

"정파연합이 남궁세가를 치기로 하였으니 큰 싸움이 벌어지는 게 당연하죠. 이 집도 아마 남궁세가의 통치에 반발해 정파연합을 응원하는주민이 제공한 걸 거예요."

"그렇다면 금 형도?"

당정견이 묻자 금설옥이 대답했다.

"아니, 저는 정파연합의 사람이 아니에요. 연이 닿아 한 번 그들을도운 적이 있을 뿐이죠."

"그래서 금 형은 지금 어딜 나가려는 거요? 그들을 도와 남궁세가를 치겠다는 겁니까?”

“그럴 거예요. 그들을 돕겠다는 것은 아니지만.”

그러자 당정견이 의외라는 투로 말했다.

“이상하군요. 무림맹을 등에 업고 육안을 자기 것인 양 주무르는 남궁세가를 치는 일이라면 당연히 의로운 일이거늘, 그에 힘을 보태려고 나가는 것이 아닙니까?”

“물론 육안 사람들을 위해 남궁세가를 치는 일 자체는 의롭다고 해야겠죠.”

“그렇다면 더 말할 것이 없지 않습니까? 나도 가겠습니다. 저들을 도와 육안 사람들을 고통스럽게 하는 남궁세가를 치겠소.”

당정견의 눈과 목소리에 의기가 가득했다. 금설옥이 그 모습을 보며 한숨을 쉬었다.

“그건 당 형이 생각하는 것처럼 단순한 문제가 아니에요.”

“고통받는 육안 사람들을 위한 일인데, 무슨 거리낌이 있소? 아니, 지금 육안 주민들이 자진해서 그들을 돕고 있다니 이는 하늘의 뜻 또한 정파연합이라는 이들에게 있다는 증거가 아니오?”

세상이 이 철없는 도련님의 머릿속처럼 간단히 나누어 볼 수 있다면 얼마나 좋겠는가? 정파연합이 실로 당정견의 생각처럼 순수한 의기를 앞세워 남궁세가를 치려 했다면 금설옥도 기꺼이 함께했을 것이다. 하지만 그들의 목적은 무림맹의 천하에서 신음하는 이들을 구하려는 것이 아니라, 빼앗긴 그네들의 이권을 되찾고자 할 뿐이라는 생각이 들었다. 금설옥과 퇴불을 멋대로 이용한 것처럼 육안의 주민들 역시 이용당하는 것은 아닐까?

하나 금설옥은 답답하면서도, 이처럼 의기로운 당정견의 모습이 마음에 들었다. 금설옥이 말했다.

"그래요. 함께 남궁세가를 칩시다."

11

건물에 불이 붙어 이글거리는 열기가 온몸으로 전해져 왔다. 어두운 밤공기에 퍼져 있는 비릿한 혈향은 익숙해져, 이제 특별한 느낌을 주지 않는다. 금설옥은 내려쳐 오는 검을 피하고 자신의 검을 움직였다.

샤각.

익숙한 소리와 함께 피가 솟구쳐 오른다. 적의로 뭉쳐 있던 몸뚱어리는 그대로 혼백을 잃고 땅으로 쓰러졌다. 금설옥은 주저없이 몸을 돌려 새로운 적을 맞았다.

금설옥은 당정견과 함께 정파연합과 합류했다. 왕민보들은 사문을 밝히지 않으려는 당정견을 의심했지만 금설옥의 보증을 믿고 그를 받아들였다.

금설옥은 남종과 왕민보에게 더 이상 자신과 퇴불을 팔아 세력을 모으지 말 것을 요구했다. 또한 남궁세가를 치는 일에 참가하는 것은 일시적인 것이며, 지속적으로 그들에게 힘을 빌려주지는 않을 것임을 강조했다.

"그것만으로 충분합니다."

남종은 금설옥의 요구를 흔쾌히 받아들였다. 그들은 이미 남궁세가를 치기로 결심하였을 만큼 충분한 세력을 구축하였고 무림맹에 반하여 은거한 고수들을 여럿 받아들였던 것이다. 더욱이 지금 남궁세가를 치는 일에 한하여서라지만 금설옥이 힘을 보탠다는데 마다할 이유가 없었다.

정파연합이 남궁세가를 치기 위해 동원한 병력은 모두 이백여 명이었다. 이는 정파연합이 보유한 병력의 칠 할에 가까운 숫자로, 정파연합이 남궁세가를 치는 것에 거의 모든 역량을 쏟아 부었다는 의미였다. 맹주인 왕민보와 부맹주 남종이 함께 참가했을 만큼 무모한 이 거사는, 그 절박함만큼이나 치열하게 전개되었다.

난전 속에서 금설옥은 당정견을 찾았다. 당정견은 여전히 서툰 솜씨였으나 한 자루 검으로 몸을 보호하기에는 부족함이 없었다. 금설옥은 안심하고 좀 더 안쪽으로 파고들었다.

"크아악!"

앞을 막아서는 이들을 거침없이 베어가면서도 금설옥은 사방을 살피길 소홀히 하지 않았다. 열 사람을 베었을까, 드디어 바라던 것이 눈에 들어왔다.

좁은 담 위에 서서 피로 얼룩진 싸움판을 내려다보는 사내가 있다. 바로 옆에서 춤을 추며 피어오르는 불길이 그를 붉게 물들이고 있었다. 머리를 길게 늘어뜨린 모용현.

금설옥은 손을 멈추고 멀리 모용현을 바라봤다. 그녀의 시선을 느꼈는지 모용현이 고개를 돌리고, 두 사람은 눈을 마주쳤다. 유리 조각처럼 위태로운 모용현의 얼굴은 흔들리는 불꽃을 따라 움직여, 어떤 표정을 짓고 있는지 보이지 않는다.

"조심하시오!"

당정견의 외침에 금설옥이 퍼뜩 정신을 차렸다. 한 자루 창이 아랫배를 노리고 들어온다. 금설옥은 몸을 돌려 피하고, 창 자루의 중간을 잡았다. 무기를 봉쇄당한 남궁세가의 무사는 금설옥의 검을 고스란히 받아들였다.

"……!"

금설옥이 다시 고개를 돌렸으나 모용현은 보이지 않았다. 시선을 옮기니, 담벼락 위를 타고 세가의 안쪽으로 뛰어가는 그의 모습이 보였다.

"싸우는 중에 어디다 정신을 판 거요?"

당정견이 화를 내며 달려왔다. 금설옥은 모용현의 모습이 시야에서 사라지자, 당정견에게 말했다.

"당 형, 부디 죽지 말아요."

"그게 무슨……. 금 형! 금 형!"

의아해하는 당정견을 뒤로하고 금설옥이 몸을 날렸다. 당정견이 부르는 소리를 귓등으로 흘리고, 금설옥은 모용현이 사라진 곳으로 뛰었다.

일단 눈으로 본 모용현을 따라잡는 것은 금설옥에게 그리 어려운 일이 아니었다. 모용현의 경공(輕功)이 상승 수법이라 할 수 없는 것에 반해 금설옥은 깃털처럼 가볍고 바람처럼 빨랐다. 강호에서 자취를 감춘 섬시귀(閃矢鬼) 막정천(莫正千)이나 정교와의 항쟁에서 죽은 쟁선풍(爭先風) 우건(于建)에게 견주어도 모자람이 없었다.

몇 개의 담을 넘어 금설옥은 모용현을 따라잡았다. 사람들의 비명 소리와 병장기가 부딪치는 소리로 시끄러운 바깥과 달리 남궁세가의 안쪽은 고요하기만 했다. 정원인 듯 갖가지 나무와 꽃들이 심어져 있었는데 그 수가 많고 울창해 마련된 길이 아니고서야 도저히 지나갈 수 없을 것 같았다.

"……."

금설옥에게 따라잡힐 수밖에 없음을 알았는지, 모용현은 꽃나무들이 우거진 정원 앞에 말없이 서 있었다. 금설옥이 그를 보다가, 입을 열었다.

"자, 나 왔어."

"…더는 쫓지 말아달라 했을 텐데?"

금설옥이 말했다.

"그건 너의 바람이지. 나는 대답한 적이 없는걸?"

"……."

모용현은 대꾸하지 않고 정원 안으로 걸음을 옮겼다. 금설옥이 급히 그 뒤를 따르며 말했다.

"내가 왜 왔는지 궁금하지 않아?"

"……."

모용현은 대답하지 않았지만, 금설옥은 조급해하지 않았다. 한번 붙잡은 이상, 놓칠 리 없다는 자신감 때문이었다. 모용현도 그를 알았는지, 따라오는 금설옥을 신경 쓰지 않았다. 대신 금설옥을 외면하고 그저 앞으로 나아갈 뿐이었다.

'그래, 어디까지 도망칠지 보자.'

금설옥도 여유롭게 모용현의 뒤를 따라 남궁세가의 정원 안으로 들어갔다. 두 사람이 일 장의 거리를 두고 걸어 정원을 통과하니 으리으리한 저택이 모습을 드러냈다. 바로 남궁세가의 내당으로, 남궁가의 직계들이 거주하는 곳이었다.

모용현은 망설임없이 정면에 위치한 건물 안으로 들어갔다. 정파연합의 습격 때문에 다들 밖으로 나갔는지, 그를 저지하는 사람이 없었다. 금설옥이 그 뒤를 따르며 말했다.

"창천검이 어디 있는지 알고 가는 거야?"

대답은 돌아오지 않았다.

'뭘 믿고 저렇게 자신있어?'

금설옥이 속으로 투덜거리며 모용현을 따라 건물 안으로 들어갔는데, 사람의 기척이라고는 도통 느껴지지 않았다.

"여기 빈 것 같은데? 아무도 없는 것 같지 않아?"

모용현이 그 말을 무시하고 방을 하나하나 열어보았으나 금설옥의 말처럼 사람의 모습이 보이지 않았다.

"그것 봐. 내 말이 맞지?"

금설옥이 옆에서 이죽거리며 모용현을 보니, 표정의 변화는 없으나 눈썹이 파르르 떨리는 것이었다. 금설옥이 그를 보고 희희낙락하며 말했다.

"화났군, 화났어! 어……?"

갑자기 발밑이 허전했다. 발을 딛고 있던 바닥이 사라지고, 천근추(千斤墜)라도 쓴 양 자신의 몸무게가 절실히 느껴진다.

'함정인가?'

금설옥이 그리 생각하며 추락하는 몸을 비틀었다. 손이나 발에 닿을 수 있는 것이 있다면 좋으련만, 아쉽게도 주변이 모두 비어 있었다.

타악.

금설옥은 속절없이 바닥에 내려설 수밖에 없었다. 위를 올려다보니 직사각형의 입구가 놀랍게도 스스로 닫히고 있었다.

"이런 젠장!"

금설옥이 욕을 하며 벽을 타고 위로 올라가려 하는데, 철로 된 벽에 기름칠을 했는지 미끄러워 여의치 않았다. 금설옥의 경공 수법이 아무리 뛰어나다 해도 이 장은 족히 될 높이를 한 번에 뛰어오를 수는 없었다.

탕.

육중한 소리를 내며 입구가 완전히 닫히고, 깊게 파인 함정 안은 어둠에 휩싸였다. 한 점 빛도 들어오지 않는 듯 아무것도 보이지 않았지만 사람의 기척은 느껴졌다. 결코 좋은 상황이라 할 수 없었는데도 금설옥은 웃음을 터뜨렸다.

"푸하하하! 같이 당했군?"

보이지 않아도 싸늘히 식어 있을 모용현의 표정이 눈에 선했다.

12

금설옥이 웃음을 그치고 말했다.

"함정이 작동해서 우리가 이렇게 빠졌는데도 확인하러 오는 사람이 없네? 다들 싸우느라 정신이 없어선가?"

금설옥의 말은 허무하게 어둠 속으로 사그라졌다. 모용현은 침묵을 지키고 있었다. 금설옥이 다시 말했다.

"오랜만에 만났는데 반가운 척도 하지 않는구나. 아, 내가 미처 하지 못한 것이 있는데 네가 계속 틈을 주지 않아 하지 못했거든? 이렇게 같이 함정에 빠지니까 네가 도망칠 곳이 없다는 게 좋은 것 같아.”

“……”

“생각해 보니 그날, 내가 너무 경황이 없어서 고맙다는 인사조차 하
질 않았던 거 있지. 미안. 그리고 고마워. 네가 도와주러 오지 않았다
면 나는 그때 죽었을 거야.”

“…아무것도 아니오.”

어둠 속에서 모용현의 대답이 돌아왔다. 모용현의 말문이 트이자,
금설옥이 얼른 말을 이었다.

“나라는 걸 알고 구하러 왔던 거지? 어떻게 기억했을까, 신기하네.
나 많이 달라지지 않았니?”

그것은 대화를 중단시키지 않기 위해 금설옥이 무심히 내뱉은 말이
었지만 모용현에게는 날카로운 비수와도 같았다. 금설옥의 말을 들은
모용현은 예기치 못한 통증에 가슴을 움켜쥐었다.

‘어떻게 기억했느냐고? 신기하다고? 나는 하루도 빠짐없이 당신을
생각하고, 또 생각했어. 나를 미워한다는 당신의 말은 녹지 않는 얼음
처럼 가슴 깊숙이 박혀 매일같이 나를 괴롭혔는데 어찌 잊을 수 있겠
어?’

모용현은 빛이 들어오지 않아 금설옥이 자신을 보지 못한다는 것에
감사했다. 지금의 생각은 모용현이 스스로 만들어낸 마음의 벽을 넘어,
얼굴에 그대로 드러났을 것이다.

모용현은 마음을 진정시키고 대답했다.

“별로. 처음부터 알았던 것은 아니오.”

모용현의 대답을 듣자 금설옥은 왠지 모를 서운함을 느꼈다. 금설옥
에게 모용현은 추신과, 그녀와 관련된 많은 사람들을 죽음으로 몰고 간

미움의 대상이었다. 모용현을 찾아 헤매고, 그 생사를 확인하려 했던 것도 모두 추신의 뜻이었기 때문이다.

"그래? 그렇단 말이지."

금설옥의 어조가 미묘했다. 모용현은 행여 자신의 거짓말을 알아차린 것이 아닐까 생각해 보았지만, 금설옥이 알았다 해도 바뀔 것은 없었다. 모용현이 재차 말했다.

"그 복면인들은 암천대라 하여, 모용세가 시절부터 존재하던 이들이오. 물론 그날 당신을 노린 자들은 예전의 그들이 아니오. 본래 암천대였던 자들은… 모두 죽었으니까."

금설옥이 말했다.

"어떻게 그렇게 잘 알지?"

모용현은 잠깐 숨을 들이쉬고, 대답했다.

"내가 바로 그 모용세가의 소가주였으니까."

"아, 그랬지. 미안."

지금의 모용현에게 있어 모용세가란 어떤 의미일지, 금설옥은 생각해 본 적이 없었다. 그러나 지금 자신의 말이 꽤나 무신경했다는 것 정도는 알 수 있었다. 무엇보다 금설옥은 모용현이 모용강의 친아들이 아니라는 비밀을 알고 있는 소수의 사람 중 하나였다.

모용현은 의외로, 당황해하는 금설옥의 대답에서 유쾌함을 느꼈다. 당당하다 못해 뻔뻔하기까지 한 저 사람에게서 미안하다는 말을 듣다니. 모용현의 입이 절로 움직였다.

"미안해하지 마시오."

"그래?"

금설옥의 얼굴이 활짝 펴졌으리라. 그리 생각하자 돌연 함정 안의 어둠이 원망스러웠다. 아까는 자신의 얼굴을 보이지 않아 감사했건만, 이제는 금설옥의 환한 얼굴이 보이지 않아 원망하다니?

'내가 어떻게 됐나 보다.'

금설옥이 다시 말했다.

"뭐, 어쨌든. 그런데 그 후로 어떻게 된 거야? 스승님이랑 내가 장사 주변을 샅샅이 뒤졌지만 흔적도 찾지 못했어."

"날… 찾으셨소?"

"그럼. 내가 그분에게서 너를 부탁받았으니, 너의 안위를 확인하지 않고서야 어찌 편히 잘 수 있겠어? 그건 스승님도 마찬가지였어."

"…스승님이란?"

"내가 얘기하지 않았구나. 난 그날, 너도 알지? 벽수개 어른의 도움으로 살아 도망칠 수 있었어. 그 후 퇴불께서 너를 찾다 못해 일단 나를 찾아왔단다. 나는 스승님과 사제의 연을 맺고, 함께 너를 찾아 중원을 떠돌아다녔지. 스승님은 아직도 너를 찾아다니실 거야."

모용현은 고개를 끄덕였다. 우당에 오르는 길은 험난하기도 하거니와 특별한 진법으로 보호받아 모르는 이들에게는 보이지 않았다. 설령 퇴불이 형산을 이 잡듯 뒤졌어도 찾아내지 못했을 것이다. 모용현은 혈도선 허우와 함께 우당보다 위에 있는 봉우리에 있었지만, 사람이 지나다닐 만한 길은 우당으로밖에 이어져 있지 않아 자연히 외인의 발길로부터 보호받을 수 있었다. 처음 모용현이 봉우리를 내려갔을 때에는 길이라고 부를 수도 없는 엉뚱한 경로였으니 누구도 그곳으로 오를 생각을 하진 못했으리라.

"아니, 왜 내 얘기를 하고 있는 거야. 네 얘기를 하라니까?"

금설옥이 재촉하자 모용현이 말했다.

“난 그냥……. 잘 있었소.”

“얘기하기 싫으면 말아라. 나도 억지로 듣고 싶진 않으니까.”

모용현이 다시 입을 다물었고, 금설옥은 스스로를 책망했다. 생각은 그렇지 않은데, 말은 자꾸 모용현을 힐난하는 투로 나가는 것이었다.

“…….”

“…….”

함정은 그리 넓지 않다. 가는 숨소리와 기척이 몇 발짝도 떨어지지 않은 곳에 있을 서로를 의식하게 만들었다. 침묵은 어둠의 농도를 더욱 짙게 덧칠한다. 금설옥이 결국 참지 못하고 먼저 입을 열었다.

“복수인가?”

“……?”

침묵 속에 반문이 들어 있음을 금설옥은 알 수 있었다. 금설옥이 다시 말했다.

“복수냐고. 지금 네가 하고 있는 것 말야.”

“…그게 왜 궁금하오?”

이번에는 금설옥의 말문이 막혔다. 그것이 왜 궁금한가?

“궁금하니까 궁금한 것 아냐? 거기에 무슨 이유가 있겠어?”

금설옥이 간신히 대답했다. 모용현이 말했다.

“나에게 그 궁금증에 답해야 할 의무가 있소?”

“그건 잘 모르겠지만, 이제껏 너를 찾아다닌 나에게는 답을 들을 권리가 있지 않을까?”

“…….”

“…….”

다시금 짧은 침묵이 흘렀다.

'내 말에 화났나?'

금설옥이 그런 생각을 하자마자 모용현의 입이 열렸다.

"복수란 무엇이오?"

"뭐?"

"복수란 무엇이냐 물었소."

"그거야 뭐, 원한을 갚는 거지."

모용현은 짧게 한숨을 쉬었다. 금설옥은 이 마음을 이해할 수 있을까? 고개를 쳐드는 의문을 애써 외면하며, 모용현이 다시 말했다.

"그래, 그렇다면 복수를 하려는 이는 어떤 이요?"

"뭐?"

"복수를 하기 위해선 그래, 말한 대로 원한이 필요하오. 원한을 입은 자만이 복수를 할 수 있소."

모용현의 우려대로, 금설옥은 그의 말을 이해할 수 없었다. 금설옥이 말했다.

"잠깐, 잠깐. 좀 쉬운 말로 풀어보라구. 알아먹을 수가 없잖아."

모용현은 다시 한숨을 쉬었다.

"당신이 누굴 죽였다고 칩시다. 그렇다면 그 원한을 갚기 위해 당신에게 복수하러 오는 이는 어떤 이겠소?"

"내가 죽인 사람의 친구이거나, 가족이거나. 그런 사람들이겠지."

"그런 것이오."

"그런 것이라니?"

모용현의 목소리가 살짝 떨렸다.

"나는 누구의 복수를 할 수 있는 사람이 아니란 말이오. 누구보다 당신이 잘 알고 있겠지. 내가 한 짓을 생각해 보면 자명한 것 아니오?"

“……”

금설옥은 얼른 이해할 수 없었다. 단지 가슴이 아파, 까닭 모를 통증에 아무 말도 하지 못하고 어둠 너머 존재할 모용현을 응시했다.

모용현이 다시 말했다.

“나는 오히려, 복수를 당해야 할 입장이 아닌가?”

금설옥이 다급히 말했다.

“친아버지의 원한이 있잖아. 그래. 모용 대협, 너의 할아버지의 원한은 어쩌려는 거야?”

“…할아버님의 죽음을 목격했을 때, 나는 그저 그처럼 죽고 싶지 않았을 뿐이었소. 슬퍼할 정신도 없이 도망치기에 바빴지. 나는 감히 복수라는 말을 할 만큼 뻔뻔한 인간이 되지 못하오. 보지도 못한 아버지는 말할 것도 없지.”

“……”

“아니, 내가 왜 이런 이야기를 하는 건지 모르겠군.”

모용현은 몸을 돌렸다. 어차피 어둠 속이라 의미가 없지만, 금설옥으로부터 몸을 돌려 벽을 향해 섰다.

금설옥이 말했다.

“그럼, 복수가 아니라면 무슨 이유로 사람들을 죽였지? 그것도 무림맹의 주요 인사들만 골라서?”

모용현은 입술을 깨물었다.

그래, 그녀는 그런 사람이다. 강하고 올곧아, 자신의 잘못도 정면으로 받아들일 수 있는 용기가 있는 사람이다. 저 하늘의 태양처럼 빛나는 사람이지. 그런 그녀가 어찌 나를 이해할 수 있겠어? 끝내 알아내고자 하는 그 의지가 나를 이토록 비참하게 만들고 있음을 어찌 알 수 있겠어?

"…속죄."

"뭐라구?"

"나는 죄인이니까. 속죄라고 합시다. 죄를 저질렀으면 죗값을 치르
는 것이 당연한 일이니 말이오. 이걸 어찌 복수라고 할 수 있겠소? 나
같은 죄인에게 과연 복수를 할 수 있는 자격이 있소?"

"……."

금설옥은 속이 울렁였다. 모용현의 생각을 명확히 알 수는 없었지
만, 그 마음을 느낄 수 있었다. 말은 그렇게 덤덤히 했지만, 얼굴은 고
통스럽게 일그러져 있을 것이다.

누군가에게 이야기한다면 비웃음을 살 만한 이야기지만 보이지 않
는 모용현의 심정이 고스란히 느껴졌다. 밀폐된 공간, 손끝도 보이지
않는 어둠 속에 둘만이 있기 때문일까? 그토록 미워했는데. 금설옥은
가슴이 뛰었다. 지금 네가 느끼는 아픔을, 나도 느끼고 있음을 전하고
싶었다. 그렇지 않고는 도저히 견딜 수 없을 것 같았다.

"너……."

끼이익

금설옥이 입을 연 순간, 낡은 금속의 마찰 소리가 들리며 머리 위에
서 시원한 바람이 들어왔다. 희미하나마 빛이 들어오니, 금설옥은 입
을 다물고 모용현을 봤다. 금설옥의 눈에 들어오는 것은 모용현의 뒷
모습이었다.

"금 형, 거기서 뭘 하시오?"

익숙한 목소리가 들려왔다. 금설옥이 고개를 들어보니 당정견의 얼
굴이 보였다. 당정견은 웃으며 어디서 구해왔는지 모를 밧줄을 늘어뜨

렸다.

13

“어떻게 알았죠?”

함정 밖으로 빠져나온 금설옥이 대뜸 물었다. 당정견은 무슨 소리를 하냐는 얼굴로 말했다.

“뭘 말입니까?”

“내가 여기까지 와서 이런 곳에 갇혀 있는지 어떻게 알았느냔 말예요.”

“금 형을 따라왔으니까 알았죠.”

두 사람이 얘기를 하는 와중 모용현이 함정 밖으로 나왔다. 모용현은 당정견을 보는 것이 처음이었지만, 그의 눈에 비친 두 사람은 꽤나 다정한 모습을 하고 있었다. 비록 금설옥이 남장을 하고 있었지만 그 아름다움은 감출 수 없었고 당정견 역시 훤칠한 키에 남자답게 잘생겼으니 잘 어울리는 한 쌍의 선남선녀였다.

당정견이 말했다.

“참, 이러고 있을 때가 아니오.”

“무슨 일이라도?”

“한참 동안 보이지 않던 남궁세가의 본 전력이 나타났소. 가주와 장로들이 나타나 직접 손을 쓰기 시작했단 말이오.”

한창 솟아오르던 정파연합의 기세가 수그러든 것은 남궁세가의 고수들이 전면에 나섰기 때문이었다. 특히 남궁자현과 남궁여현, 쌍검자라는 두 절정고수와 가주 창천검 남궁우현의 무위는 정파연합의 누구도 홀로 감당해 낼 수 없었다.

"크악!"

"으으윽!"

남궁우현의 일검에 두 사람이 피를 흘리며 쓰러졌다. 그를 본 왕민보의 안색이 어두워졌다. 죽은 두 사람은 화산파의 제자로 생사고락을 함께한 왕민보의 사제들이었다. 그러한 사사로운 정이 아니라 해도, 정파연합 내에서 고수라 할 수 있는 두 사람이 남궁우현의 일검에 힘 한번 쓰지 못하고 죽었으니 왕민보로서는 여러모로 안타까운 심정뿐이었다.

결국 왕민보가 홀로 남궁우현의 앞을 막아섰다. 그 모습을 보고 남궁우현이 비릿하게 웃으며 말했다.

"이게 누군가? 화산이 배출해 낸 기재, 매향검이었지 아마?"

왕민보는 남궁우현의 빈정거림을 무시하고 검을 가다듬었다. 남궁우현이 그에게 한 걸음 다가서는데, 그 위압감이 실로 대단했다.

"그렇지 않아도 내 아들을 죽인 죄를 묻고자 했다. 오늘 너희의 목으로 아들의 원혼을 달래주마!"

남궁우현이 그렇게 말하고 왕민보에게 돌진했다. 왕민보가 정신을 집중하고 그의 검을 받아넘겼다.

챙!

왕민보는 일단 남궁우현의 검을 막는 것에 주력했다. 남궁세가의 절기 창궁벽해검은 본래 그 이름처럼 광대한 검법이었으나 남궁우현의 손에서 펼쳐지는 창궁벽해검에 그러한 미덕은 보이지 않았다. 남궁우현의 애검 광천(廣天)에는 오직 짙은 살기만이 가득하여, 홀로 상대하는 왕민보의 모습이 몹시 위태로웠다.

"저런!"

남궁우현과 일 대 일로 맞선 왕민보를 보는 남종의 마음이 급했다. 지금 왕민보는 정파연합을 이끄는 맹주이자 제일의 고수이니, 그가 죽는다면 이는 돌이킬 수 없는 손실이었다.

그러나 지금 남종이 누구를 걱정할 입장은 아니었다. 그가 상대하고 있는 이들은 바로 남궁세가의 쌍검자. 남궁성을 가진 두 사촌 형제는 남종을 비롯한 다섯 명의 정파연합 측 고수를 상대로 오히려 유리한 고지를 점하고 있었다.

쉐엑!

남종의 마음이 급해지자, 타구봉법에 자연 틈이 벌어졌다. 그 틈을 놓치지 않고 우검 남궁여현의 검이 남종의 어깻죽지에 긴 혈선(血腺)을 그었다.

"크윽!"

남종이 봉을 멈추고 뒤로 물러난 사이, 좌검 남궁자현의 검이 번뜩이고 한 사람이 쓰러졌다. 여섯 명 중 두 사람이 빠지니 그나마 호각을 이루던 싸움의 형세가 대번에 기울어졌다.

"으악!"

순식간에 또 한 사람이 쌍검자의 합격을 견뎌내지 못하고 가슴에서 피를 뿜어내며 쓰러졌다. 남종이 입술을 질끈 깨물며 다시 앞으로 나서려 하나, 이미 검상을 입은 오른 어깨가 말을 듣지 않았다. 그사이 상처 입은 남종의 앞을 막아선 자들을 헤집고, 좌검 남궁자현의 모습이 드러났다. 남궁자현의 검이 밤하늘 높이 올라갔다.

"……!"

남궁자현의 검이 남종의 정수리 위로 내려쳐지는 순간, 두 사람 사이로 하나의 그림자가 끼어들었다.

채앵!

검과 검이 부딪치고, 남궁자현이 뒤로 물러나 남궁여현의 옆에 섰다. 그사이 정파연합 측의 또 한 사람이 남궁여현의 검에 쓰러져 있었다.

남종의 앞을 막아선 자는 금설옥이었다.

"금 낭자!"

남종이 반가운 마음에 외쳤는데, 그를 들은 금설옥의 얼굴이 과히 좋지 않았다. 뒤따라온 당정견이 '금 낭자'라는 호칭을 듣고 고개를 갸웃거리는데 남궁자현이 오히려 남종보다 반가운 목소리로 외치는 것이었다.

"네년이 아직 살아 있었구나! 잘됐다! 어디 오늘 한번 제대로 겨뤄보자!"

당정견이 눈을 크게 뜨고 금설옥에게 물었다.

"금 형… 여자였소?"

금설옥은 대답하지 않고 애검 추신을 빼 들어 쌍검자에게 달려들었다. 쌍검자들도 금설옥과의 재대결을 반기는 듯 검을 들어 맞이했다. 세 사람의 내력이 강하게 휘몰아쳐, 그들을 둘러싼 이들이 모두 물러날 수밖에 없었다.

챙! 채앵!

금설옥이나 쌍검자들이나 이미 한 번 겨루어본 상대를 다시 만난 터라 서로 간의 탐색전은 필요없다는 듯 검의 교환이 격렬했다. 순식간에 몇 합이 지나고, 세 사람이 서로 떨어졌다.

그 주변의 이들은 남궁세가건 정파연합이건 할 것 없이 숨을 죽이고 세 사람을 지켜보았다. 비록 십여 초도 되지 않은 짧은 검격이었지만 젊은 금설옥이 홀로 남궁세가의 쌍검자와 맞서 한 치의 밀림도 없었으니 보는 이들은 하나같이 큰 충격을 받아 말이 없었다. 그러나 곧 정파연합 측에서 커다란 함성이 터져 나왔다.

"금 대협! 역시 광승의 전인인 금설옥 대협이시다!"

남종에 의해 정파연합의 모든 사람들이 금설옥을 알고 있었지만, 이처럼 그 무위를 직접 보는 것은 처음이었다. 말로만 들어왔던 금설옥이 가장 적절한 시기에 나타나 부맹주 남종을 구하고, 남궁세가가 자랑하는 쌍검자에 맞서 대등한 대결을 펼치니 자연 정파연합의 사기가 하늘 끝까지 치솟았다.

막상 환호를 받는 금 대협은 부끄럽고 화가 나 자리를 피하고 싶을 지경이었다. 그러나 대적을 앞에 두고 그럴 수는 없는 법이다.

한편 쌍검자들은 짧은 순간에 불과했으나 금설옥의 검이 지난번과 또 다른 점이 있어 적잖이 놀라고 있었다. 물론 겉으로 내색하지 않았지만 금설옥의 무위가 겨우 오, 육 일 만에 달라졌으니 어찌 놀라지 않을 수 있겠는가?

사실 금설옥이 쌍검자들과 처음 싸울 때에는 마음의 평정을 잃은 상태였다. 또한 퇴불과 떨어져 홀로 강호에 나와 이렇다 할 강적을 만나지 못하던 중이었으니 스스로를 과신하는 마음도 있었다. 결국 쌍검자들의 검을 파괴했으나 금설옥 자신은 무리한 내력의 운용으로 인해 내상을 입었으니 엄밀히 말해 금설옥이 패한 싸움이었다.

금설옥의 내력이 오, 육 일 사이에 늘어났거나 상승 검리를 깨우친 것은 아니었지만 패한 싸움에서 살아남았으니 나아진 것이 아주 없지 않았다. 그러나 원래 금설옥의 본신 실력이 쌍검자들과 큰 차이가 없었으니 자그마한 변화만으로도 놀라는 것이 무리는 아니었다.

남종 역시 쌍검자들과 맞서 한 치도 밀리지 않는 금설옥의 무위에 감탄했으나 더욱 급한 일을 깨닫고 소리쳤다.

"금 낭자, 여기서 이럴 때가 아니오! 여기는 우리가 맡을 테니 어서 맹주를……?"

금설옥이 남종의 말을 듣고 빙긋 웃으며 답했다.

"매향검의 일이라면 남 형은 걱정하지 않으셔도 됩니다."

남종이 그 말을 듣고 고개를 돌려보니, 방금 전까지만 해도 창천검 남궁우현과 맞서던 왕민보가 멍하니 서 있질 않은가? 부상을 입었는지 오른팔에 피가 낭자한 왕민보는 전화(戰火)의 한가운데에서도 그저 멍하니 한 곳을 바라보고만 있었다.

왕민보의 시선을 따라간 곳에는, 남궁우현과 일 대 일로 맞서 검광을 흩뿌리는 한 사내가 있었다.

14

하나둘, 남궁세가의 곳곳에서 울려 퍼지는 병장기들의 울림이 그치고 있었다. 검에 찔려 지르는 비명 소리도, 육중한 권풍(拳風)도 조금씩 잦아들었다. 하지만 그렇다 해서 정파연합과 남궁세가 중 어느 한쪽의 승리로 결말이 난 것은 아니었다. 두 발로 서 있는 자들은 여전히 존재하였고, 고조된 전의는 결코 사그라지지 않았다. 그들은 다만 자신들의 싸움을 잠시 잊었을 뿐이다.

쉬엑!

남궁우현의 검은 주인이 아닌 자신의 의지로 움직이는 듯 날카로운 소리를 내며 허공을 갈랐다.

남궁세가의 가전절기인 창궁벽해검은 지금의 가주, 즉 남궁우현의 손에 의해 완벽히 다듬어져 강호의 일절로 손색이 없었다. 바로 그 본인의 손에서 펼쳐지는 창궁벽해검의 위력이란 바로 경천동지라, 지난날 그의 아들인 남궁선주가 금설옥을 상대로 펼쳐 보였던 그것과는 천지차이였다.

그러나 지금, 손꼽히는 고수 중의 고수인 남궁세가의 가주가 이제 갓 약관을 넘겼을 것으로 보이는 청년에게 고전하는 그림을 있는 그대로 받아들이는 사람은 없었다.

'이럴 수가……!'

누구보다 놀라는 것은 바로 남궁우현 본인이었다. 아들의 복수를 하겠다는 생각에 달아오른 머리도 차갑게 식은 지 오래였다. 눈앞의 사내는, 아니, 사내인지 여인인지 모를 젊은이는 남궁우현이 이제껏 경험해 보지 못한 쾌검을 구사하고 있었다. 여유를 부릴 틈이 없었다.

채앵!

검과 검이 허공에서 불꽃을 튀기고, 남궁우현이 뒤로 물러섰다. 뒤로 물러선 남궁우현과 달리, 사내는 제자리에서 검을 늘어뜨린 채 서 있었다. 길게 내린 앞머리로 얼굴의 반을 가린 사내는, 드러난 왼쪽 눈으로 남궁우현을 싸늘히 바라보고 있었다.

남궁우현이 그 눈빛을 받아들이고, 밤하늘을 향해 크게 웃었다.

"크하하하핫! 쥐새끼들 중에 그나마 인물이 있었구나!"

남궁우현의 웃음소리에 담긴 웅혼한 내력이 일품이어서 누구랄 것 없이 속으로 감탄을 금치 못했다. 남궁우현이 웃음을 그치고 말했다.

"네놈의 사문이 어디냐?"

처음 남궁우현은 정파연합의 인물이라 구파일방 가운데 한 곳의 제자일 것이라 생각했지만 십여 초를 채 교환하기 전에 그렇지 않음을 깨달았다. 남궁우현의 넓은 견식으로도 사내 모용현이 쓰는 검법의 내력을 알 수 없었던 것이다.

모용현은 대답하지 않았다. 남궁우현은 그가 형산을 내려온 이후 만난 최대의 강적. 심력을 낭비할 여력은 없었다. 그저, 전력을 다해 부딪칠 뿐이다.

"……!"

모용현의 신형이 순간 흐릿해지더니, 남궁우현의 눈앞에 다시 나타났다. 남궁우현이 대경하며 애검 광천을 휘두르니 두 검이 허공에서 얽히고, 다시 떨어졌다. 남궁우현이 모용현의 신법에 놀랄 틈도 없이, 모용현의 쾌검이 남궁우현의 빈틈을 파고들었다. 남궁우현은 모용현의 검을 받으면서 조금씩 뒤로 물러났다.

한편 금설옥과 쌍검자들의 대결도 고조되어 가고 있었다. 금설옥은 한 마리 새처럼 가벼운 움직임으로 쌍검자들의 공세를 피하며 때때로 날카로운 공격을 펼쳤다.

좌검이 찌르면 금설옥은 옆으로 피했고, 우검이 베면 뒤로 물러났다. 두 사람이 합격을 할라 치면 금설옥의 검이 그 틈을 놓치지 않고 찌르니, 쌍검자의 합벽이 좀처럼 위력을 발휘하지 못하고 있었다.

그들이 강호에 위명을 날린 지도 오랜 세월이 흘렀는데 지금 수많은 사람들 앞에서 오십여 초가 지나도록 어린 계집의 털끝 하나 건드리지 못하고 있으니 부끄러움과 함께 초조한 마음이 커져 갔다.

그러한 초조함은 금설옥도 마찬가지였다. 지난번처럼 경솔하게 검을 쓰지 않아 쌍검자들과 동수를 이루고 있었지만, 역시 쉽게 이길 수 있는 상대가 아니었다. 어쨌든 두 사람의 공세를 막아내며 금설옥 역시 뒤로 물러나야만 했다.

남궁세가의 외당에 위치한 건물들을 태우는 불길이 더욱 거세어졌다. 그 불길 아래 수많은 사람들이 손을 멈추고, 오직 다섯 사람의 검만이 불길과 함께 하늘 높이 타오르고 있었다. 수백여 명의 시선을 모은 두 쌍의 대결은, 역시 수백여 사람들로 이루어진 원 안에서 이루어지고 있었다.

뒷걸음치는 남궁우현과 역시 뒤로 물러나는 금설옥. 시간이 흐르고 검의 교환이 쌓여갈수록 두 개의 원은 서로를 향해 가고 있었다. 누군가 위에서 내려다보는 이가 있었다면, 사전에 정해진 수순에 따른 것이라 생각했을지도 모를 일이었다.

두 개의 원이 하나가 되었다.

카앙!

쌍검자들의 절초인 십자번참(十字蕃斬)을 받으며 금설옥의 몸이 삼, 사 장 뒤로 날아갔다. 모용현은 남궁우현에게 일검을 찌르며, 자신에게로 날아오는 금설옥의 뒷모습을 보고 남궁우현을 지나쳐 앞으로 뛰었다.

뒤로 물러나는 금설옥과 앞으로 나아가는 모용현의 눈이 허공에서 마주쳤다.

‘……’

그것은 비록 찰나의 순간이지만, 모용현에게는 영겁과도 같은 시간이었다. 그저, 금설옥의 맑은 눈을 보는 것만으로도.

금설옥은 오른 발끝을 지면에 퉁기고, 다시 앞으로 뛰어들었다. 십자번참이라는 강렬한 일격을 막아낸 직후라고 하기엔 움직임에 거침이 없었다. 지난번처럼 힘으로 맞선 것이 아니라, 뒤로 물러나며 십자번참의 내력을 고스란히 와해시킨 것이다.

‘그래, 이러면 되는 거잖아?’

금설옥이 속으로 쾌재를 부르짖으며, 남궁우현을 향해 검을 뿌렸다.

모용현은 금설옥과 지나치고, 그대로 쌍검자에게 뛰어들었다. 십자번참이라는 절초를 시전한 직후의 미세한 틈을 놓치지 않고, 모용현의 간월검이 빛을 발했다.

“크악!”

우검 남궁여현의 목에서 피가 솟구쳤다. 지켜보는 수백의 눈동자 어디에도 비치지 않은 쾌검이었다.

“여현!”

좌검 남궁자현이 쓰러지는 동생을 보고 소리쳤다.

금설옥과 남궁우현의 검이 부딪치고, 금설옥이 검을 마주한 채로 몸을 한 바퀴 빙글 돌렸다. 남궁우현이 그를 따라 돌고, 두 사람의 자리가 바뀌면서 금설옥과 모용현이 등을 맞댔다.

그리고 약속이나 한 듯, 금설옥과 모용현이 등을 댄 채로 서로의 자리를 바꾸었다. 모용현의 앞에는 남궁우현이, 금설옥의 앞에는 좌검 남궁자현이 있었다.

등을 맞댄 두 사람과 그들을 사이에 두고 선 두 사람 모두 방금 전까지의 격렬함을 잊은 채 호흡을 가다듬고 내력을 끌어올렸다. 두 쌍의 화려한 검초에 말을 잊은 사람들은, 우검 남궁우현이 쓰러지자 숨을 쉬는 것조차 잊은 듯 멍하니 네 사람을 바라보았다.

먼저 움직인 것은 모용현이었다.

무림인이라면 누구나 이정제동(以靜制動)이라는 네 글자를 마음에 담아두지만 그는 달랐다. 절세의 고수들을 맞아, 그는 항상 선수필승(先手必勝)의 신념으로 검을 썼다. 바로 곁에서 그를 보고, 수없이 반복하여 그를 되짚어온 모용현도 마찬가지였다. 그의 신형은 화살처럼 남궁우현을 향해 쏘아졌다.

금설옥과 남궁자현은 동시에 움직였다. 두 사람이 아닌 이상, 금설옥은 두려울 것이 없었다. 그녀의 안에 충만한 아미구양공이 그녀의 검을 이끌었다. 마음이 올곧으니, 검로는 정순하다.

반면 남궁자현의 검은 어지럽고 탁했다. 오랜 시간 마치 한 몸처럼 함께해 온 남궁여현의 죽음은 그에게서 평정심과 판단력을 앗아갔다. 결국 삼십여 초가 지나고 금설옥의 검이 남궁자현의 피를 머금었다.

털썩!

힘없이 쓰러지는 남궁자현의 시체를 뒤로하고 금설옥이 고개를 돌렸다. 모용현과 남궁우현의 싸움은 아직 끝나지 않았다. 두 사람의 대결을 보고 있는 금설옥에게 남종이 다가와 말했다.

"저건… 대체 누구입니까?"

금설옥은 대답하지 않았다. 지금은 오직 모용현의 모습만이 금설옥의 눈에 들어왔다.

금설옥은 이미 두 차례, 남창과 합비에서 모용현의 검을 쓰는 모습을 본 적이 있었다. 그러나 남창에서는 달 그림자에 가려, 합비에서는 양당국의 수하들 탓에 금설옥의 눈이 담았던 것은 편린(片鱗)에 불과했다. 지금처럼 정면으로 보는 것은 처음이었다.

아아. 틀림없어. 저것은 그 사람의 검이다.

금설옥은 가슴이 떨려왔다. 지금 그녀의 눈앞에서, 남궁세가의 가주를 몰아치는 것은 분명 추신의 검이었다. 모용현은 놀랍게도 검 하나, 보법 하나까지 완벽하게 추신의 모습 그대로였다. 정명(貞明)한 검로와 극에 달한 검속은 생전의 추신이 마치 살아 돌아오기라도 한 것처럼. 모용현은 금설옥의 기억 속에 있는 추신 그 자체였다.

그런데 그렇게 생각하는 금설옥의 마음 한구석에서 묘한 느낌이 일었다. 모용현의 모습은 저토록 생전의 추신과 똑같은데, 모용현 자신은 추신과의 관계를 부정하고 있다는 사실이 금설옥의 마음을 불편하게 만들었다.

'뭐지, 이 느낌은?'

무표정한 얼굴로 추신을 현세에 구현해 내는 모용현의 모습이 금설옥의 마음을 불편하게 만들었다. 도저히, 그를 똑바로 바라볼 수 없었다.

치열한 싸움은 막바지로 접어들었다. 남궁우현은 지치고, 모용현은 적지 않은 상처를 입었다. 남궁우현은 자신을 이토록 몰아치는 모용현을 경이로운 시선으로 바라봤다. 그리고 자신을 바라보는 수많은 시선을 느꼈다. 대남궁세가의 가주가 출신도 불분명한 애송이에게 당하진 않으리라는 기대에 찬 시선들이 얼마나 되는가? 수백 년을 내려온 창궁벽해검에 손을 댈 만큼 무학의 재능도 뛰어났거니와, 정교와의 항쟁

속에서 기존의 구도를 과감히 뿌리치고 모용강의 무림맹에 가담하여 세가의 역사상 찾아보기 힘든 권세를 누리고 있었다. 남궁세가의 사람들은 모두 가주의 그러한 판단력을 흠모하였고, 그에게 무한한 신뢰를 주었다.

"이만 끝내자."

남궁우현의 애검 광천의 검극에 푸른 기운이 일렁였다. 남궁우현의 정심한 내력이 검과 몸을 하나로 묶어 모용현을 덮쳤다. 바로 창궁벽해검의 절초, 창룡출해(蒼龍出海)였다. 금설옥은 남창에서 남궁선주의 창룡출해 일 초를 피한 적이 있었지만 이처럼 엄청난 위력이 아니었다. 금설옥이 자신도 모르게 외쳤다.

"조심해!"

남궁우현의 압도적인 내력에 눌려 있는 가운데에서도 금설옥의 목소리가 똑똑히 모용현의 귓속으로 들어왔다. 모용현은 눈을 똑바로 뜨고, 거대한 용의 입 안으로 서슴없이 걸어 들어갔다.

"……!"

거대한 용의 머리처럼 남궁우현을 감싸던 기운이 흩어졌다. 그 안에서, 모용현의 검은 남궁우현의 심장을 꿰뚫고 있었다.

"으, 으헉!"

남궁우현은 애검을 떨어뜨리고, 입에서 피를 토하며 무릎을 꿇었다. 모용현은 남궁우현의 몸에서 검을 빼고, 금설옥을 바라봤다. 금설옥은 뭐라 말할 수 없는 눈으로 자신을 보고 있었다.

"우와아아아!"

남궁우현의 시체가 피를 콸콸 쏟으며 쓰러진 것이 신호라도 된 듯, 손을 멈추고 있던 정파연합의 사람들이 소리를 지르며 병기를 휘두르

기 시작했다. 남궁세가의 사람들도 악에 찬 함성을 지르며 맞서 싸웠
다. 죽이고, 또 죽는 사람들에 휩쓸려 금설옥의 모습이 더 이상 보이지
않았다. 모용현은 등을 돌렸다.

"기다려!"

병장기들이 부딪치고, 사람들의 비명 소리를 뚫고 금설옥의 목소리
가 들려왔다. 모용현은 돌아보지 않았다.

제2부 3장

이루어질 수 없는 바람

1

넓은 창 안으로 비추어오는 햇살이 방 안을 가득 채웠다. 오후의 빛은 따뜻해 사람의 긴장을 완화시키게 마련이지만 적어도 방 안의 사람들에게는 큰 효력을 발휘하지 못하고 있었다.

긴 직사각형의 탁자에는 사남 일녀가 양편으로 나뉘어 앉아 있었는데 얼굴이 굳어 있지 않은 이가 한 사람도 없었다. 밝은 햇살을 받아 환한 얼굴이 무색할 지경이었다. 자연 방 안의 공기는 무겁고 침묵만이 흐르고 있었다.

무거운 침묵을 깨고, 흰 수염으로 얼굴 전체가 뒤덮인 노인이 팔짱을 끼며 말했다.

"이것 참 큰일이로군. 어쩌다 일이 이 지경으로 커졌단 말이오?"

노인의 말투는 느긋했으나 그 안광(眼光)만큼은 한낮의 태양처럼 형형했다. 그러자 맞은편의 여인이 붉은 입술을 열었다.

"북사(北師)께서 하시는 말씀을 들으니 작금의 상황이 전혀 큰일처럼 느껴지질 않는군요. 조금쯤은 자각을 하시는 것이 어떨까요?"

여인은 이제 사십대인지 혹은 이십대인지 모를 외모의 소유자였다. 얼굴은 희고, 입술은 붉어 아름다운 외모를 지녔으나 그를 보고 있노라면 어딘지 모를 위화감이 들었다. 분명 젊은 사람과 같은 얼굴을 지녔으면서도 선뜻 나이를 가늠하지 못하는 것은 그러한 까닭이었다.

여인에게 북사라 불린 흰 수염의 노인이 말했다.

"허허, 자각이라니? 그럼 어디 남후(南侯)께서는 처음부터 이 정도로 심각해질 줄 내다보셨다는 말씀이오? 거참, 혜안(慧眼)이 대단하구먼. 그래서 강서성이 다 떨어지도록 보고만 계셨소?"

"그럼 그 상황에서 누가 움직일 수 있었단 말인가요?"

남후라 불린 여인이 그리 말하며 비어 있는 상석을 힐끗 보았다. 지금 탁자에는 앉아 있는 이들 외에 상석과 여인의 옆 자리가 비어 있었다. 원래는 두 사람이 더 나와 앉아 있어야 할 자리였다.

"그만, 그만. 두 분 다 그만 하시오."

비어 있는 상석의 바로 오른편에 앉아 있던 노인이 끼어들어 두 사람의 말을 멈추었다. 노인의 얼굴은 주름으로 가득했으되 수염이 없고 눈썹과 머리가 검어 흰 수염의 노인과 명확한 대비를 이루고 있었다.

검은 머리의 노인이 가진 영향력이 대단한 듯, 흰 수염의 노인과 여인은 입을 다물고 매서운 눈으로 서로를 쏘아보기만 했다. 그 모습을 보고 검은 머리의 노인이 끌끌 혀를 차며 허리를 뒤로 젖히며 말했다.

"그나저나 총사령(總司令)은 왜 이렇게 늦는 건가? 이 사람이 회의에 늦는 일이 다 있다니, 놀라운 일일세."

그 말에 다른 이들이 모두 고개를 끄덕였다. 상석의 왼편, 검은 머리

노인의 맞은편에 앉아 있던 사내가 입을 열었다. 날카로운 인상을 지닌 장년의 사내는 바로 천엽비도(千葉飛刀) 당감소(唐柑所)였다.

"그만큼 오늘의 안건이 중요하다는 뜻이 아닐까 싶소."

쾅!

끄트머리에 앉은 사내가 당감소의 말을 듣고 탁자를 주먹으로 내리쳤다. 이제는 제갈세가의 가주가 된 신산(神算) 제갈찬(諸葛燦)이었다. 별호가 신산일 만큼 앞을 내다보는 능력이 뛰어나고 경솔히 행동하는 법이 없는 것으로 유명한 그가 이렇게 격분한 모습을 보이는 것이 처음이라, 다들 놀라는 눈치였다.

제갈찬이 분노에 찬 음성으로 말했다.

"그래서, 총사령께서는 맹주와 무슨 밀담(密談)을 나누느라 늦는단 말이오? 지금 남궁세가가 구파일방의 잔당들에게 몰살당한 마당에 뭐 그리 생각할 것이 있단 말이오?"

"신산께서는 고정하시오."

당감소가 그를 달랬으나 제갈찬은 더 화가 난 듯 말했다.

"지금 날더러 진정하라 했소? 저들이 움직이는 징후가 있을 때부터, 내 누누이 싹이 돋아났을 때 쳐야 후환이 없다고 했건만 그 말을 듣지 않더니 지금 이렇게 된 것 아니오? 이게 뭐요?"

"그래서 그 대책을 세우고자 지금 이렇게 모인 것 아니오?"

그러자 제갈찬의 낯빛이 싸늘해졌다.

"흥, 그렇군. 내가 고작 제갈세가의 가주라서, 맹주께서는 나를 만나 주지도 않고 당신네들 사령 회의에 참석시켜 주는 것만도 감지덕지 고마워해야 한다는 거군?"

"곡해하지 마시오."

"내가 지금 동령(東令)의 말을 곧이곧대로 듣게 생겼소?"

제갈찬의 언성이 높아지자, 그의 옆 자리에서 듣고 있던 남후라 불린 여인이 말했다.

"신산의 말씀에는 틀린 것이 있네요."

"틀린 게 있다니?"

제갈찬이 눈을 부라리며 남후라는 여인을 쏘아봤다. 그 눈빛이 워낙 험악하여, 보통 사람이라면 그와 시선을 마주하는 것만으로도 주눅이 들 만했지만 여인은 태연하기만 했다.

"맹주께서는 몇 년 전부터 총사령을 제외한 누구도 만나주질 않으셨답니다. 저를 비롯한 저기 계신 북사, 동령이나……."

잠깐 말을 멈춘 여인은 건너편의 빈자리를 보고 다시 말을 이었다.

"서장(西將)은 물론이고, 심지어 상공(尚公)이신 사왕 어르신도 맹주의 잘생긴 얼굴을 못 본 지 오래란 말이에요."

여인에게 상공이라 불린 검은 머리의 노인, 사왕 손망후가 고개를 끄덕였다. 그를 본 제갈찬이 어이가 없어 당감소에게 물어봤다.

"그게 정말이오?"

"그렇소."

당감소가 고개를 끄덕였다.

모용강은 무림맹을 창설하고, 담대진홍에게 총사령이라는 직책을 주어 무림맹의 운영에 관한 모든 권한을 일임했다. 사왕 손망후는 상공(尚公)이라는 직책에 임명하여 담대진홍과 동등한 위치를 부여했고, 담대진홍의 아래에 북사(北師), 남후(南侯), 동령(東令), 서장(西將)의 사대사령(司令)을 두어 부리도록 했다. 흰 수염이 무성한 노인은 과거 정교(貞敎)의 장로 중 하나로 모용강에게 포섭되어 사왕(蛇王) 손망후(孫

忘侯)와 금편선자(金鞭仙子) 양정문(梁庭雯)과 함께 교주 동방일야를 몰락시킨 풍경립(豊慶立)이라는 고수였다. 그는 그 공을 인정받아 사대사령 중 북사로 임명되었다. 그 외에 금편선자 양정문이 남후, 천엽비도 당감소가 동령, 천수참마(千首斬魔) 조규휘(調圭揮)가 서장으로 각각 임명되었다. 이들의 서열은 담대진홍과 손망후의 아래였지만 그는 어디까지나 직책상의 문제라 실제로는 어느 정도 수평적인 관계를 유지하고 있었다.

그러나 그러한 관계가 비틀어진 것은 무림맹이 자리를 잡게 된 지 얼마 지나지 않아서였다. 언젠가부터 맹주인 모용강은 공식 석상에 나타나지 않고, 사령들의 면담 요청도 거부하였다. 그는 오직 담대진홍만을 가까이했고, 모든 명령은 그를 통해 내려졌다. 자연히 사대사령들뿐이 아니라 동등한 위치라는 사왕 손망후마저도 담대진홍에게 맹주의 명령을 받는 꼴이 된 지 오래였다.

"대체 언제부터 그랬소?"

제갈찬의 음성에는 놀라움만이 가득했다. 그와 팽원충, 죽은 남궁우현들은 각자의 세가에서 기거하였으니 중앙에서 이러한 일들이 있었음을 까맣게 모르고 있었다. 아니, 그보다는 무림맹과 관부의 비호 아래 일찍이 맛보지 못한 권력의 달콤함에 취해 있었다는 표현이 나을 것이다. 물론 영원히 취해 있을 수 있다면 중앙의 일이 어찌 돌아가든 상관하지 않겠지만 제갈찬은 지금 남궁세가의 멸문이라는 망치에 머리를 맞아 깨어난 상태였다. 그 때문에 직접 낙양의 본영까지 와서 맹주를 알현코자 했고, 그것이 거부당하자 이렇게 사령들의 회의에 참석하게 된 것이다.

당감소가 제갈찬에게 대답하려는 때에, 회의실의 문이 열렸다. 보통 사람보다 머리 하나는 커 보이는 장신의 남자, 바로 무림맹의 총사령 담대진홍이었다.

담대진홍은 심명신장이라는 절기로 유명한 고수였지만, 그보다는 모용세가의 총관으로 잘 알려져 있었다. 때문에 그가 강호의 일에 간섭하는 일은 드물었고, 무공을 선보이는 일은 더욱 드물어 그의 진면목을 아는 자가 그리 많지 않았다. 그러나 이 자리에 있는 자들은 모두 담대진홍의 무서움을 잘 알고 있었다. 모용강 대신 구(舊) 정파연합에 모용세가의 대표로 참가한 정교와의 항쟁에서 보여준 그의 무위는 가공할 만한 것으로, 모용세가의 그늘에 가려져 있던 과거를 일시에 날려버렸던 것이다.

그가 들어선 것만으로도 회의장의 분위기가 싹 바뀌었다. 사람들도 불편한 심기를 억제하고 담대진홍을 바라보았다.

"조금 늦었소."

담대진홍이 짧게 말하고 자리에 앉았다. 중앙의 상석에 앉아 보니 한 자리가 비는 것이 쉽게 눈에 띄었다. 바로 서장 천수참마 조규휘의 자리였다.

"서장은 오늘도 불참인가?"

사전에 알고 있었다는 말투였다. 손망후를 비롯한 이들은 침묵으로 그에 답했고, 담대진홍은 고개를 끄덕이며 말했다.

"서장의 제멋대로는 맹주께서 보장하신 사항이니 어쩔 수 없지."

"총사령, 질문이 있소."

제갈찬이 먼저 입을 열었다. 담대진홍이 그를 보고 말했다.

"말씀하시오."

"맹주께서도 남궁세가의 멸문을 알고 계시오? 구파일방의 잔당들이 그 정도로 세력을 키웠다는 사실을 아시느냔 말이오."

담대진홍이 고개를 끄덕였다.

"물론이오. 오늘 자리를 마련한 것도 그 일 때문이오."

"본영에서는 이미 저들의 움직임이나 힘을 파악하고 있다 들었는데 그것이 사실이오?"

"신산께서는 많은 것을 알고 계시는군."

담대진홍의 억양이 묘했다. 언뜻 들어보면 상대를 도발하는 투라, 제갈찬이 그를 파악하고 마음을 다스리며 말했다.

"그러면 어째서 미리 손을 쓰지 않았소? 일찍이 저들이 모이고자 하는 징후가 보였을 때부터 내 누차 주장했건만! 본영에서 내 의견을 무시하는 바람에 일이 이렇게까지 커진 것 아니오?"

"다 하셨소?"

"…예?"

"할 말 다 하셨느냔 말이오."

담대진홍의 말과 눈빛이 싸늘했다. 내력의 문제가 아니었다. 제갈찬은 담대진홍이라는 한 인간에게 압도당해, 입을 다물었다. 담대진홍이 그를 보고 말했다.

"물론 신산의 의견을 맹주께서도 잘 알고 계시오."

"그렇다면 왜 저들을 놔두었소?"

반문한 것은 제갈찬이 아니라 풍경립이었다. 담대진홍은 풍경립에게로 고개를 돌려 말했다.

"그것이야말로 맹주의 뜻이니까."

"……?"

다섯 사람의 눈이 담대진홍에게로 쏠렸다. 열 개의 눈동자가 모두 하나의 의문을 담고 있으니 담대진홍이 엷은 웃음을 지으며 말했다.

"신산의 말씀대로, 맹주께서는 이미 저들의 세가 미약할 때부터 그 움직임을 파악하고 있었소. 저들의 세력이 지금처럼 커지게 된 것은 모두 맹주의 뜻이오."

담대진홍의 말은 듣는 이들의 의문을 증폭시키기만 했다. 알고 있었다면 왜 미리 제거하지 않았는가? 그러한 뜻을 알았는지 담대진홍이 다시 입을 열었다.

"물론 나도 처음에는 여러분과 같은 의문을 가지고 맹주께 반문하였소. 하나 맹주께선 이렇게 말씀하셨소. '이것이야말로 무림맹의 천하를 더욱 굳건히 할 수 있는 계기가 될 것이다' 라고 말이오."

그제야 사람들은 모용강의 뜻을 헤아릴 수 있었다. 육 년 전, 그들이 힘으로 정교와 구파일방을 비롯해 모용강에 적대하는 자들을 제거하고 무림맹을 세웠다지만 오랜 세월을 다져 온 구파일방의 저력을 무시할 순 없었다. 이름과 힘을 숨긴 채 음지로 숨어든 이들이 얼마나 될지는 무림맹으로서도 정확히 알 수 없는 노릇이다. 지금의 무림맹은 굳건해 보이지만, 속으로 그러한 자들을 품고 있었다.

그러나 무림맹의 앞에는 초기부터 많은 문제들이 산적해 있었다. 황실과의 관계 정립도 그랬고, 각 지부의 설립과 구파일방이 가지고 있던 권력의 재편, 각 지방 공로자들에 대한 예우 등 초기에는 자신들의 일을 돌보느라 규모도 파악하기 힘들 정도로 미약한 적대 세력을 신경 쓸 틈이 없었던 것이다.

"그렇다면 맹주께서는 일부러 그들에게 세력을 키울 시간을 주셨다는 말입니까?"

"그렇소."

제갈찬의 물음에 담대진홍이 짧게 대답했다.

시간이 흘러, 지금의 무림맹은 초기의 문제들을 어느 정도 해소하였고, 안정기에 접어드는 중이다. 구파일방의 잔당들이라면 언제라도 처리할 수 있지만, 그 외 지금의 체제에 불만을 가진 무리들까지 일일이 솎아내는 것은 무리였다. 그렇다면 어떻게 해야 하는 것인가?

"맹주께서는, 내버려 두면 저들은 알아서 비슷한 무리들을 모을 거라 하셨소. 그리고 맹주의 예상대로 현 무림맹에 불만을 가진 자들이 하나둘 정파연합이라는 허울 좋은 이름 아래 모여들고 있는 것이오."

중원 곳곳에 숨어 있는 불평분자들을 구파일방이라는 깃발 아래 모이게 해서 한 번에 처리하고자 하는 것. 모용강이 바라는 것은 바로 그것이었다.

"그렇다 해도 남궁세가를 멸망시킬 만큼 커질 때까지 놓아둔 것은 너무 느긋했던 것이 아닌가요? 이렇게 되면 저들을 처리할 때에도 우리의 피해가 막심할 텐데?"

"남후께서는 지금 맹주의 결정이 그르다 하고 싶으신 거요?"

담대진홍의 눈빛이 강렬했다. 양정문이 감히 대항하지 못하고 웃어넘겼다. 모용강을 향한 담대진홍의 맹목적인 충성심을 모를 양정문이 아니었다.

"설마, 본녀가 감히 그런 마음을 품을 수 있다고 생각하시나요?"

"나는 아니라고 믿소만 맹주께서도 그러실지는 모르겠소."

양정문이 입을 다물고, 다시 풍경립이 말했다.

"그럼 이제 저들을 칠 때가 된 것 아니오?"

담대진홍이 말했다.

"맹주께서는 좀 더 두고 보라 하셨소."

손망후가 말했다.

"강서성의 각 지부가 모두 저들의 손에 떨어지고 남궁세가마저 멸문한 마당에 더 두고 볼 것이 있소?"

사왕 손망후의 이 말이야말로 다른 이들의 마음을 대변한 것이었다. 그러나 담대진홍은 고개를 저으며 말했다.

"그것은 나나 여러분이 결정할 일이 아니오. 결정하는 것은 맹주, 그에 복종하는 것이야말로 우리의 역할. 아직도 이 간단한 식을 모르는 분이 계시오?"

담대진홍의 말이 서릿발 같아 아무도 감히 대꾸하지 않았다. 담대진홍의 말대로, 모용강이 원하는 것은 오직 그의 말에 복종하는 수하뿐이다. 그리고 그의 결정은 틀리는 법이 없었으므로, 그들은 기꺼이 자신을 팔아 모용강의 무림맹 아래에서 지금의 영화를 누릴 수 있었다.

그러나 지금, 그들과 함께 복종을 맹세하였던 남궁세가가 구파일방의 잔당들에게 멸문당하도록 내버려 둔 모용강의 처사는 분명 과한 감이 있었다. 더구나 그러한 일을 당한 후에도 정파연합이라는 저 구세력의 잔당들을 내버려 둔다면 충성을 다하던 이들에게도 자연 의구심이 자랄 것이다.

'이것은 좋지 않다.'

담대진홍 역시 모용강의 결정에 의문이 없을 수 없었다. 무림맹이라는 거대한 집단을 떠받치는 것은 모용강이라는 한 개인을 향한 수하들의 절대적인 신뢰다. 그것이 흔들린다면 무림맹이라는 단체가 흔들릴 수 있었다. 모용강이 그것을 생각하지 못할 리 없었다. 아니, 담대진홍 자신이 친히 간언도 했다. 그러나 모용강은 처음의 결정을 고수하였다. 담대진홍으로서는 맹주의 결정을 그대로 전하는 수밖에 도리가 없었다.

담대진홍이 다시 말했다.

"이것은 맹주의 결정이니, 부언하지 않겠소."

결국 남궁세가를 멸문시켜 사기가 오를 대로 오른 정파연합에 대해서는 어떠한 행동도 취하지 않는 것으로 결론을 내고 담대진홍은 다음 안건을 진행시켰다. 몇 가지 의제에 관해 논의가 오갔지만 어쩐지 다들 맥이 풀린 모습이었다. 그만큼 정파연합에 대한 모용강의 결정이 이들에게는 석연치 않았던 것이다.

"동령께서는 잠시 남아주시오."

회의가 끝나고 모두 자리를 뜨려는 차에 담대진홍이 당감소를 붙잡았다. 손망후들이 모두 나가고, 회의장에 두 사람만이 남자 담대진홍이 입을 열었다.

"동령의 자제들은 잘 지내오?"

"총사령 덕분에 다들 잘 지내고 있습니다."

당감소는 일찍부터 모용강의 편에 서서 많은 일을 성사시켰다. 그 과정에서 그의 가문인 사천당문이 멸문하였지만 그는 눈썹 하나 까딱하지 않았다. 모용강의 계획 중에 당문의 멸망 또한 안배되어 있음을 알았으면서도 그를 저지하지 않았던 것이다. 다만, 당감소는 자신의 가족들만을 일찍 다른 곳으로 옮겨두어 화를 면하게 하였다. 담대진홍은 그를 잘 알고 있었다.

"정견이 올해 몇이더라? 이제 청년이 다 되었겠구려?"

당감소의 눈이 흔들렸다. 담대진홍은 그를 보고도 못 본 척, 다른 이야기를 했다.

"남궁세가는 이제 후사가 끊겼소. 동령께서도 아시겠지만 백기단주마저 죽었으니 안타깝지 않소?"

"그렇습니다……."

"백기단주가 그렇게 가니, 무림맹에 장래가 보이는 젊은이가 별로 없소이다. 동령에게만 하는 이야기지만 팽가의 자제들은 한참 부족하고, 제갈가의 자식이야 어디 볼 게 있겠소?"

이는 당감소 역시 동감하는 사항이었다. 모용강이 약속한 것들 중 가장 먹음직스러운 미끼였던, 사후의 무림맹을 향한 이세들의 경쟁이 슬슬 불이 붙어가는 시점이었지만 마땅한 재목이 보이지 않았다. 무림맹 아래에서 활동하는 자들 중에서는 그나마 남궁선주가 두각을 나타냈지만 모용강보다 먼저 죽어버려서야 소용없는 일이다. 그러나 그것보다, 담대진홍이 왜 그러한 이야기를 하고 있는지 당감소는 알 수 없어 불안하기만 했다.

"나는 정견이 죽은 백기단주보다 낫다고 보오만, 그는 어째서 나서려고 하지 않소?"

"글쎄, 저도 잘 모르겠습니다."

"뭐, 싫다는 일을 억지로 시킬 수는 없지요. 아, 그런데 내가 마침 재미있는 소식을 하나 들었소. 그 이야기를 하려고 일부러 붙잡은 거요."

"무슨 소식입니까?"

담대진홍이 과장된 표정으로 웃어 보이며 말했다.

"하하, 그게 참 어이없는 이야기인데 말이오. 일전에 남궁세가에서 벌어진 싸움 있지 않소?"

"예."

"그곳에서 정견과 닮은 젊은이를 목격했다는 소식을 내가 들었지 뭐요? 그것도 정파연합이라는 것들 편에 서서 남궁세가의 사람들을 도륙

하였다는데, 이것이 참으로 재미있지 않소? 놀기 바빠 누구나 선망하는 오기의 단주 자리도 고사한 녀석이 뭐가 아쉬워 그런 짓을 한단 말이오? 아니 그렇소?"

"아니, 그건……."

당감소의 안색이 새파랗게 질렸다. 무수히 많은 사선(死線)을 넘은 그가 이토록이나 두려워하는 일이 있단 말인가? 다른 이가 보았다면 믿지 못할 장면이건만 담대진홍은 예상이라도 한 듯 웃으며 말했다.

"내가 그를 듣고 참으로 어처구니가 없어서, 그만 그 소식을 들고 온 이에게 상을 내리지 않았겠소? 동령께서는 어찌 생각하시오?"

당감소는 대답할 수 없었다.

2

당감소는 무거운 마음을 안고 회의장을 나섰다. 그가 아는 담대진홍은 경솔함과는 거리가 멀어, 확실치 않은 일로 상대를 떠보는 일을 하는 사람이 아니다. 일단 그의 입에서 말이라는 형태를 갖추었다면 그것은 틀림없는 사실이라 여겨도 무방하다.

두 딸을 낳고 얻은 아들이었다. 바른 눈을 가져 바르게 자라달라는 바람에서 정견(正見)이라는 이름을 지었고, 부모의 마음을 아는지 이름처럼 바른 성품을 지닌 것이 당감소의 자랑이라면 자랑이었다. 어미를 닮아 얼굴도 썩 잘생겼고, 무공의 자질은 아비를 닮아 뛰어났다. 당문 내에서도 직계와 방계를 통틀어 그만한 인재가 없었다. 어디 내놔도 부끄럽지 않을 자식이었다.

다만, 이름처럼 너무 바르게 자라준 것이 문제였다. 당감소 자신은 스스로가 한 일에 아무런 거리낌이 없었다. 오히려 무림사에 다시없을 무림맹에 의한 정사일통을 이루어낸 것에 크나큰 자부심이 있으면 있었지, 한 번도 그를 부끄럽다 여겨본 일이 없었다. 자신의 가족들을 제외한 당문의 사람들을 몰살시켰지만 그 역시 대업을 이루기 위한 필연적인 희생이었다는 것이 당감소의 생각이었다. 더구나 당문은 자신에게 당씨 성을 부여했다는 것만으로 생색을 내며 저들을 위해 궂은일을 마다하지 않음도 당연하다 여겼으니 당감소가 그들의 희생에 슬퍼할 하등의 이유가 없었다. 그리고 세상의 모든 아들이 그렇듯, 정견은 아버지를 이해하려 들지 않았다. 그런 점에서 두 사람은 어디에서나 볼 수 있는 평범한 부자지간이었다.

'다른 놈들에게 선수를 빼앗기기 전에 나서야 한다고 말할 때는 들은 척도 안 하더니, 그래 고작 싸우고 나가 한다는 짓이 아비에게 칼을 들이대는 거냐? 못난 놈.'

무림맹 창설 이후 공신으로 분류된 자들 중에서도 당감소의 위치는 특별한 것이었다. 무공으로는 담대진홍에게, 연배로는 사왕 손망후에 밀려 사대사령의 지위에 머물렀으나 그의 업적을 폄하하는 사람은 없었다. 당연히 그의 영향력은 같은 사대사령이나 삼대세가―남궁세가, 하북팽가, 제갈세가―의 가주들보다 한 발짝 앞서 있었다. 당감소는 그러한 지금의 위치에 만족했고, 그 기저에는 미래를 다툴 이세들 중 그의 아들인 당정견이 여러 모로 특별하다는 사실이 깔려 있었다. 모용강의 사후, 그의 아들이 새로운 무림맹의 패자가 된다면 그로선 더 이상 바랄 것이 없었다.

그러나 앞서 말했다시피, 당정견은 아들의 첫째 덕목인 부모의 기대 저버리기를 충실히 수행했다. 무공의 수련은 나름대로 열심히 따랐지만 그보다 책 읽기를 즐겨 했으며 세속의 일에는 도무지 관심을 두려 하지 않아 당감소의 속을 무던히도 썩이더니, 급기야는 아버지가 이루어놓은 업적을 부당한 것이라 비난하기에 이른 것이다.

비난의 수위는 횟수를 거듭할수록 점점 올라가고, 제아무리 귀한 자식이라지만 참을 수 없는 한계가 있는 법이다. 홧김에 따귀를 한 대 올려붙였더니 뒤도 돌아보지 않고 횡하니 나가 버리는데 처음에는 며칠 굶으면 알아서 집구석으로 기어 들어오겠거니 싶었지만 이틀이 사흘이 되고, 사흘이 나흘이 되도록 코빼기도 비추지 않는 것이다.

'그나저나 이 일을 어찌하면 좋단 말인가?

정파연합에 가담하여 남궁세가를 쳤다는 것은 보통 일이 아니다. 이는 명백한 배신 행위로, 당감소의 공로를 감안한다 해도 겨우 목숨이나 부지할 수 있을지 모를 일이다. 모용강의 성품을 잘 알고 있는 당감소로서는 생각하기도 싫은 일이었다.

당감소는 복도에 멈춰 서서 한숨을 크게 쉬고 생각에 잠겼다.

만약 담대진홍의 말이 사실이라면, 그 사실이 다른 이들에게 알려진다면? 제갈세가나 팽가에서 눈에 불을 켜고 달려드는 모습이 눈에 선했다. 그러나 일단, 담대진홍이 자신에게만 이야기한 저의를 생각해봐야 했다.

담대진홍은 이전에도 그랬지만, 무림맹이 창설되고 총사령이라는 일인지하 만인지상의 자리에 앉은 이후에도 가정을 꾸리지 않았다. 오십이 되도록 독신을 고수하는 흔치 않은 이였다. 더구나 따로 전인을 두지도 않았으니 그에겐 모용강의 후계자 경쟁에 참여할 뜻이 없다는 이야기이다.

"무슨 이야길 들었기에 그리 심각한 얼굴을 하고 계세요?"

나긋나긋한 목소리에 당감소는 고개를 들었다. 그의 앞에는 남후, 금편선자 양정문이 서 있었다.

과거, 금빛 채찍 하나로 사왕이나 삼음노괴와 어깨를 나란히 했던 마두 중의 마두로는 도저히 볼 수 없는 아름다운 여인이다. 하나 그녀 역시 모용강의 사주를 받아 동방일야에게 거짓 투신하여 지금의 무림맹을 일구어낸 공신 중의 공신이었다.

당감소가 대답했다.

"별것 아니오. 총사령과는 워낙 오랜만의 만남이라 잠시 회포를 풀었을 뿐이외다."

당감소의 대답을 듣고 양정문이 웃으며 말했다.

"그렇군요. 실은 동령께 여쭈어볼 것이 하나 있어 이렇게 기다렸답니다."

"그렇다면 어디에라도 앉아서 이야기합시다."

워낙 무거운 이야기를 들은 뒤라 조심할 수밖에 없었다. 양정문이 무엇을 물어보려는지는 모르겠으나 이렇게 따로 자신을 기다릴 정도라면 결코 가벼운 이야기가 아닐 것이다.

당감소와 양정문은 실외로 나와 정원으로 갔다. 무림맹 본영은 보통 사람들의 예상보다 규모가 작았는데 이는 물질적으로 풍족하지 못한 요녕 지방에서 검소하게 자라난 모용강의 뜻이 반영된 것이었다.

정원에 마련된 정자에 두 사람이 마주 앉자 양정문이 가벼운 인사를 던졌다.

"형님과 조카님께서는 잘 지내시나요?"

'누가 형님이고 조카님이냐?'

당감소가 속으로 살갑게 구는 양정문을 거북해하며 대답했다.

"덕분에 잘 있소."

양정문이 말했다.

"다행이군요. 하아, 날씨가 참 좋네요. 그렇지 않나요?"

양정문의 말대로 구름 한 점 없이 맑은 봄날이었다. 높이 솟은 태양이 대지를 환하게 비추니 봄의 양기(陽氣)가 땅으로부터 피어오르는 것이 느껴질 정도였다.

"물어보고 싶은 것이 무엇이오?"

그러나 당연한 이야기라도 악명 높은 대마녀(魔女)의 입에서 나올 만한 것은 아니었다. 비록 눈부신 햇살을 받은 양정문의 모습이 여염집 처녀와 같이 화사하지만 어디까지나 겉모습에 불과함을 모르는 당감소가 아니었다.

당감소가 딱딱히 말하자 양정문이 말했다.

"어머, 동령께서는 어찌 그리 굳어 계시나요? 본녀가 잡아먹기라도 한답니까? 얼굴일랑 펴주세요."

당감소는 대답하는 대신 입을 꾹 다물었다. 양정문이 그 모습을 보고 빙긋 웃으며 말했다.

"실은 제가 최근 기묘한 소문을 들었답니다. 동령께서도 최근 강서성에서 연이어 일어났던 지부장 살인 사건을 알고 계시지요?"

당감소가 고개를 끄덕였다. 양정문이 말한 지부장 연쇄 살인은 당감소도 익히 알고 있던 사항이었다. 그러나 곧이어 강서성의 지부들이 정파연합에 함락당하였으니 무림맹 측에서는 그 둘을 하나의 사건으로 묶어 보는 것이 일반적이었다. 당감소 역시 그것이 정파연합의 사전

공작이었다 생각하고 있었다.

"물론 본녀도 그것이 정파연합이라는 것들의 소행이라 생각해 왔습니다만, 최근 기묘한 이야기를 들어서 말이죠."

"그것이 무슨 이야기인데 그러오?"

"강서성 지부장들을 살해한 것이 동일인의 소행임은 익히 알고 있었는데, 그 수법을 살펴보니 비할 수 없이 신속한 쾌검에 의한 것이라더군요."

당감소 또한 알고 있는 사항이었다. 그러나 그것이 뭐 그리 중요하단 말인가? 양정문이 말을 이었다.

"여기까지는 익히 아시는 이야기겠지만, 바로 얼마 전 남궁세가에서 벌어진 싸움 중 그 범인인 듯한 이가 목격되었다는 이야기도 들으셨나요?"

"그것은 처음 듣는 이야기로군요."

그러자 양정문이 의미심장한 표정으로 말했다.

"동령께서는 추신이라는 이름을 기억하시겠지요?"

"추신이라……. 오랜만에 들어보는 이름이구려. 그런데 왜?"

"바로 그 지부장 연쇄 살인의 범인으로 보이는 자가 남궁세가와의 싸움에 처음 모습을 드러냈는데. 그자의 검을 쓰는 모습이 추신과 흡사하다더군요."

양정문의 말을 듣자 당감소의 안색이 금세 흐려졌다. 당감소가 직접 목을 벤 지도 벌써 칠 년이 지났건만 마지막 순간에 추신이 보여주었던 압도적인 무위가 아직 생생한 탓이다.

당감소가 고개를 흔들었다.

"그럴 리 없소."

양정문이 말했다.

"그렇겠지요. 동령께서 직접 그를 조종하고, 마지막에 목을 베어 걸어놓은 것은 저도 잘 알고 있습니다. 저는 다만, 생전의 무영검과 흡사하다는 자가 혹시 그의 전인이 아닌가 하는 생각이 들어서 여쭈어보고 싶은 거예요. 그에 대해서라면 동령께서 누구보다 잘 알고 계시지 않습니까?"

"설마, 그는 당시에도 삼십대 초반의 젊은이로 전인을 생각할 만한 나이가 아니었소. 단지 쾌검을 쓴다는 것만으로 살인범과 무영검을 엮어 생각하는 것은 무리한 것이 아니오?"

"그러나 그자가 남궁가주를 죽였다면요?"

"…그것은 어디서 들으셨소?"

당감소는 처음 듣는 이야기였다. 양정문이 웃으며 말했다.

"저도 나름대로 듣는 귀가 있답니다. 물론 이것은 총사령도, 맹주께서도 아마 다 아는 사항일 것이에요. 다만 우리에게 이야기하지 않은 것뿐이지요."

당감소는 생각에 잠겼다. 강호에 널린 것이 쾌검을 구사하는 검객이다. 하지만 단순한 쾌검으로 경지에 오르는 자는 찾기 어렵다. 당감소 역시 그러한 자를 단 한 사람 보았을 뿐이었다. 남궁가주를 죽일 만큼의 쾌검수라면, 적어도 당감소의 지식과 경험으로는 단 한 사람밖에 생각할 수 없었다.

그러나 그는 이미 죽은 자가 아닌가?

당감소는 그렇게 생각하고 고개를 저으려다가, 양정문과 눈을 마주치고 그녀의 말을 상기했다. 전인?

"무영검 추신에게, 전인이랄 수 있는 자가 정말 없었나요?"

"내가 아는 한은……."

당감소는 말끝을 확실히 할 수 없었다. 추신에게 전인이라 할 수 있는 이가 한 사람쯤은 있다는 것을 생각해 낸 것이다. 입을 다문 당감소를 보며 양정문이 말했다.

"제가 조사한 바에 따르면, 동령에게 조종당해 장사까지 쫓겨 내려갔던 추신에게 동행이 하나 있더군요."

당감소가 굳은 목소리로 대답했다.

"내게서 무엇을 듣고 싶은 거요?"

양정문이 아찔한 미소를 띠며 말했다.

"별것은 아니에요. 그저 본녀의 추리가 옳은 것인지, 동령께 검증을 받고 싶을 뿐이랍니다. 어때, 들어보시겠어요?"

당감소는 대답하지 않았다.

"사실 추리랄 것도 없죠. 본래 추신은 맹주님의 아들인 모용 공자를 인질로 삼아 도주하지 않았겠어요? 물론 맹주님과 동령께서는 모용 공자마저 대업을 이루기 위한 재료로 아낌없이 쓰셨지만, 아니, 뭐 이 얘기는 본줄기와는 상관없는 얘기구요. 어쨌든 다시 추신의 이야기를 하자면, 신기하게도 그가 처음 모용세가에서 도주할 때 인질로 삼았던 모용 공자의 행적이 그가 죽음을 당한 장사 근처에서까지 보였다는 점이지요. 이상하다고 생각하지 않으세요?"

"뭐가 이상하단 말이오?"

당감소의 딱딱한 말에 양정문이 부드럽게 대답했다.

"생각해 보세요. 만약 본녀가 그라면 거추장스러운 어린아이를 데리고 두 달이나 먼 길을 가지 않았을 거예요. 인질로서의 가치는 요녕을 벗어난 순간부터 없으니 홀로 도망치는 것이 여러모로 편하지 않았을까요? 실제로 그는 그를 잡으려는 정파의 고수들에게 수차례 붙들리지 않았어요?"

"그것은……."

양정문은 손을 들어 당감소의 말을 막았다.

"물론 그것이 동령께서 세우신 치밀한 계획에 의한 성과임은 본녀도 알고 있어요. 본녀가 의심하는 것은 추신이라는 자가 그러한 고초를 겪으면서도 왜 끝까지 모용 공자를 포기하지 않았냐는 점이에요. 사실 그는 알려지지 않았지만 인질이 필요없는 고수지 않았나요?"

당감소는 자신도 모르게 고개를 끄덕였다. 추신이 마지막에 보여준 무위는 그의 뇌리에 깊숙이 박혀, 추신의 목은 베어냈어도 그에 대한 두려움은 쉽게 베어내지 못한 것이다.

"본녀가 보기에는, 추신과 모용 공자 사이에 어떤 인간적인 교류가 있지 않았나 싶어요. 본녀로서는 그 외에 두 사람의 행적을 설명할 길이 없답니다."

"……."

"자, 정리를 해보지요. 말씀하신 것처럼 달리 전인이 없는 추신의 삶에, 모용 공자의 흔적이 보입니다. 그것도 지금까지 맹주가 말한 것처럼 단순한 인질로서가 아니라, 꽤나 긴밀한 관계가 아니었을까 하는 가설이 세워진 채로 말이죠. 그리고 지금, 생전의 추신과 흡사한 쾌검을 구사하는 자가 나타났다는 이야기가 있습니다. 물론 이것은 철저히 통제된 정보로, 맹주와 총사령만이 알고 있는 것이에요. 본녀가 알게 된 것은 대단히 은밀한 일이지요. 맹주와 총사령은, 왜 추신의 전인으로 보이는 자가 나타났다는 것을 감추려는 걸까요?"

당감소가 말했다.

"맹주께선 대업을 이루기 위해 친히 혈육을 희생하셨소. 선친이신 모용 대협이 그랬고, 자제인 모용 공자도 마찬가지요. 이는 남후도 익히 알고 계신 일 아니오?"

"그러니까 말이죠. 본녀가 동령께 묻고 싶은 게 바로 그것이랍니다."

양정문의 목소리는 여전히 화사했으나, 그 얼굴과 눈빛은 잘 제련된 칼날처럼 날카로웠다. 닿기만 해도 피가 배어 나올 것 같은 목소리로 양정문이 물었다.

"모용 공자는 칠 년 전에 정말 죽은 것인가요?"

양정문의 말이 끝나기가 무섭게 당감소가 대답했다.

"확실히 죽었소."

더 이상의 부언을 허락지 않는 단호한 목소리였다. 당감소는 자리에서 일어났다.

"겨우 그것을 물으러 그 긴 이야기를 한 것이오? 남후나 나나 서로 시간을 낭비한 꼴이구려. 더 할 이야기가 없다면 나는 이만 가보겠소."

"동령."

일어나는 당감소를 양정문이 불러 세웠다. 양정문이 말했다.

"저는 이제 서장을 데리러 낙양을 떠납니다. 과연 서장이 본녀를 따라 낙양으로 돌아오려 할지는 모르겠지만……."

"……."

"물론 오랜만의 출타에 겨우 그런 간단한 일만 하고 돌아오는 건 동령께서 생각해도 아까운 일이겠죠? 할 일은 많으니까요. 아, 쓸데없는 얘기로군요. 살펴 가세요."

양정문의 웃음소리를 귓전에 흘리며 당감소는 빠르게 정원을 나섰다. 그러나 그의 머릿속은 담대진홍에게 아들의 이야기를 들었을 때보다 몇 배는 더 복잡하게 돌아가고 있었다.

3

　고목(古木)은 지쳐, 그 뿌리를 지면 위로 드러냈다. 사람 사는 곳에서 자라났더라면 마을의 신수(神樹)가 되어 일 년에 두어 번은 젯밥을 얻어먹을 만큼의 거목(巨木)이었다. 모용현은 드러난 뿌리 사이를 파고들어 기대앉아 있었다.
　밤의 산 공기가 서늘하다. 모용현은 피부로 그를 느꼈지만 크게 개의치 않았다. 무림사에 다시없을 기연으로 염합을 내단(內丹)으로 얻은 그는 한서불침(寒暑不侵)의 경지에 들어서 있었다. 아니, 모용현의 내단 자체가 극양의 염합과 극음의 현빙신공이 조화를 이룬 물건이니 모용현은 처음부터 한서불침의 신체를 가졌던 것이다. 음양(陰陽)이 상생(相生)하니 모용현은 평소에 대기를 호흡하는 것만으로 내력을 쌓을 수 있었다. 지금 그가 이루어낸 성취는 천하에 짝을 찾아보기 힘든 것으로, 천년설삼(千年雪蔘)이나 만년영지(萬年靈芝) 같은 영약을 복용하여 얻을 수 있는 수준이 아니었다. 더구나 모용현은 십여 년을 단전이 없는 몸으로, 보통 사람보다 미약한 기로 연명해 왔던 만큼 내단으로부터 형성되는 이질적인 내력을 아무 저항 없이 받아들여 자신의 것으로 만들었던 것이다.
　그러나 여전히 모용현은 자신에게 부족한 점이 많다는 것을 알고 있었다. 그가 형산을 내려온 것은 결코 자신의 성취에 만족했기 때문이 아니었다. 추신이 남긴 간월검의 열 구결과 심득만으로는 더 이상 나아질 것이 없다고 판단했기 때문이다. 물론 그에게는 어린 시절 보았던 절정고수들 간의 대결과 가뭄에 콩 나듯 들려주는 허우의 가르침이 있었지만, 그런 것들은 어디까지나 곁가지에 불과했다. 중심이 되는 것은 어디까지나 간월검이었다.

언젠가 추신이 말했던 것처럼, 간월검은 어떤 검법이라기보다 무학의 본질에 다가가려는 선인의 심득이었다. 십삼 개의 구결도 초식이 아닌 난해한 검리(劍理)라, 추신의 심득이 없었다면 무학의 기초가 부족한 모용현이 백날을 들여다본들 소용없는 일이었으리라.

하나 그보다 큰 문제는, 모용현이 가진 구결이 십삼 개의 구결 중 열 가지에 불과하다는 점이었다. 간월검의 구결은 무공의 난이도에 따라 배열한 것이 아니라, 그 시작과 끝을 관통하는 무학의 본질을 향한 탐구였기에 첫 번째 구결이라고 꼭 쉬운 것이 아니었고 마지막 구결이라고 어려운 것이 아니었다. 다만 그것들은 모두 하나로 엮여, 서로를 보완하는 존재였으니 모용현이 십삼 개의 구결 중 마지막 세 구결을 얻지 못하였음은 본래 간월검이 가진 위력의 채 반도 발휘하지 못한다는 이야기였다.

물론 무림맹의 지부장들은 반쪽짜리 간월검의 상대조차 되지 않았다. 삼음노괴의 제자였다는 이수병과 양당국을 상대해 봤지만, 그들의 수준은 스승의 명성에 비해 실망스러운 것이었다.

그러나 모용현은 남궁세가의 가주 남궁우현과의 일전을 통해 자신의 부족함을 통감했다. 비록 최후의 순간에 그의 절초를 파해하여 승리를 취하였으나, 그 과정이 결코 순탄하지 않았던 것이다. 차라리 남궁우현이 절정고수였다면 모르되, 모용현의 눈에 비친 그는 과거 아미파의 단정 사태나 점창파의 절명검 수준이었다. 다시 말해, 남궁우현을 힘겹게 이긴 모용현도 딱 그러한 수준이라는 이야기다.

물론 백지에 가까운 상태에서 겨우 육 년 만에 지금의 수준에 올라선 것이 불만이라면 천하에 무림인들이 모두 입에 칼을 물고 죽고 싶어할 일이다. 이는 모용현의 빼어난 재능과 굳은 결의뿐 아니라 그 크기만으로는 생전의 추신조차 뛰어넘은 내력이 있기에 가능한 일이었다.

차라리 모용현이 장법(掌法)이나 권법(拳法)을 수련했다면 기연으로 얻은 막대한 내력을 좀 더 효과적으로 사용할 수 있었으리라.

하지만 모용현에게는 간월검뿐이었으며, 선택의 여지가 있다 한들 다른 것은 생각할 수 없었다. 간월검을 익혀내야 하는 것은 소년에게 선택의 문제가 아니었다.

'왜 그때 좀 더 열심히 들으려 하지 않았을까?'

무성한 잎사귀에 가린 밤하늘을 보며 떠올린 것은 천 번도, 만 번도 더 했던 후회다. 검을 가르쳐 주겠다는 추신의 말을 허투루 듣고, 그를 적극적으로 받아들이지 않았던 어린 자신에게 화를 내는 것도 이젠 익숙한 일이었다.

"너는 이런 것들로부터 깨닫는 바가 있어야 한다. 네게 필살의 검법이 있어, 백 명을 물리쳤다 한들 백한 번째의 상대에게도 통하리라는 보장이 있느냐? 또한……."

딱딱한 나무뿌리에 몸을 의탁하며, 모용현은 추신의 말을 떠올렸다.

강호에 나와, 처음의 결심대로 스스로의 손에 피를 묻혀가며 깨달은 것은 추신이라는 사내의 강인함이었다. 그가 입버릇처럼 소년에게 이야기했던 항상 경계하라는 말도 새삼 떠올랐다.

그에게는 무엇이든 경계의 대상이었지.

그 강인함만큼이나 고지식한 사람이었다. 자신에게는 도저히 무리라며, 모용현은 금설옥을 떠올렸다. 금설옥이 퇴불이라는 절세고수와 연이 닿아 그의 전인이 되었지만, 어찌 보면 그녀야말로 추신의 진전을 물려받았어야 한 게 아닐까 싶었다. 과거 단정 사태의 제자였던 만큼 고지식하기도 하거니와 꼿꼿하기로는 추신에 버금갔다. 퇴불의 영향을 받았는지 성격이 조금 달라진 듯했으나 그 본질은 변함없음을 모용현은 볼 수 있었다. 더구나 지금 금설옥이 가지고 있는 검이 바로 생전에 추신이 쓰던 검이었으니, 검법과 달리 검은 올바른 주인을 찾아갔구나 싶었다.

한참 달도 보이지 않는 하늘을 바라보며 생각에 잠겨 있던 모용현이 눈을 돌렸다. 머지않은 곳에서 그가 있는 곳으로 향하는 사람의 기척을 느낀 것이다. 그에 밟히는 풀 소리가 요란했다.

모용현은 말없이 일어났다. 어찌 범상한 자가 깊은 밤을 골라 산을 넘으려 할 것인가? 더구나 발소리가 자신을 향하고 있었으니 이는 자신에게 볼일이 있는 게 아닌가 하는 생각이 들었다.

숨어서 사태를 살피는 것도 방책이겠지만, 모용현은 그럴 생각을 하지 못했다. 자신에게 볼일이 있어 오는 이라면 당당하게 맞아주는 것이 당연한 것이다. 스스로는 알 수 없었지만, 금설옥을 보고 달라진 점이 있다 여겼던 것처럼 모용현 자신에게도 달라진 점은 있었던 것이다.

반각도 지나지 않아, 풀숲 사이로 한 여인의 모습이 드러났다.

“…….”

눈처럼 흰 피부는 어둠 속에서 더 빛을 발한다. 그러나 이제 삼십대 후반으로 보이는 중년 부인의 미모보다는, 그녀가 걸친 얇은 옷과 맨발이 더 눈에 들어왔다. 이는 결코 바깥출입을 하는 아녀자의 차림이 아니었다.

그러나 모용현의 눈에는 아직 그러한 것들이 들어오지 않았다. 이 중년 미부인은 그와 초면이 아니었다. 그녀는 바로 과거 사파의 고수로 악명을 날리다 홀연히 잠적한 옥면현수(玉面玄手) 진우심(晉憂沈)의 부인, 은경화(殷京花)였다.

“진 부인 아니십니까? 저를 기억하시겠습니까?”

모용현이 반가움과 의아함이 섞인 목소리로 말하며 포권의 예를 취하는데, 은경화가 그를 무시하고 모용현에게 걸어왔다. 모용현은 그때서야 은경화의 차림새가 심상치 않음을 깨달았는데 그보다 더 눈에 들어온 것은, 불룩 나온 그녀의 배였다.

“부인……?”

오랜만의 재회였고, 아이를 가졌다면 마땅히 기뻐해야 할 일이나 모용현은 은경화의 눈이 흐려져 있음을 보았다. 과연 은경화는 모용현을 알아보지 못하고, 그에게 다가와 옷자락을 잡고 흐느끼듯 중얼거렸다.

“죽여… 죽여주세요. 죽여주세요.”

한 손으로는 배를 감싸 안고, 한 손으로는 모용현의 옷자락을 잡으며 흐느끼던 은경화가 흠칫 놀라며 눈을 커다랗게 뜨고 모용현을 올려다보며 말했다.

“어서, 그가 와요. 그가 오기 전에 어서. 어서.”

은경화가 말한 ‘그’가 누구인지 모용현은 잘 알고 있었다.

"은 매(殷妹)! 은 매! 어디 있소! 은 매!"

과연 은경화의 말이 끝나기가 무섭게 무성하게 피어 있는 잎사귀들이 일제히 흔들리며, 야산(夜山)의 적막이 무참히 깨져 버렸다.

4

모용현은 자신의 품에 매달리는 은경화가 부담스러웠지만 차마 그녀를 떨쳐 낼 수 없었다. 다소 엉거주춤한 자세로 자신을 죽여달라는 흐느낌을 들으며 기다리고 있으니 곧 진우심이 그들 앞에 모습을 드러냈다.

"은 매, 여기 있었구려."

진우심은 원래 옥면현수(玉面玄手)라는 별호를 가질 만큼 잘생긴 미남자였다. 지금 그의 나이가 사십대에 들어섰지만 모용현의 기억 속에 있는 젊은 모습과 거의 변함이 없었다. 그러나 그 옥면에는 나이에 걸맞은 중후함보다 수심이 가득 차 있었다.

모용현은 자신과 은경화의 모습이 진우심의 오해를 살지도 모른다는 생각을 했다. 모용현은 진우심이 원래 마두 중의 마두였고, 아내에 대한 사랑이 지극하여 그녀의 일이라면 생각보다 행동이 앞서는 사람임을 알고 있었다. 그러나 놀랍게도 진우심은 차분한 얼굴로 그들에게 성큼성큼 다가와 부드럽게 은경화를 모용현에게서 떼어냈다.

"은 매, 어쩌다 여기까지 왔소?"

"죽여주세요. 죽여주세요……."

모용현은 자리를 피할까 했지만 진우심이 그를 눈으로 저지했기에
아무 말 없이 자리에 서서 그들 부부를 지켜보았다. 은경화는 진우심
의 품에서 한참을 흐느끼다 지쳐 잠들었다. 은경화가 잠들자, 진우심
이 그녀를 안아 들며 모용현에게 말했다.

"자네가 우리의 목숨을 두 번이나 구했군."

"저를 기억하십니까?"

"은인의 얼굴을 어찌 잊겠나? 더구나 어릴 때의 모습이 그대로 남아
있으니 자네를 한 번이라도 본 사람이라면 쉽게 잊지 못할 걸세."

모용현은 무슨 말이라도 해야겠다 싶었지만 무슨 말을 해야 할지 알
수 없었다. 은경화의 배를 보니 두 사람의 아이를 가진 것 같아 그를
축하하는 것이 마땅하나 쉽사리 말할 수 있는 상황이 아니었다. 자신
을 죽여달라는 부인이나 그를 말리는 남편이나, 이 부부는 몇 년이 지
나도 그들의 외모만큼이나 변한 것이 없었다. 망설이며 서 있는 모용
현에게 진우심이 말했다.

"그날 자네에게 고맙다는 인사 한마디 못한 것이 내내 걸렸는데 이
렇게 다시 만나게 될 줄이야. 보아하니 밤을 지내는 중이었나 본데 함
께 가지 않겠나?"

진우심을 따라간 곳에는 다 쓰러져 가는 한 채의 목옥(木屋)이 있었
다. 아마도 나무꾼이나 땅꾼들의 임시 거처일 목옥은 이 부부에게도
임시 거처인 듯, 흔한 살림 도구 하나 없었다. 진우심은 낡은 침상에
은경화를 누이고 모용현에게 자리를 권했다. 방이랄 것도 없어 잠든
은경화의 모습이 모용현에게 뻔히 보였지만 진우심은 크게 개의치 않
는 눈치였다. 진우심이 말했다.

"자네는 정말 우리 부부의 은인일세."

"아닙니다."

과거 은경화는 사왕 손망후의 홍일사(紅一蛇)에 물려 죽음의 문턱에
이른 적이 있었다. 진우심은 현빙신공으로 홍일사의 독을 억제했지만
어디까지나 임시방편이 불과했으니, 사왕의 해약이 없는 이상 이미 죽
은 사람과 다름없었다. 또한 현빙신공의 한기를 해소하기 위해 산 사
람을 잡아다 그의 양기를 썼으니, 한 번 홍일사의 독을 억제할 때마다
한 사람의 목숨이 사라진 것이다.

모용현 역시 진우심의 손에 걸려 또 다른 희생양이 될 뻔했지만, 마
침 삼켰었던 염합이 현빙신공과 만나 서로 반발 작용을 일으키며 은경
화의 체내에 있던 홍일사의 독을 중화시키는 결과를 낳았던 것이다.
과정이야 어떻든, 결과가 그리되었으니 진우심이 모용현을 은인이라
부르는 것은 당연한 일이었다. 그러나 달리 보면 그날 진우심이 모용
현을 죽이려 들지 않았더라면 염합은 소년의 뱃속에서 허무하게 소화
되었을 터. 비록 모용현이 세세한 것까지 알 수는 없었지만 진우심의
덕으로 자신에게 단전이 생겨났음은 유추할 수 있었으니 진우심 또한
그에게 은인이라 할 수 있는 것이 아닌가?

"그런 말씀은 거두십시오."

그러나 진우심이 그의 속을 알 리 없었다. 진우심은 모용현이 자신
을 죽이려 했던 일에 앙금을 풀지 못한다 생각하고 고개를 숙이며 말
했다.

"그래, 내가 무슨 말을 하겠는가? 이게 다 나의 업보일세."

모용현은 진우심이 자신의 속을 모른다 생각했지만 굳이 이해시키
고 싶지 않았다. 다만 모용현은 오랜 시간이 흐른 뒤에도 변함없는 두
부부의 모습이 어쩐지 처량하고, 안타까웠다. 진우심이 원래 마도의

고수이긴 하나, 은경화 한 사람을 위해 저지른 일은 결코 용서받을 수 없는 죄였다. 진우심은 어떨지 몰라도, 은경화는 죄책감을 떨쳐 내지 못하고 과거 추신에게 자신을 죽여달라 청한 적이 있었다. 모용현은 은경화의 독이 치료된 후에도 두 사람이 결코 행복하진 못할 것이라 생각했었는데, 막상 자신의 생각처럼 변함없는 두 사람을 보니 동정을 금할 수 없었다.

모용현이 말했다.

"부인께서는 저를 알아보지 못하더군요."

진우심이 그 말을 듣고 고개를 저으며 말했다.

"저 사람은 지금 제정신이 아닐세."

"……."

모용현은 침묵하고 진우심은 깊은 한숨을 쉬었다.

"자네도 알다시피 나는 과거 저 사람을 살리기 위해 몹쓸 짓을 저지르지 않았는가? 물론 나는 그 일을 한 번도 후회하지 않았지만, 저 사람은 수많은 목숨을 빌어 자기 한 사람이 살아난 것을 도저히 받아들일 수 없었나 보네."

"무슨……."

"우리는 다시 강호를 떠나 평범한 삶을 시작했지만 그것은 또 다른 불행의 시작이었지. 어느 날 내가 밖을 다녀온 사이, 그녀가 자살을 시도한 걸세."

"자살이라구요?"

"그래. 자네와 헤어지고 일 년이 지나, 다시 찾은 평온함에 행복을 막 느끼던 때였거든. 나는 큰 충격을 받아 목을 맨 그녀를 구하고 다그쳤지. 정신을 차린 그녀가 그러더군. 자신이 지금 행복해서, 너무 행복

해서 겁이 났다고. 이해할 수 있나? 행복한데 겁이 나다니, 이게 무슨
말도 안 되는 소리란 말인가? 그런데 그녀가 그러는 거야. 자기 한 사
람이 살기 위해 수많은 무고한 사람을 해쳤는데, 그런 자기가 과연 행
복할 자격이 있느냐고 나에게 묻는 거야. 나는 이해할 수가 없어 말했
지. 그게 무슨 소리냐고. 내가 사랑하는 사람을 위해 한 일인데, 그게
뭐 그리 큰 잘못이냐고 말이야.”

‘그게 큰 잘못이 아닐 리 없지요.’

모용현은 차마 입으로 말하지 못하고 속으로 대답했다. 진우심은 대
답을 원했던 것이 아닌 듯 재빨리 이어 말했다.

“어쨌든 그녀가 다시 말했지. 자신은 천하에 다시없을 죄인이니 이
렇게 살아서 행복할 자격이 없다고 말이야. 나는 처음에 그게 무슨 말
인지 도무지 이해할 수 없었어. 따지고 보면 죄를 저지른 것은 나인데,
왜 그녀가 자살을 시도할 정도로 괴로워해야 하는 건지 말이야. 그녀
는 곧 자살하려 했던 일을 뉘우치고 우리는 다시 일상으로 돌아왔지만
그게 끝이 아니었다네. 그 후로도 그런 일이 반복되었는데 처음에는
반년에 한 번 꼴이더니 몇 년이 지나자 한 달에 한 번, 심할 때는 한 달
에도 몇 번이나 자살을 시도하게 되었지. 종내 나는 그녀에게서 한시
라도 눈을 떼지 못하게 되었다네.”

진우심이 말을 멈추고 입을 꾹 다물었다. 두 눈은 눈앞의 모용현이
아니라 과거의 일들을 보고 있어 그의 비통함이 절로 전해져 왔다.

“그런데 부인께서는 아이를 가지지 않았습니까?”

모용현이 아이를 말하자 진우심의 얼굴이 밝아졌다. 그러나 그도 잠
시, 그의 얼굴은 이내 본래의 흙빛으로 돌아왔다. 진우심이 말했다.

“안사람의 몸이 원래 좋질 않았으나 그런 일마저 겪은 후로 우리 부

부는 아이를 바라지 않았다네. 그런데 이제 아이를 가지게 되었으니 그것은 생각지도 못한, 참으로 생각지도 못한 일이었지. 그런데 그것이 도리어 우리 부부에게 불행이 될 줄 누가 알았겠는가?”

“불행이라니요?”

“아이가 없을 때에는 그래도 저 사람이 제정신을 유지하던 때가 있었다네. 우울한 심마(心魔)가 뻗쳐 자살을 시도하였으나, 그렇지 않을 때도 있었다는 말이네. 그런데 이제 아이를 갖자 그러한 증세가 극에 달하여, 온종일 죽어야겠다는 생각뿐이지 않겠는가?”

은경화에게 아이는 축복(祝福)이자 저주(咀呪)였다. 오랫동안 아이가 없던 부부가 사십에 이르러 아이를 가졌으니 당연히 축복이겠으나, 여러 생명을 빌어 부지한 목숨이 주제를 모르고 또 하나의 생명을 잉태하였으니 그것은 저주나 다름없었다. 이 아이 역시 원래는 태어나지 못했을 운명이거늘, 그러한 아이가 세상에 나 무엇을 한단 말인가? 용서받지 못할 죄를 짊어지고 태어날 아이의 운명을 은경화는 도저히 받아들일 수 없었다.

“그나마 다행이라면 이제는 자살을 하려 하진 않는다는 점이지. 자신이 죽으면 아이도 죽으니까, 차마 스스로 아이를 죽이진 못하겠다는 생각이 아닐까 싶네. 대신 틈만 나면 내게서 도망쳐, 나 아닌 아무나 붙잡고 죽여달라는 말을 한다는 것이 문제지.”

진우심이 그리 말하며 허허로이 웃었다. 그 웃음은 오히려 눈물보다 더 아프게 보는 모용현의 가슴을 찔렀다. 진우심이 과거에 저질렀던 악행의 업보라고 생각한다면 당연한 일이겠으나, 모용현은 자신이 감히 그러한 생각을 할 수는 없다고 생각했다. 그 역시 진우심과 마찬가지로 죄인일진대, 어찌 그의 죄를 비난할 수 있을까!

모용현은 다른 이야기를 했다.

"그런데 어째서 이런 곳에 계시는 겁니까?"

"실은 저 사람의 병을 고치러 온 것이네."

"병이라니요?"

모용현이 놀라 물었다. 그러나 진우심은 고개를 저으며 대답했다.

"저것이 마음의 병이 아니고 무엇이겠는가?"

"마음의 병을 고친단 말입니까?"

"강호에 이괴(二怪)가 있지."

강호의 이괴라면 광승(狂僧) 퇴불(退佛)과 오의(汚醫) 기유붕(奇遊鵬)을 일컬음이다. 오의 기유붕은 무학의 고수이면서 동시에 화타, 편작과 비교될 만큼 빼어난 의원인데 그 행적이 항상 묘연하며 성정이 복잡해 자신의 마음에 들지 않으면 억만금을 갖다 바쳐도 환자에게 손을 대는 법이 없었다.

"오의를 찾아오신 겁니까?"

"최근 항주(杭州)에서 그를 봤다는 사람이 있어 길을 떠났다네. 그런데 지금 저 사람의 몸이 약해져 한동안 이 목옥을 떠나지 못하고 있는 중이지."

"그렇다면 좀 더 좋은 곳으로 가셔야지요. 어째서 이런 목옥에 계신 겁니까?"

"내가 이제 과거를 버리고 촌부(村夫)가 되었지만 본래 가지고 있던 무공을 폐한 것이 아니라네. 우리는 지난 육 년간 네 번이나 사는 곳을 바꿨는데, 왜인지 아나?"

"잘 모르겠습니다."

"한 곳에 오래 머무르면 싫어도 우리의 행적이 알려지게 마련이지.

왜인지 모르겠지만 무림맹이라는 단체에서 나를 몹시 원하더군. 몇 번을 거절했더니 이제는 날더러 적이라고 몰아세우지 않겠는가? 사실 그 때문에 싸우기도 많이 싸우고 도망도 많이 다녔지. 도시로 내려가 좋은 방을 구해 이 사람을 간호하면 좋겠지만 그러자면 무림맹의 눈에 띌 것이니 몸이 편할 수 있겠는가?”

처음 무림맹이 진우심의 행적을 파악했을 때, 모용강은 최대한 정중히 모셔올 것을 명했다. 그러나 진우심은 그를 거절하였고, 그 과정에서 모용강에게 능력을 보이기 위해 강제로 진우심을 데려가려던 이들이 있었다.

“내가 그때 그들을 죽이지만 않았어도 이런 상황에 이르지는 않았겠지. 이게 다 내 업보이니 누구를 탓하겠는가?”

진우심이 다시 웃었다.

“그래, 이게 다 나의 업보이지. 내가 지난날 수많은 악행을 저질렀으나 되려 그를 자랑스럽게 생각하던 때가 있었다네. 저 사람을 위해 많은 이들을 죽인 뒤에도 그에 대해 전혀 거리낌이 없었고, 저 사람이 자책하는 것도 이해하질 못했어.”

모용현은 대답하지 않았다. 진우심은 자신의 이야기를 들어줄 누군가가 필요할 뿐이었다. 그는 은경화를 돌보며 오랜 시간 답답한 가슴을 안고 살았으리라.

“하지만 그런 나라도, 사랑하는 사람이 괴로워하는 모습을 지켜보는 마음이 편할 리 있을까? 설령 내 목숨이 경각에 달렸다 한들 나는 눈 하나 깜짝하지 않을 자신이 있네. 백척간두에 서 있다 한들, 백만 대군을 홀로 맞서야 한들 무엇이 두려울까? 그런데 저 사람만큼은. 저 사람에 대해서만큼은 나는 세상 누구보다 겁쟁이가 되어버리니 이를 어쩐단 말인가. 그래, 이것은 바로 지난날 저지른 죗값을 하늘이 나에게 묻는 것이야. 너무나 효과적으로 나를 벌하는 방법이지. 아아, 이럴 줄 알았다면 나는 누구도 죽이지 않았을 것이야. 누구도……."

"……."

눈물을 흘리진 않았으나, 진우심은 울고 있었다. 모용현은 한참 그를 바라보다, 자리에서 일어났다.

"항주에 있다 하였습니까?"

"…무슨 말인가?"

"오의가 항주에 있다 하셨지요. 제가 찾아오겠습니다."

갑작스러운 말이었다. 진우심은 그저 몇 년 만에 만난 모용현이 반가웠고, 누구에게도 말할 수 없었던 답답함을 그에게 털어놓았던 것뿐이다. 사실 오의 기유봉을 만나 은경화의 마음을 고쳐 보겠다는 것도 핑계에 불과했다. 홍일사의 독이 중화되었다 해도 현빙신공을 지속적으로 받아들였던 은경화의 몸이 건강하게 돌아올 리는 없었다. 심마에 빠지고, 아이를 가진 후 몸이 더 약해진 은경화를 데리고 먼 길을 가겠다는 것부터가 무리한 생각이었다. 그러나 가만히 앉아 있다가는 진우심 자신부터 미쳐 버릴 것 같았기에 여기까지 온 것이다.

"자네가 왜……?"

진우심이 놀라 물어보자 모용현은 선 채로 잠깐 생각한 뒤 대답했다.

"저도 잘 모르겠습니다."

5

모용현은 진우심 부부와 헤어져 이틀 만에 항주에 도착했다. 그들과 만났던 곳이 애초에 항주로부터 가깝기도 했지만, 이틀 만에 올 수 있었던 것은 모용현이 쉬지 않고 달렸기 때문이다.

항주(杭州)는 아름다운 도시였다. 사람들은 예로부터 상유천당(上有天堂) 하유소항(下有蘇抗)이라는 말로 소주(蘇州)와 함께 그 아름다움을 칭송하였다. 또한 대운하(大運河)의 종점에 있어 물자가 풍부하니 살기도 좋아 사대부들에게 꿈이 있다면 말년을 항주에서 보내는 것이라 할 정도였다.

모용현은 항주로 향하는 동안 쭉 자신이 왜 진우심 부부를 위해 오의 기유붕을 찾아오겠다 했는지 생각했다. 원래 모용현은 무림맹의 인사들을 하나하나 죽여감으로써 자신이 저지른 죗값을 치르고자 했다. 형산을 내려와 남궁세가에서 창천검을 죽일 때까지만 해도 그에게는 오직 그 하나밖에 보이질 않아, 다른 일을 할 것이라고는 생각도 하지 못했다. 만일 진우심이 그 일을 청하였다면 모용현은 거절했을 것이다. 그렇지만 진우심은 그저 자신의 괴로움을 털어놓았을 뿐이고, 모용현은 자신도 모르게 그를 돕겠노라고 말했다.

모용현은 어렴풋이, 자신이 그들 부부에게 동질감을 느꼈기 때문이라고 생각했다. 진우심 부부는 모용현과 마찬가지로 과거 큰 죄를 저질렀다. 또한 누구 하나 그를 알고 비난하거나 벌하려는 자가 없음에도, 스스로 괴로워하며 평생을 죄책감 속에 살아가고 있다는 공통점을 가지고 있었다. 엄밀히 말해 모용현이 진우심 부부를 돕고자 함은, 그들에게서 겹쳐 보이는 자신을 돕고자 함이었다. 그것이 아니라면, 무림맹의 인사들을 하나하나 죽여 버림으로써 자신의 죗값을 치르고자 했던 목표를 뒤로 미루고까지 그들을 도울 이유가 없었다.

생각이 그에 미쳤을 때, 모용현은 진우심 부부를 돕고자 하는 이유를 더 이상 찾으려 하지 않았다. 진우심 부부가 지난 죄를 자신들에게 용서받고 행복을 되찾게 됨은, 바꿔 말해 그들과 동일시한 모용현 스스로도 그럴 수 있다는 뜻이었다.

용서를 바란다? 그것은 있을 수 없는 일이었다. 물론 깊숙한 곳의 본심(本心)이 무엇인지는 모용현 자신도 알 수 없었으나, 받아들이기 힘들다면 아예 외면하는 방법을 선택한 것이다.

막 항주에 도착한 모용현은 몹시 피곤했지만 쉬지 않고 오의의 행적을 찾기로 했다. 사실 진우심이 들은 풍문을 가지고 오의를 찾으려는 것이 무모하긴 했으나, 딱히 단서가 없는 이상 항주에서부터 시작하는 것이 당연했다.

그래도 다행인 점이 있다면 오래된 것이긴 하나 모용현이 기유붕의 모습을 기억하고 있다는 것이었다. 과거 모용천의 품에 안겨 기유붕을 만난 적이 있는 모용현은, 뛰어난 기억력으로 그에 관한 것들을 기억해 냈다. 오의(汚醫)라는 별호답게 의원이면서 일부러 더러운 옷을 입고 다니던 노인네였다. 오른쪽 눈 밑에 작은 사마귀가 나 있어, 그 특징을 알고 있다면 찾는 것이 그리 어렵지만은 않았다.

"…그러한 노인을 본 적이 있습니까?"

모용현은 일단 항주 시내의 유명한 객잔을 찾아다니며 기유붕의 외모를 설명하고 그를 수소문했다. 그러나 돌아온 대답은 하나같이 모르겠다는 것이었다. 그런데 여섯 번째로 찾아간 가게에서 모용현은 이상한 이야기를 들을 수 있었다.

“혹시 오른 눈 밑에 사마귀가 나 있는 노인 말이오?”

모용현이 ‘더러운 옷을 입은…’ 까지 말하지 대뜸 그 다음 문장을 객잔 주인이 받아쳤다. 모용현이 반가운 마음이 앞서 대뜸 물었다.

“예, 본 일이 있습니까?”

그러나 주인은 모용현의 기대에 아랑곳하지 않고 고개를 설레설레 흔들었다.

“아니오, 보지 못했습니다.”

보지 못했는데 주인은 어찌 오의의 특징을 알고 있단 말인가? 의심에 찬 눈초리를 알아차렸는지 주인이 얼른 말을 이었다.

“사실은 조금 전 어떤 손님께서 똑같은 질문을 하고 가셨답니다. 사람을 찾는 질문이야 몇 번씩이나 듣는다지만 일부러 꾸민 듯 더러운 옷을 입고 다니는 노인이란 흔하지 않으니까요. 혹시나 하고 떠본 것이었습니다.”

모용현은 실망했다. 사실 오의 기유붕이 별호만 오의지, 그에게 한 번 목숨을 건진 자들은 모두 그를 신의(神醫)라 부를 만큼 고명한 의술을 지녔으니 자연 그를 찾는 이들도 많았다. 기유붕은 그것이 귀찮다고 숨어 다니길 즐겼으나 그럴수록 그의 도움을 바라는 이들이 늘어났다. 그러니 모용현처럼 기유붕을 찾아다니는 이가 있는 것이 당연했다. 모용현은 곧 생각을 고쳐먹었다.

‘항주에서 오의를 봤다는 소문이 아주 틀린 말은 아니었겠구나.’

모용현은 그렇게 몇 구역을 거쳐 다음 객잔을 찾아 들어갔다. 항주의 객잔들은 그 도시를 닮아 하나같이 크고 아름다웠는데, 그중에서도 특히 규모가 큰 가게였다. 모용현이 그 규모에 놀라며 들어가려다 객잔 안에서 걸어나오는 한 사람과 눈이 마주쳤다.

모용현이 올려다봐야 할 정도로 거구의 사내였다. 키만 큰 것이 아니라 온몸이 단단한 근육으로 뭉쳐 사람이라는 느낌이 들지 않을 만큼 탄탄한 기운을 풍기는데, 서늘한 눈매가 더욱 그러했다.

'고수다.'

온몸에서 뿜어져 나오는 기운을 갈무리하지 못하는 것이 아니었다. 오히려 절대적인 자신감이 있어, 자신의 능력을 과시하기 위해서라는 느낌이 강했다. 그의 강렬한 기도는 충분히 그럴 만한 자격이 있었다. 모용현은 이 거구의 사내가 자신은 상대도 되지 않을 고수임을 알아봤다.

"......?"

모용현과 눈이 마주친 사내 역시 모용현의 기운을 느꼈는지 이채롭다는 눈길을 보냈다. 겉으로 보이는 모용현의 나이와 그에게서 느껴지는 기운은 결코 하나로 보기 힘들었으니 의아하다는 뜻이리라.

그러나 거구의 사내는 곧 흥미를 잃은 듯, 모용현을 지나쳐 갔다. 모용현 역시 사내를 지나쳐 객잔 안으로 들어섰다. 사내를 지나쳐 객잔 안으로 들어서자, 모용현은 짓누르던 압도적인 기운으로부터 벗어나서인지 답답하던 가슴이 일순간 편해졌다. 모용현이 어려서부터 수많은 고수를 봤으나, 방금 지나친 사내처럼 자신의 기운을 갈무리하지 않고 그대로 방출하는 자는 없었다. 무공의 이해가 깊어질수록 마음도 깊어지니, 자신을 과시하는 고수란 보기 힘든 존재였다. 그만큼 자신이 있다는 뜻이겠지만, 모용현은 지나친 사내에게서 그리 좋은 인상을 가질 수 없었다.

"어서 옵쇼!"

모용현이 객잔에 들어서자 점소이들의 힘찬 인사가 그를 반겼다. 모용현은 점소이의 안내에 따라 자리를 잡고, 일단 식사를 시켰다.

"소면 한 그릇 말아주시오."

점소이는 모용현이 비록 옷차림이 남루했으나 반쯤 드러낸 흰 얼굴과 기품있는 태도를 보고 보통 손님이 아니라고 생각했다. 그러나 정작 모용현이 가장 싼 소면을 시키는 것을 보고 그저 가난한 여행자이거니 생각을 바꿨는데, 그런 그가 소면을 가져온 자신을 잡는 것이었다.

"물어보고 싶은 것이 하나 있는데……."

"무엇입니까?"

모용현이 묻자 점소이가 웃으며 대답했다. 속으로는 얼마든지 손님을 얕잡아 볼 수 있으나, 이처럼 큰 객잔의 점소이라면 절대 그러한 속내를 겉으로 드러내지 말아야 한다.

"혹시 오른쪽 눈 밑에 사마귀가 난 노인을 보지 못하였소? 키는 작고, 옷차림은 더러운데 목소리는 여간 카랑카랑한 것이 아니오."

그러자 점소이가 눈을 크게 뜨며 대답했다.

"아니, 손님도 대가(大可) 할아범을 찾아오셨습니까?"

"그런 사람을 본 일이 있소?"

뜻밖에도 점소이가 알고 있다는 듯이 대답하자 모용현이 급히 물었다. 모용현이 묻자 점소이가 크게 화를 내며 말했다.

"본 일뿐이겠습니까? 그 늙은이가 우리 객잔에 삼 일을 묵었는데, 묵는 동안 밤마다 노름판을 벌여 점원들의 돈을 모두 뜯어가지 않았겠습니까?"

점소이가 크게 화를 내더니 미심쩍은 눈으로 모용현을 보며 말했다.

"혹시 손님, 그 늙은이와 아는 사이입니까?"

모용현이 말했다.

"그를 찾고 있는 중이오."

"아하, 손님도 그 늙은이에게 된통 당했군요! 내가 보니 아까 그분도 그 늙은이에게 많이 당한 듯 아주 이를 갈던데 말이죠."

모용현이 급한 마음에 품에서 동전 몇 닢을 꺼내 점소이에게 쥐어주며 물었다.

"그래서, 지금 어디 있는지 혹시 아시오?"

점소이가 조심스레 모용현이 쥐어준 동전을 보더니 얼굴에 화색이 돌았다. 허름한 음식을 시키기에 별 볼일 없다 생각했는데 모용현의 그에게 준 금액이 만만찮았던 것이다.

"글쎄요. 삼 일 밤을 새워 같이 노름을 했지만 대가 노인이 자신에 대해 하는 말을 들어본 적이 없군요. 다만⋯⋯."

말끝을 흐리는 점소이보다 모용현의 눈치가 더 빨랐다. 모용현이 또 한 번 점소이의 손에 동전을 쥐어주자 점소이가 입을 열었다.

"서호(西湖)의 금산장(金算莊)에서 요즘 하루가 멀다 하고 큰 노름판이 벌어지니 아무래도 그곳에 있지 않을까 싶군요."

그 말을 듣고 나서까지 소면을 먹고 앉아 있을 여유가 없었다. 기유붕의 행적은 신출귀몰하니, 항주에 오자마자 그의 소식을 들을 수 있었다는 것이 얼마나 다행인지 몰랐다. 모용현은 점소이에게 금산장의 위치를 물은 뒤 객잔을 뛰쳐나갔다.

서호는 항주의 서쪽에 있는 호수로, 둘레는 약 삼십팔 리에 불과하지만 경관이 지극히 아름다웠다. 크지 않은 호수 주위에는 이백여 종 일만오천 그루나 되는 꽃나무가 무성했으니 여름이면 만개한 꽃들에

파묻힌 모습이 일품이었다. 송대(宋代)의 시인 서동파는 항주 출신의
미인 서시(西施)를 빗대어 서자호(西子湖)라 부를 정도였으니 항주의
아름다움이란, 다름 아닌 서호의 아름다움이었다.

금산장은 서호의 북쪽에 위치해 호수를 끌어안은 모습을 한 장원이
었다. 세워진 지 수백 년을 넘은 전통있는 장원이었지만, 근래 들어 주
인이 몇 번이나 바뀌는 수모를 겪기도 했다. 지금의 주인은 외지 출신
의 졸부였는데, 금산장이라는 천박한 이름도 그가 새로이 지어 붙인 것
이었다. 더구나 지금의 주인은 노름을 몹시 좋아하여, 금산장을 하나
의 거대한 도박장으로 만들었으니 항주와 서호가 좋다 하여 유람 온
외지인들을 상대로 노름판을 벌여 주변의 원성을 톡톡히 사고 있었다.

모용현은 점소이가 가르쳐 준 대로 금산장을 찾아왔다. 일단 도박을
하러 왔다 둘러대어 안으로 들어오니, 겉으로 보이는 서호와 장원의 아
름다움은 간데없었다.

노름이 이루어지는 본당 안은 창에 발을 쳐놓았는지 저녁처럼 어두
웠고 수많은 사람들의 날숨과 담배 연기가 섞인 공기는 탁하다 못해
눈앞을 흐려놓았다. 심각한 얼굴로 자신의 패를 보는 마작꾼이 있는가
하면, 세상이 끝난 얼굴로 구석에 앉아 있는 사람도 있었다. 안에 들어
선 순간 바깥과는 전혀 다른 세계가 펼쳐진 것이다.

모용현은 안력을 돋우어 본당 안을 살펴보았다. 십여 칸으로 나뉘어
진 방들은 각각 한 종류의 노름을 하는 사람들로 들어차 있었다. 첫 번
째 방은 마작판이 벌어진 탁자만 몇 개가 있었고, 십여 명이 모여 주사
위를 굴리고 있었다. 그러나 어느 방을 들여다보아도 종목만 다를 뿐,
노름에 빠진 사람들의 얼굴은 똑같았다.

모용현은 방 안 사람들의 얼굴이 하나같이 얼이 빠지고, 무언가에

홀린 듯 생기없는 눈을 하고 있는 것을 보고 과연 이런 곳에 오의가 있는지 의구심이 들었다. 기유붕은 성정이 괴팍하여 억만금을 준들 자신의 마음에 들지 않으면 눈앞에 죽어가는 환자가 있어도 손 하나 까딱하지 않는 것으로 유명했지만, 도박을 좋아한다는 이야기는 모용현도 들어본 기억이 없었다. 점소이의 돈을 뜯은 늙은이가 자신을 대가(大可)라고 했다니 기유붕(奇遊鵬)일 것이라 생각했지만, 세상일이 어디 그처럼 딱딱 맞아떨어질까? 뜬구름보다 잡기 어렵다는 오의 기유붕의 행적을 하루 만에 찾았다는 이야기는 들은 적이 없으니 방들을 둘러볼수록 모용현의 머릿속에는 회의적인 생각만이 가득했다.

그때, 좀 더 안쪽에서 웃음소리가 들려왔다.

"캬하하하하핫!"

득의에 찬 웃음소리는 사람의 것임에도 쇠를 긁는 것처럼 날카로웠다. 모용현은 그를 딱 한 번 만나봤을 뿐이지만 십 몇 년이 흐른 지금도 그 목소리를 생생히 기억하고 있었다.

웃음소리가 흘러나온 곳은 본당의 가장 깊숙한 곳에 위치한 방이었다. 방 가운데에는 높이 솟은 단이 하나 있었고, 단 위에 유리로 만든 상자가 올려져 있어 그 주위를 둘러싼 많은 사람들이 상자 안을 잘 볼 수 있도록 되어 있었다. 모여 있는 사람들 사이에 뭐가 그리 좋은지 웃음을 멈추지 않는 한 노인이 있었다. 모용현이 있는 곳에선 노인의 오른편 얼굴이 보이지 않았지만 한눈에 알아볼 수 있었다.

그런데 모용현이 들어간 문의 반대편으로 나 있는 또 하나의 문으로, 막대한 기운이 밀려 들어왔다. 도박을 하는 사람들 중에 무림인이 있었는지 기유붕과 함께 몇 사람이 반대편으로 고개를 돌리니, 그와 동시에 한 사내가 방 안으로 들어왔다. 바로 항주의 객잔 앞에서 모용현과 시선을 마주쳤던 거구의 사내였다.

거구의 사내가 방 안에 들어서자마자 크게 소리쳤다.

"도망가지 마라!"

가공할 내력을 담은 외침이 좁은 방 안을 뒤흔들었다. 유리 상자를 올려다보던 사람들이 깜짝 놀라 귀를 틀어막았는데, 놀랍게도 단 위에 올려져 있던 유리 상자가 사내의 고함 소리에 흔들려 떨어졌다.

쨍그랑!

상자가 바닥에 떨어져 깨지니, 그 속에서 한 마리 뱀이 튀어나왔다.

"으아악!"

"뱀이 풀려났다!"

이 방은 중원 각지에서 잡아온 독물(毒物)들끼리 싸움을 붙여 그 승자를 가리는 노름을 하고 있었는데, 마침 이번 싸움의 승자인 독사가 풀려난 것이었다.

"오의! 도망가지 마라!"

혀를 내미는 독사를 피해 우왕좌왕하는 사람들을 헤치고 거구의 사내가 방 안으로 들어오며 다시 고함을 질렀다. 그러나 좁은 방 안에 워낙 많은 사람들이 들어차 있어 사내가 쉽게 걸음을 옮길 수 없었는데, 기유붕은 사내가 방 안에 들어오는 모습을 보고 모용현이 들어왔던 문으로 이미 빠져나간 터였다. 그를 지켜보던 모용현도 기유붕의 뒤를 따라 방을 나섰다.

6

독사가 풀려났다는 소란이 방 밖에까지 퍼져 본당 안은 삽시간에 난장판으로 변했다. 복도는 각 방에서 나와 건물 밖으로 빠져나가려는 사람들로 가득 찼는데, 기유붕은 마치 대로를 걷는 것처럼 거침없이 빠져나갔다. 모용현도 일찍이 추신의 것이었던 신법으로 인파를 비집고 기유붕의 뒤를 쫓는데 뒤편에서 비명 소리가 들려왔다.

"으아악!"

"커헉!"

모용현이 무슨 일인가 싶어 뒤를 돌아보니 오의를 도망치게 했던 거구의 사내가 앞을 가로막은 사람들을 때려눕혀 길을 만들고 있었다. 주먹에 실린 기운은 범상치 않아, 설령 무림인이라 해도 그에 맞으면 무사하지 못할 것 같았다. 그러나 한 사람 한 사람 때려눕히는 것에 한계가 있다고 생각했는지, 사내가 등 뒤에서 한 자루 환도를 꺼내며 외쳤다.

"살고 싶다면 썩 방으로 들어가라!"

보이지 않는 독사보다 눈앞의 칼이 우선인지, 사람들이 앞 다투어 방으로 들어갔다. 삽시간에 길이 뻥 뚫리고 긴 복도에는 사내와 모용현 둘밖에 남아 있지 않았다. 사내가 모용현에게 외쳤다.

"네놈은 죽고 싶으냐?"

고함 소리에 담긴 적의가 전신을 찌릿하게 훑고 지나갔다. 모용현은 대답하지 않고 달려 본당을 빠져나갔다.

멀리 기유붕의 모습이 보였다. 보통 급한 것이 아니었는지 멀쩡한 대문을 놔두고 담을 넘는 것이 아닌가? 모용현이 급히 그를 불렀다.

"어르신!"

담을 넘던 기유붕이 그 소리를 듣고 고개를 돌려 모용현을 보았다. 모용현이 다시 외치며 그에게로 달려가는데 돌연 뒷덜미가 서늘하더니 전신에 소름이 돋아났다. 반사적으로 몸을 피하니 무언가 뺨을 스치고 일직선으로 기유붕을 향해 날아갔다.

콱!

기유붕도 대경하여 피하니 기유붕이 올라탄 담벼락 윗부분에 한 자루 환도가 자루까지 꽂힌 것이 아닌가? 그것은 방금 전 거구의 사내가 휘두르던 바로 그 환도였다. 환도에 스쳐 모용현의 머리칼이 몇 가닥 땅에 떨어지고, 백옥같이 흰 뺨에 긴 상처가 나 핏방울이 맺혔다. 그러나 환도에 실린 기운이 예사롭지 않아 그 정도로 그친 것이 다행이었다. 모용현을 사이에 두고 본당에서 빠져나온 사내가 소리쳤다.

"오의! 그만 도망치고 나와 겨뤄보자!"

그러자 기유붕이 얼굴을 찡그리며 대답했다.

"저 미친놈은 지치지도 않는구나!"

기유붕이 그러면서 담벼락에 박힌 환도의 칼자루를 잡았다. 그러자 막대한 경력이 실려 자루 끝까지 박힌 환도가 너무나 쉽게 뽑혀졌다. 모용현이 그 모습을 보고 속으로 감탄을 금치 못하는데, 기유붕이 거구의 사내에게 히죽 웃어 보이고는 뽑은 환도를 멀리 던져 버리는 것이 아닌가? 늙은이의 힘이라고는 믿을 수 없게 멀리 날아가는 환도를 보는 사내의 표정이 가관이었다.

"네놈이……!"

사내는 결국 등을 돌려 날아가는 환도를 향해 달렸다. 기유붕은 몇 가닥 나지 않은 턱수염을 쓰다듬으며 웃었다.

"캬하하핫! 그렇게 중히 여겼다면 애초에 던지질 말았어야지!"

　기유붕이 담 위에 앉아 사내를 비웃고 밖으로 뛰어내렸다. 모용현도 얼른 담을 넘어 멀리 뛰어가는 기유붕을 따르며 외쳤다.

　"어르신! 기다려 주십시오!"

　그러나 기유붕은 모용현을 힐끗 보더니 오히려 속도를 끌어올렸다.

　'언제 다시 찾을 수 있을지 모른다!'

　모용현은 이를 악물고 내력을 끌어올렸다. 이틀 밤낮을 쉬지 않고 달려온 뒤라 지친 상태였지만 항주에 오자마자 오의를 찾았으니 여기서 놓치면 땅을 칠 일이다. 모용현이 비록 체계적으로 경공을 배운 것이 아니나 염합의 결정으로 형성된 단전에서 끊임없이 내공이 배출되니 기유붕이 아무리 힘을 써도 그와의 거리를 벌릴 수 없었다. 결국 한 시진을 달린 끝에, 기유붕이 자리에 멈춰 섰다.

　"헥헥, 헥. 아이고, 숨 차 죽겠다!"

　숨이 차 올라 힘든 것은 모용현도 마찬가지였다. 하지만 모용현은 내색하지 않고 기유붕에게 다가갔다.

　"헥헥, 네, 네놈은 뭐기에 또 내 뒤를 쫓는 게냐?"

　자신을 째려보며 표독스럽게 말하는 기유붕에게 모용현이 포권의 예를 취하며 인사했다.

　"어르신, 오랜만입니다. 강녕하셨는지요?"

　"이것 참 웃기는 물건일세. 네가 나를 언제 봤다고 오랜만이라는 거냐? 안면이 있는 척하면 내가 반겨주기라도 할 줄 알았느냐?"

　"십여 년 전에 조부와 함께 어르신을 뵌 적이 있습니다. 기억나지 않으십니까? 단전이 없던 아이 말입니다."

　"잉? 모용씨가 데려왔었던 그 꼬마?"

　기유붕의 눈이 휘둥그레지고, 모용현은 그가 자신을 기억하고 있음을 알아 기뻐했다.

"맞습니다. 그 아이가 바로 접니다."

그러자 기유붕이 대뜸 화를 냈다.

"이놈이 어디서 들은 것이 있어 감히 입을 놀리느냐? 그래, 내가 오래전 단전이 없는 모용씨를 진맥한 적이 있긴 하다. 하지만 당시 내가 그를 고칠 수 없었고, 그 후로 고심해 봐도 여태껏 방도를 찾지 못했는데 네놈 같은 고수가 어찌 그 꼬마란 말이냐? 설마 천하에 나 아닌 누군가가 단전을 만들어주기라도 했단 말이냐?"

그 얘기를 들으니 모용현도 할 말이 없었다. 어떻게 그때의 아이가 자신임을 증명할 수 있을까? 그러나 어차피 기유붕이 자신을 기억하든 말든, 진우심 부부를 돕는 것과는 상관이 없었다.

"믿지 못하시겠다면 어쩔 수 없지요. 제가 어르신을 찾아온 것은 다름이 아니라……."

"흥! 내가 뭣 하러 네놈의 말을 듣고 있겠느냐? 내 나이가 이제 칠십을 넘었는데 그동안 병을 고쳐 달라는 것 외에 다른 용무로 나를 찾은 자가 한 명도 없었다! 그리고 네놈은 워낙 끈질긴 데에다 거짓말까지 했으니 죽어도 봐주지 않을 테다."

기유붕이 칼칼한 목소리로 자기 할 말을 다 하고 몸을 휙 돌려 유유히 걸어가는데 그 뒷모습을 보는 모용현은 어이가 없었다. 말도 못 붙이게 도망치니 따라잡을 수밖에 없었고, 거짓말을 한 것도 아닌데 제대로 들어보지 않고 단정 짓는 모습을 보고 누가 그를 강호 명숙이라 하겠는가? 퇴불과 더불어 강호의 이괴라는 명성이 과연 헛되지 않았으나 그렇다고 '예 알겠습니다' 하며 물러날 수는 없었다. 모용현은 재빨리 기유붕의 앞을 가로막았다.

"이런 버릇없는 놈을 보게! 어디 늙은이의 길을 막고 선 게냐? 썩 비키지 못하겠느냐?"

"어르신, 저는 거짓말을 한 적이 없습니다. 거짓말쟁이는 오히려 어르신이 아니십니까?"

"뭐야?"

"어르신께서는 분명 병을 고쳐 달라는 것 외에 다른 용무로 찾아온 자가 한 사람도 없다 하셨지요?"

"그랬지."

기유붕이 턱수염을 쓰다듬으며 고개를 끄덕였다. 모용현이 말했다.

"그렇다면 아까 어르신을 쫓은 그자의 용건도 병을 고쳐 달라는 것이었습니까? 제가 듣기로 그자는 분명 '겨뤄보자'라고 말했는데, 그것은 어찌 된 일입니까?"

"끄응."

모용현의 말을 듣자 기유붕이 난처한 얼굴로 신음 소리를 냈다. 이는 모용현이 다급한 나머지 내뱉은 졸렬한 말장난에 불과했으나 기유붕에게는 꽤나 중요한 문제인 듯, 고민하는 모습이 역력했다. 모용현이 그런 기유붕을 초조한 마음으로 바라보고 있는데, 일 다경쯤 시간이 흐르자 기유붕이 입을 열었다.

"그래, 내가 거짓말쟁이라고 치자. 하지만 똑같은 거짓말쟁이인 네놈의 말을 들어줄 이유가 없지 않느냐?"

기유붕이 그렇게 억지를 부리자 모용현이 소매를 걷고 오른팔을 그에게 내밀며 말했다.

"어르신, 정 믿지 못하시겠다면 진맥을 해보십시오. 저는 거짓말을 한 적이 없습니다."

모용현이 그렇게까지 나오자 기유붕이 못마땅한 얼굴로 모용현의 맥을 짚었다. 그런데 맥을 짚은 기유붕의 얼굴에 놀라움이 번졌다.

원래 기유붕은 과거 모용현의 체질을 고치지 못한 것에 대해 안타까움을 가지고 있었다. 그것은 죽은 자도 살려낼 수 있다는 그의 자존심에 커다란 상처를 남겼으니 기유붕은 당시 어린아이였던 모용현의 뒤틀린 기혈을 생생히 기억하고 있었다. 그런데 지금 눈앞에 있는 상당한 고수로 보이는 청년이 그때의 그 단전이 없는 꼬마라니 도저히 믿을 수 없었던 것이다. 하나 청년의 맥을 짚어보니 기억 속의 뒤틀린 기혈이 그대로 느껴지는 것이었다.

기유붕이 모용현의 팔목에서 손을 떼고 말했다.

"내공은 무슨 수로 쌓았느냐?"

"기연이 있었습니다."

"어떤 영약이 있어 없던 단전을 갖다 붙였단 말이냐?"

모용현은 대답하지 않았다. 왜냐하면 그 자신도 그저 짐작만 할 뿐, 명확한 경위를 몰랐기 때문이었다. 그러나 그것이 오히려 그를 자극하였는지 기유붕이 화를 내며 말했다.

"이놈이 누가 모용씨 아니랄까 봐 치사하게 구는구나! 좋다, 네가 원하는 것이 뭔지 내 한번 들어주마!"

기유붕의 입에서 너무나 쉽게 승낙이 떨어지자 모용현은 당황스럽기까지 했다. 그러나 기유붕의 입에서 이어진 말은 그를 더욱 당황스럽게 만들었다.

"그래, 그 대신 네 녀석이 그놈 좀 어떻게 해봐라."

"그놈이라니요?"

"아까 계속 날 쫓아오던 놈 말이다. 네 아비가 무림맹인지 뭔지 하는 것들의 우두머리 아니냐? 그놈이 네 아비의 밑에 있으니 네가 잘 알 아듣게끔 타이르면 내게서 떼어낼 수 있을 것 아니냐?"

오의는 강호의 소식에 어두워, 모용현이 강호에서 이미 죽어 있는 자임을 알지 못했다. 아니, 그런 이야기를 들었을지도 모르지만 아무리 중요한 이야기라도 한 귀로 듣고 다른 귀로 흘리는 버릇이 있으니 기억하지 못하는 것일지도 몰랐다. 어쨌든 오의는 모용현이 지금의 무림맹주 모용강의 아들이라는 사실만 기억해 낸 것이다.

"그자가 대체 누구입니까?"

모용현이 묻자 기유붕이 대답했다.

"누구냐니, 너는 그를 모른단 말이냐?"

"예."

"허어, 이런. 둘이 안면이 없으면 돌려보내기가 수월치 않겠구나."

기유붕이 고개를 절레절레 흔들더니 탄식했다.

"하긴 내 욕심이 과했다. 아무리 제 주인의 아들이라 한들 천하의 천수참마(千首斬魔)가 어린 너의 말을 들을 리 없지. 다 허튼소리다. 냉큼 네 녀석 용건이나 말하거라!"

7

모용현은 기유붕과 함께 왔던 길을 되돌아 진우심 부부가 기거하던 산중의 목옥에 도착했다. 항주까지 가는 길은 이틀이 걸렸으나 돌아오는 길은 기유붕과 함께였으니 모용현은 두 필의 말을 샀다. 말을 달려

오는 길 역시 이틀이 걸려, 총 사 일 만에 돌아온 것이다. 그러나 두 사람을 맞은 것은 진우심 부부가 아니었다.

"……!"

다 쓰러져 가던 목옥은 폭격이라도 맞은 듯 완전히 주저앉았고 도처에 말라붙은 핏자국이 가득했다. 널브러져 있는 십여 구의 시체가 격렬한 싸움이 있었음을 말해 주었으니 놀란 모용현은 기유붕을 내버려 두고 목옥 주변을 돌아다녔지만 어디에도 진우심 부부의 모습은 보이지 않았다.

모용현은 두 시진이 넘도록 산속을 헤집고 다녔지만 진우심 부부를 찾을 수 없었다. 이름도 없는 작은 산이지만 모용현 혼자의 몸으로 어찌 다 돌아볼 수 있겠는가? 모용현이 일단 찾기를 중단하고 돌아오니 목옥의 잔해를 골라 그 위에 앉아 있던 기유붕이 혀를 차며 말했다.

"끌끌, 내가 볼 병자는 어디 가고 사취(死臭)만 가득한 게냐? 네 녀석도 참 운이 없구나."

"어르신, 부디 기다려 주십시오. 꼭 이 근처에 있을 겁니다."

모용현이 그리 말하자 기유붕이 손을 내저으며 말했다.

"아서라, 아서. 보아하니 여기서 싸움판이 벌어진 지 족히 삼 일은 넘었느니라. 급하게 생각한다고 될 일이 아니다."

"하지만……."

"너는 내가 누구라고 생각하느냐?"

"예?"

"내가 한 번 보기로 했다면, 끝까지 그를 돌볼 것이다. 행여나 이미 죽었다면 몰라도 아직 그 생사를 알 수 없으니 내가 어디 도망이라도 갈까 걱정하지 말란 얘기다."

모용현이 들은 얘기로 오의는 그 생각을 종잡을 수 없고 의원으로서 갖추어야 할 소양이 턱없이 부족하다 했다. 그러나 지금 그의 말을 들으니 지금껏 들은 이야기가 모두 헛소문 같아 모용현은 부끄러웠다.

'제대로 알지도 못하는 사람을 남의 이야기만 가지고 판단하려 했다니! 이래서야 나아진 것이 하나도 없지 않은가?'

모용현이 그리 자책하였으나 겉으로 드러내지는 않고, 다만 기유붕의 충고를 받아들여 곰곰이 생각을 해보았다. 기유붕은 그런 모용현의 모습을 보며 슬그머니 웃음을 지었다.

모용현은 기유붕과 함께 산을 내려가 동려(桐廬)로 들어갔다. 동려는 그리 큰 도시는 아니었으나 엄연히 무림맹 지부가 존재하였다.

옥면현수 진우심은 원래 악명이 자자한 마두였지만 지금의 부인 은경화를 만나 그 이름을 버리고 은거하였다. 물론 부인을 위해 무수히 많은 사람의 목숨을 해쳤으나 그들은 모두 무림과 연관이 없는 사람들이었으니, 은거한 지 십 년이 넘은 지금에 와서 지난날의 원한을 갚고자 진우심을 찾아올 이가 있다고는 생각하기 어려웠다. 더구나 목옥에 남아 있던 싸움의 흔적은 진우심 한 사람을 다수의 상대가 핍박했음을 알려주었다.

진우심은 과거 사왕, 삼음노괴와 함께 일컬어지는 고수였으니 여럿이라 해도 그들 하나하나가 상당한 실력자가 아닌 이상 그 흔적만큼 격렬한 싸움이 벌어지기는 어려운 일이었다. 그만한 고수들이 하나의 목적을 위해 움직인다는 것은 그들이 하나의 단체에 속해 있을 가능성이 높았고, 당금 무림에서 그럴 수 있는 단체는 오직 하나 무림맹뿐이었다. 실제로 진우심이 그 산중의 목옥을 고집한 이유가 바로 무림맹에 자신의 행적이 노출되었기 때문이니 지금 상황에서 모용현이 생각할 수 있는 것이 달리 없었다.

해가 뉘엿뉘엿 서쪽 하늘로 기울어가지만 모용현은 한시도 허투루 쓸 수 없었다. 다리가 아프다며 천천히 가자는 기유붕을 채근하며 억지로 끌고 도착한 무림맹 동려 지부는 그 도시의 크기처럼 작은 도장이었다. 큰 도시의 지부는 새로 건물을 올리는 경우도 있었으나, 이처럼 작은 곳에는 기존의 것을 재활용하는 경우가 잦았다. 이 지부도, 원래는 이 고장에 뿌리를 내리고 있던 소규모 문파의 도장이었으리라. 대부분의 경우, 그러한 이들은 사문의 현판을 내리고 무림맹의 산하로 순순히 들어갔다. 이, 삼류 문파에 불과한 그네들이 과거 구파일방으로부터 받았던 수모를 생각한다면 고개를 끄덕일 수밖에 없다.

"이놈아, 무작정 찾아와서 어쩔 셈이냐? 날도 어두워졌으니 일단 방이나 잡고 먼 길을 온 피로부터 풀어야지 않겠냐?"

천하의 오의라고는 하나 그의 나이가 벌써 칠십을 훌쩍 넘겼으니 말 위에서 보낸 이틀이 힘든 것은 당연했다. 모용현이 그를 모르는 바 아니었으나 마음이 급하였으니 배려할 만한 여유가 없었다. 모용현이 기유붕에게 말했다.

"어르신, 그럼 먼저 어디 들어가 계십시오. 여기서 알아낼 것만 알아낸 뒤 돌아가겠습니다."

그러자 기유붕이 배시시 웃으며 말했다.

"한마디 했다고 냉큼 나를 믿는구나. 내 비록 너에게 도망치지 않는다 말했지만 내 속은 나도 잘 모른다. 너의 눈으로부터 멀어지면 도망칠지도 모르지. 강호에 나왔으면 제 아비나 자식도 믿지 말아야 할 것인데 너는 어찌 그러느냐?"

기유붕의 말이 모용현의 머릿속을 어지럽혔다. 실제로 기유붕이 퇴불과 함께 강호이괴라 불리는 이유가 바로 그의 종잡을 수 없는 성정 때문이었으니 자신의 말을 스스로 뒤집지 말란 법이 없었다. 진우심 부부를 찾아도 기유붕이 없다면 무슨 소용일까? 하지만……

모용현이 생각을 정리하고 말했다.

"제가 어르신을 한 번 믿기로 했으니, 의심해 무엇하겠습니까? 어차피 어르신이 내키지 않으시면 다 헛일이니 제가 억지로 붙잡아둔들 없는 것이나 마찬가지겠지요."

기유붕이 그 말을 듣더니 얼굴을 찡그리고 오른손으로 왼 볼을 긁으며 말했다.

"사람을 믿겠다니, 너도 어지간히 고생할 팔자로다!"

기유붕은 그 말을 남기고 몸을 휙 돌렸다. 기유붕의 뒷모습이 골목 안으로 사라지자 모용현은 일단 무림맹 동려 지부를 한 바퀴 돌아보았다. 정문에는 두 사람의 문지기가 서 있었지만 어디까지나 형식적인 듯, 긴장감이라고는 찾아볼 수 없었다.

모용현은 뒤쪽으로 돌아, 담을 훌쩍 뛰어넘었다. 겉에서 보았던 것처럼 그 내부도 수수하기 짝이 없어, 지부장의 거처가 어디쯤일지 한눈에 짐작할 수 있었다. 모용현은 그림자에 몸을 숨겨가며 어렵지 않게 무림맹 동려 지부장의 거처를 찾아 들어갔다.

"누구……!"

모용현이 방 안에 들어서기까지 그의 존재를 알아채지 못했던 키 작은 중년인 무림맹 동려 지부장은 귀신이라도 본 듯 기겁을 했지만 그보다 턱 끝에 닿은 검극과 그로부터 뿜어져 나오는 예기에 눌렸는지 바로 입을 다물었다. 모용현이 얼어붙은 사내에게 말했다.

"당신이 이곳 지부장인가?"

"그, 그렇소. 당신 호, 혹시 그……?"

사내가 말하고자 하는 것이 무엇인지 모용현은 알고 있었다. 자신은 이미 무림맹 내에서, 특히 지부장들 사이에서 위험한 인물로 주목당하고 있으리라. 그러나 이제껏 모용현이 죽였던 자들은 모두 주요 지부의 지부장들로, 다들 지부장에 부끄럽지 않은 실력을 갖춘 고수들이었다. 반면 지금 눈앞의 동려 지부장은 실력이나 기개, 모두 그에 미치지 못하니 과연 그를 죽인다 하여 무림맹에 타격을 줄 수 있을지조차 의문이었다.

"질문에 대답만 하면 살려주겠다."

모용현이 낮은 목소리로 이야기하고 사내는 고개를 끄덕였다. 모용현이 말했다.

"옥면현수라는 이름을 알고 있나?"

사내는 그 이름을 듣자 잠시 생각한 후 대답했다.

"한때 유, 유명했던 마두가 아니오? 십여 년 만에 최, 최근 나타나 맹에서 그를 찾고 있다 들었소."

"그게 다인가?"

"발견하면 접촉하지 마, 말고 신속히 상부에 보고한 후에 행적만 놓치지 말라는 지령을 받았소. 그, 그게 다요."

떨리는 목소리와 두려움으로 가득한 눈빛이 결코 거짓을 말하는 것 같지 않았다. 모용현이 다시 말했다.

"그래서, 그를 찾아보기는 했나?"

"서, 설마……. 우리처럼 시골 지부에서 무슨 힘이 있다고 그를 찾으려 하겠소?"

겁에 질린 사내를 보며 모용현은 생각에 잠겼다. 분명 이 지부장이라는 자의 무위나 지부의 규모로는 옥면현수 한 사람을 감당할 수 없어 보였다. 그를 잡기 위해서라면 적어도 좀 더 상위 지부, 절강성 중추지부의 역량이 필요할 것이다. 그러나 그런 상위 지부의 움직임을 과연 하위 지부라 하여 까맣게 모를 수 있을까?

머릿속에서 여러 가지 생각이 겹쳐 혼란스러운 와중에, 지부장인 사내가 무언가 생각난 듯 입을 열었다.

"아, 혹시 당신……?"

콰당!

사내의 말이 채 끝나기 전에 요란한 소리가 나며, 문을 열고 누군가 뛰어 들어오며 외쳤다.

"대인! 적의 야습입니다!"

일반 지부원인 듯한 사내는 방 안의 광경을 보고 대경하며 허리의 칼을 뽑았다. 그러나 모용현의 검극이 지부장의 턱 끝에 닿아 있는지라 어쩌질 못하고 주춤거리는데, 지부장이 떨리는 음성으로 말했다.

"누, 누가 찾아온 것이냐?"

"웬 사내인데, 뭘 내놓으라는 소리만 지르며 형제들을 죽이고 있습니다!"

"원 대인이 말씀하신 자가 바로 그자로구나!"

모용현이 말했다.

"원 대인이 말한 자라고?"

동려 지부장이 말했다.

"그, 그렇소. 어제저녁, 원 대인이 친히 들러 남기신 말이오."

"원 대인이라면 원소이(元素耳)를 말함인가?"

원소이는 삼음노괴의 세 제자 중 막내로, 삼음노괴의 세 가지 절기 중 홍음조(紅陰爪)를 이어받은 고수였다. 생전의 삼음노괴는 그의 세 절기를 각각 세 제자에게 전수하였는데, 그중에서도 막내인 원소이의 재능을 높이 사 가장 아끼는 홍음조를 주었다. 사형인 이수병과 양당국은 물론 그를 탐탁찮게 여겼지만 원소이의 재능이 워낙 뛰어나 두 사형을 뛰어넘는 데 그리 오랜 시간이 걸리지 않았다. 자연 모용강의 눈에도 들어 지금은 절강성을 총괄하는 항주 지부장이라는 자리에 앉아 있었다.

모용현이 원소이를 언급하자 동려 지부장이 고개를 끄덕였다.

"원, 원 대인께서 조만간 아내를 찾는 사내가 올 것이니 하, 항주 지부로 오라는 말을 전하라 하셨소."

"단지 그 말뿐이었나!"

그의 말이 끝나기도 전에 모용현이 윽박질렀다. 동려 지부장은 서슬이 퍼런 모용현의 표정에 차마 대답하지 못하고 고개를 끄덕였다. 모용현은 몸을 돌려 방을 뛰쳐나갔다. 보고하러 들어온 사내가 문 앞을 막고 있었으나 모용현의 기세에 눌렸는지 막아설 엄두도 내지 못했다.

건물 밖으로 나가자 어두워진 하늘 아래 참혹한 광경이 펼쳐져 있었다. 유월이라고는 믿어지지 않을 만큼의 한기(寒氣)가 묻어나는 공기 속에서, 고통에 질린 얼굴로 동사(凍死)한 시체들이 대여섯 구였다. 그러나 그 중심에 선 사내의 얼굴은, 주변의 어떤 시체들보다도 고통스럽게 일그러져 있었다. 사내는 괴로운 목소리로 외쳤는데, 말의 내용이 뒤죽박죽이라 그 정신이 온전한 것으로 보이지 않았다.

"은 매! 은 매, 어디 있소? 이놈들아, 썩 내놓아라! 은 매, 어디 있소!"

8

　모용현의 예상대로 무림맹 동려 지부를 찾아온 것은 진우심이었다. 그의 하얀 옷은 몹시 더러워지고, 여기저기 찢겨진 데에다 말라붙은 핏자국이 가득하였는데 지금의 싸움으로 얻은 상처는 아닌 것 같았다. 사실 동려 같은 작은 지부의 일반 맹원들이라면 백 명이라도 진우심의 상대가 될 수 없었다.

　"내놓아라!"

　얼어붙은 동료의 시체들을 보고 감히 다가서질 못하던 이들 사이로 진우심이 뛰어들었다. 마치 늑대가 뛰어든 양 떼마냥 뭉쳐 있던 자들이 산산이 흩어지고, 미처 피하지 못한 한 사내가 용감히 칼을 휘둘렀다. 그러나 진우심은 그를 가볍게 피하고 우장으로 사내의 정수리를 내리쳤다. 진우심의 일장을 맞은 사내는, 입을 벌렸으나 채 비명도 지르지 못하고 땅에 쓰러졌다.

　"은 매, 어디 있소!"

　진우심이 일갈하며, 좌장을 내밀었다. 그러자 놀랍게도 일 장 밖에 있던 사내의 얼굴이 새파랗게 변하는 것이 아닌가? 이른바 벽공장(劈空掌)의 수법에 현빙신공을 실어, 떨어져 있는 상대를 차갑게 얼렸으니 실로 대단한 한 수였다. 당대에 장법으로 유명한 이가 여럿 있었으나, 이 같은 수법은 오직 옥면현수 진우심 한 사람의 것이리라.

　모용현 역시 그 상승 수법에 감탄하였지만, 박수를 치고 볼 일이 아

니었다. 모용현은 지독한 한기 속으로 뛰어들어 진우심의 앞을 가로막
았다.

“비켜라!”

벽공장으로 얼린 사내를 쥐어 부수려던 의도가 꺾이자, 진우심이 불
같이 화를 내며 모용현을 밀쳐 냈다. 그러나 모용현은 진우심의 손을
피하며 말했다.

“선배, 접니다! 저를 알아보시겠습니까?”

“비켜라!”

진우심은 모용현의 말을 알아듣지 못한 듯, 재차 외치며 모용현을
밀쳐 내려 했다. 그러나 모용현은 길을 비켜줄 수 없었다.

“선배! 정신 차리십시오!”

진우심은 정신이 나간 상태에서도 모용현을 알아본 듯, 그에게 무공
을 펼치지 않았다. 어떻게든 모용현을 밀치고 벽공장으로 얼린 사내를
죽이려 했으나 앞을 가로막은 모용현이 워낙 완강히 버티자 단념하고
몸을 돌려 다른 희생자를 찾기 시작했다.

“선배!”

그러자 모용현이 재빨리 진우심의 앞으로 돌아 그를 막아섰다.

쉭!

그러자 진우심이 더는 참지 못하겠는지 일장을 내밀었고, 뼈에 사무
칠 한기가 모용현을 엄습했다. 모용현은 현빙신공의 무서움을 익히 알
고 있었으니, 지체할 것 없이 그를 피하며 검을 휘둘렀다. 그 날카로운
예기를 느꼈는지 진우심 또한 뒤로 물러났다. 약간의 틈이 생기자, 모
용현이 외쳤다.

“부인께서는 항주에 있답니다! 이들은 그 일과 상관없는 자들입니

다! 무의미한 살인이란 말입니다!"

"…항주?"

진우심의 흐릿한 눈에 일순간 빛이 돌아온 듯했다. 모용현이 그를 보고 외쳤다.

"예, 항주랍니다!"

"으윽……."

진우심이 머리를 감싸 쥐며 신음 소리를 내뱉었다.

'제정신으로 돌아오려는 것인가?'

모용현이 그러한 기대를 하며 진우심을 바라보는데, 조금 떨어져서 그를 보던 동려 지부의 맹원들이 일제히 달려드는 것이었다.

"형제의 복수다!"

그 모습을 보고 모용현이 놀라 외쳤다.

"멈춰!"

이토록 압도적인 무력의 차이를 보았으면서도 달려드는 저들의 용기가 놀라웠으나, 지금 진우심을 자극하는 것은 목숨을 버리는 짓이나 다름없었다. 그러나 모용현이 혼자의 몸으로 삼십여 명이 넘는 사람을 저지할 수는 없었다.

"크아아!"

진우심이 다시 고개를 들고, 자신을 향하는 날카로운 쇠붙이들을 보며 포효했다. 그가 익힌 무공만큼이나 차가운 성정을 지닌 그였으나, 은경화를 향한 정이 골수에 파고들었으니 천성조차 소용이 없었다. 진우심은 뜨거운 분노를 현빙신장에 실어 무자비한 살육을 재개했다.

파지직!

소름 끼치는 소리를 내며, 붉은 피가 돌던 생살이 순식간에 얼어붙었다. 유월의 밤에 동사한 시체가 세 구 추가되자 복수심에 날뛰던 이들도 정신을 차리기 시작했다. 동려 지부는 원래 이 지역에 뿌리내리고 있던 권문(拳門)을 그대로 흡수한 터라 여타 신설 지부에 비해 맹원의 수가 많았다. 그러나 맹원의 수가 많다는 장점은 좀 더 많은 시체를 만들어낸다는 것 외에 다른 의미가 없었다. 적어도 지금만큼은.

"다들 물러나!"

모용현이 일갈하며, 일검을 내질렀다. 날카로운 검기가 허공을 가르고 현빙신장을 방출하던 진우심과 맹원들이 서로 물러나며 사이가 벌어졌다. 모용현은 몇 사람이 더 희생된 후에야 겨우 진우심을 막아설 수 있었다.

"선배, 그만두십시오! 더 이상은 무의미합니다! 제가 오의도 모셔왔으니 여기서 시간을 지체할 틈이 없지 않습니까! 선배, 제발 정신을 차리세요!"

모용현은 외치면 외칠수록, 진우심이 아니라 자신의 감정이 고양되는 것을 느꼈다. 사실 그로서는 지금 진우심의 살행을 막을 이유가 없었다. 어차피 모용현의 목적은 단 하나, 과거 자신으로 인해 타인이 흘렸던 피를 직접 자신의 손에 묻히는 것이다. 그것은 오직 추신과 다른 이들의 피를 쌓아 이룩한 모용강의 무림맹, 그 피로만이 가능한 일이었으니 진우심이 이들을 죽인다 한들 무슨 상관이 있을까?

하지만 모용현은 진우심의 살행을 두고 볼 수 없었다. 그것은 동려 지부원들을 위한 것이라기보단, 오히려 진우심을 위한 것이라 봐야 했다. 진우심은 과거 그가 저질렀던 악행으로 인해 고통받아 왔고 비록 그의 죄는 결코 용서받을 수 없는 것이지만, 모용현은 더 이상 진우심 부부가 괴로워하는 모습을 보고 싶지 않았던 것이다. 그런 진우심이 더 이상 무고한 사람을 죽여 죄를 더한다면, 지금까지보다 더한 고통 속에서 지내야 할 것이었다.

물론 진우심에게 살해당한 이들의 입장에서 모용현의 바람은 터무니없는 것이 분명했다. 모용현 역시 이를 잘 알고 있었지만, 그들의 입장보다 가까운 것이 눈앞의 진우심이었다.

진우심의 쌍장이 무서운 기세로 밀려 들어왔다. 모용현의 의도한 살기에 반응하였는지, 진우심의 공세가 그에게로 집중되었던 것이다. 모용현은 현빙신장을 피하며, 검을 내질렀다. 그러나 모용현에게 진우심을 해치려는 마음이 없었으니 자연 공격이 무디기만 했다. 애초에 모용현은 진우심에 비해 손색이 있었으니, 격이 떨어지는 자가 오히려 상대를 배려하는 꼴이라 일방적으로 몰릴 수밖에 없었다.

'어떻게 해야 한단 말인가!'

계속되는 진우심의 현빙신장을 피하며 모용현은 머리를 이리저리 굴려봤지만 마땅한 수가 나오지 않았다. 사실 정신이 온전치 못한 지금의 진우심이라면 모용현이 능히 동수를 이룰 수 있었지만, 그렇게 되면 둘 중 하나는 죽음을 각오해야 할 것이었다. 그러나 그렇지 않으면 당장 자신이 위험하니 이런 긴박한 순간에 묘수가 떠오를 리 없었다.

콰앙!

진우심의 쌍장이 굉음을 내며 담장을 허물어뜨렸다. 놀랍게도 부서진 돌덩이들은 바깥쪽이 아니라 안쪽으로 무너졌다.

'이런!'

모용현은 처음 쌍장을 수월히 피했으나, 곧 이것이 진우심의 의도임을 알아차렸다. 무너진 돌덩이들이 모용현의 진로를 가로막아, 운신의 폭을 좁힌 것이다. 진우심이 쌍장이 두 방향에서 모용현을 압박하나

뒤는 담벼락에, 오른쪽은 무너진 돌덩이에 막혀 피할 곳이 없었다. 검을 들어 반격할 것인지, 짧은 시간 동안 머릿속이 수십 번 생각을 되풀이하였으나 결론을 내릴 수 없었다.

"뭘 하는 거냐!"

카랑카랑한 호통 소리를 들으며, 모용현은 자신의 의지와 관계없이 몸이 하늘 위로 솟구치는 경험을 했다. 그와 동시에 모용현이 있던 자리를 진우심의 현빙신장이 지나쳤다. 겉으로 드러나는 강맹함은 없었지만 누구도 그 위력을 의심하지 못할 한 수였다. 모용현은 가볍게 담벼락 위로 올라서 위험천만했던 상황을 보며 자신을 구한 이에게로 고개를 돌렸다. 놀랍게도 객잔에 들어가 있겠다던 기유붕이 돌아와 모용현의 옷을 잡고 끌어 올린 것이다.

"이놈아, 하마터면 죽을 뻔하지 않았느냐!"

기유붕이 크게 화를 내는데 진심으로 모용현을 걱정하는 기색이 역력했다. 모용현은 그 까닭을 모르고 다만 목숨을 구해준 인사를 하려 했다. 그러나 바로 진우심이 담벼락 위로 솟구쳐 오르며 현빙신장 중 일초를 내미니 두 사람이 황급히 각기 다른 방향으로 뛰어내리며 그를 피했다.

쾅!

위력을 감추던 아까와 달리, 지금의 현빙신장은 좀 전까지 모용현과 기유붕이 올라서 있던 담 위를 날려 버렸다. 그 모습을 보고 기유붕이 혀를 내둘렀다.

"허어, 정신 나간 놈의 손이 매섭구나!"

기유붕의 감탄이 관심을 끌었는지, 진우심의 신형이 지체 없이 기유붕에게로 향했다. 그 신속함에 기유붕이 대경하며 맞서 우장을 내밀었고 그를 본 모용현이 소리쳤다.

"조심하십시오!"

진우심이 비록 제정신이 아니라 본신 무공을 제대로 펼쳐 보이지 못하고 있었지만 일장 일장에 실린 공력은 본래의 위력 그대로였다.

"……!"

과연 두 손바닥이 소리없이 마주치자, 기유붕의 얼굴이 금세 파랗게 질려 버렸다. 기유붕의 내력이 극음의 기운을 가진 현빙신공을 압도할 만큼 깊지 못하였으니 당연한 결과였다.

"크헉!"

곧 기유붕이 한 움큼 피를 흘리며 삼, 사 장을 뒤로 나가떨어졌다. 진우심의 몸도 그와 함께 기유붕을 향해 쏘아져 나갔다. 마지막 일격을 가하기 위해서였다. 모용현 역시 그를 저지하기 위해 몸을 날렸다. 하지만 어떻게? 모용현의 손에 쥐어져 있는 검은 언제든 준비가 되어 있었고, 실제로 진우심을 벨 수도 있었다. 지금의 진우심은 오로지 기유붕에게 일장을 격중시키는 데에 신경이 쏠려 있어, 모용현의 검을 피할 수 없을 것 같았다. 그러나 모용현은 진우심을 벨 수 없었다. 진우심의 현빙신장이 기유붕의 몸에 닿기 전에, 모용현이 끼어들었다.

"……!"

진우심의 쌍장이, 모용현의 두 손바닥에 달라붙었다. 마지막 순간에 모용현은 검을 버리고 진우심의 현빙신장을 그대로 받아들인 것이다.

"저놈이……."

모용현의 뒤에서 널브러진 기유붕이 그 광경을 보고 신음했다. 아까부터 검을 쓰기 꺼려하더니만 이젠 아주 검을 버린 것이다. 천하에 검을 버리는 검객이 어디 있단 말인가? 더구나 진우심의 현빙신장은 천하에 짝을 찾아보기 힘든 음공이니 일반적인 장법에 비해 대항하기가 몇 배 더 어려웠다. 검객이 자신의 검을 버리고 장법으로 그에 맞서다니, 섶을 지고 불 속으로 뛰어드는 꼴이었다.

울컥!

아니나 다를까, 모용현이 한 모금 피를 토해냈다. 찬 공기가 두 사람을 중심으로 사방에 퍼지니 동려 지부원들은 저마다 멀찌감치 물러났다. 두 사람이 내력을 겨루는 단계에 들어섰으니 이 틈을 노리면 필부라도 진우심을 죽일 수 있으나 이들은 이미 현빙신공의 위력에 압도당한 터라 감히 그런 생각을 품는 자가 없었다.

'죽었구나, 죽었어!'

그를 보고 기유붕이 속으로 크게 탄식했으나, 자신의 상세도 중한지라 틈을 봐 도망칠 요량으로 슬금슬금 물러났다. 그런데 자세히 보니 진우심의 눈에 초점이 돌아오고, 현빙신공의 여력이 점차 줄어들어 사방에 퍼진 한기가 사라지기 시작했다.

"자네는……."

진우심이 모용현에게서 두 손을 떼고 말했다. 그러자 큰 내상을 입었을 모용현이 입가의 피를 소매로 닦으며 대답했다. 지극히 평온한 어조였다.

"일단 자리를 피하는 것이 좋겠습니다."

9

　모용현과 진우심, 기유붕은 일단 그 자리를 떠나, 기유붕이 잡아놓은 객잔으로 들어갔다. 그렇게 한숨을 돌리고 나자, 진우심이 침울히 말했다.

　"내가 자네를 죽일 뻔하다니, 제정신이 아니라 한들 용서받을 수 없는 일을 저질렀군."

　"대체 어찌 된 일입니까?"

　모용현이 묻자 진우심이 대답했다.

　"그곳에도 내가 너무 오래 머물렀나 보네. 자네가 떠나고 얼마 되지 않아 무림맹에서 찾아왔지. 처음에는 그저 나라는 것을 확인만 했으니 바로 거처를 옮겨야 했는데……."

　그러나 진우심은 목옥을 떠나지 않았다. 모용현이 오의를 찾아 데리고 돌아올 것이라 믿진 않았지만 며칠은 더 그를 기다리고 싶었던 것이다. 또한 발각되었다 하여 바로 무림맹에서 사람을 보내지는 않을 것이라는 판단도 어느 정도 작용하였다. 적어도 옥면현수를 잡기 위해서라면 웬만한 고수 몇 사람으로는 어림도 없으니, 소재를 파악하여 상부에 보고하여 처리하기까지 웬만큼 시간이 걸리리라 생각했던 것이다. 그러나 놀랍게도 소재가 드러난 직후 무림맹에서 그를 잡으려는 자들이 목옥으로 들이닥쳤다.

　진우심은 분전하였으나 이십여 명의 고수를 홀로 감당하느라 결국 습격자들의 우두머리인 절강성 무림맹의 중추지부인 항주 지부장 원소이에게 은경화를 빼앗기고 말았다. 비록 절반이 넘는 고수들을 죽였지만 은경화를 빼앗긴 진우심은 망연자실한 나머지 치밀어 오르는 화를 이기지 못하고 가까운 무림맹 동려 지부를 습격했던 것이다.

　"원소이가 동려 지부의 지부장을 통해 항주 지부로 오라는 말을 남겼답니다. 그렇게까지 얘기한 것을 보면 부인은 아직 무사할 테니 부디 진정하십시오."

모용현은 원소이라는 자를 알지 못하나 그의 생각을 짐작할 수는 있었다. 진우심 부부가 있는 목옥으로 향했던 자들의 수가 스물을 넘었다면, 그들은 절강성 무림맹이 보유한 고수 중에서도 엄선된 이들일 것이다. 보통 무림맹이 한 성에 배정한 일류고수의 수가 오십여 명에서 칠십여 명 사이임을 생각해 봤을 때, 무림맹에서 진우심을 어떻게 생각하는지를 알 수 있었다. 한 성이 가진 역량의 삼 할 가까이를 한 사람에게 쏟아 부어 그중 반을 잃고 진우심의 부인만을 납치하였다는 것은 무림맹이 진우심을 끌어들이고 싶어한다 해석해도 무방했다. 그렇지 않고, 진우심이 진정 무림맹에게 위험한 존재라고 생각되었다면 모든 역량을 동원해 제거하였을 것이다. 그러니 은경화의 안위는 오히려 납치해 간 쪽에서 걱정해야 할 문제였다.

"지금 당장은 저분이 더 걱정스럽군요."

모용현이 말하자 진우심도 걱정스러운 시선으로 침상을 보았다. 침상에는 새파랗게 질린 얼굴의 기유붕이 누워 있었는데, 정신만은 또렷했는지 두 사람을 보며 욕을 했다.

"이놈들아, 누가 죽기라도 했느냐? 어딜 재수없게 쳐다보고 지랄들이냐?"

"정말 죽을죄를 지었습니다."

진우심이 그리 말하고 바닥에 머리를 조아리며 절을 했다. 그 모습을 보고 모용현과 기유붕이 심히 놀랐다. 천하를 호령하던 마두의 이런 모습은 아무도 상상할 수 없었던 것이다.

"어르신, 부디 제 안사람을 구해주십시오. 감히 어르신에게 손을 쓴 죄는 어떻게든 갚겠습니다. 제 보잘것없는 목숨을 버려서라도 갚을 테니, 부디 그 사람만 살려주십시오."

쿵. 쿵.

진우심이 머리를 땅에 찧으며 이야기하니 제아무리 기유붕이라도 가만히 있을 수 없었다. 기유붕이 칼칼한 목소리로 호통을 쳤다.

"예끼, 이놈아! 환자를 데려다 놓아야 내가 볼 것이 아니냐? 보아하니 네놈도 정상은 아닌 듯한데 당장 그만두지 않으면 내 너를 고칠 것이다. 내가 한 번에 한 사람의 환자만 본다는 얘기쯤은 들어봤겠지?"

그 말을 듣고 진우심이 고개를 들었는데 깨진 이마에서 흘러내린 피로 얼굴이 온통 붉게 물들어 있었다. 한 사람에 대한 정이 저리도 지극하니, 모용현은 절로 안쓰러운 마음이 일었다.

"켈록, 그나저나 현빙 어쩌구 하는 무공이 결코 헛것은 아니구나. 나도 이렇게 고생인데, 어째 저 녀석은 저리 멀쩡한 게냐?"

기유붕이 기침을 하며 못마땅하다는 듯이 모용현을 가리켰다. 사실 모용현도 진우심의 장력에 내상을 입었으니 멀쩡한 것이 결코 아니었지만 온 힘이 실린 현빙신장을 정면으로 받았음에도 불구하고 몸 안에 한기가 없으니 신기한 일이었다.

사실 현빙신장의 위력은 두 가지로, 하나는 순수한 장력이요, 다른 하나는 그 음험한 한기였다. 본래의 장력이 상대의 내력과 싸우는 틈을 현빙신공이 파고들어 진기를 공략하니, 제아무리 깊은 내공을 쌓은 자라도 손해를 보게 마련이었다. 진우심이 비교적 어린 나이에 기존의 마두들과 어깨를 나란히 하게 된 것도 이러한 현빙신장의 위력 때문이었다.

진우심보다 깊은 내공을 가진 기유붕도 침상에 누웠는데, 이제 스무 살에 불과한 모용현이 전력을 기울인 현빙신장을 받고도 큰 상처를 입지 않은 것은 놀라운 일이었다. 이는 모용현 자신도 의아한 일이었다. 하지만 그것은 당연한 일이었다. 모용현의 단전은 염합의 결정이 현빙신공의 음기를 받아들인 조화의 결정체였으니, 그를 찔러 들어간 현빙신공이 오히려 흡수당할 수밖에 없었다. 얼핏 이해할 수 없는 모용현의 선택이 실은 가장 알맞은 처사였던 것이다.

그러나 모용현이 그를 알고 행한 것은 물론 아니었다. 검을 버리고 맨손으로 진우심의 쌍장을 받은 것은 너무나 무모했고, 차라리 자살 행위라 불려야 마땅했다. 지금 돌이켜 보면 진우심이 죽지 않을 정도로 베어 그를 멈췄어야 옳았지만, 그러지 못한 자신의 마음을 모용현 자신도 정확히 알 수 없었다.

세 사람은 날이 밝자 항주로 향했다. 현빙신공에 내상을 입은 기유붕의 운신이 아직 자유롭지 못해 마차를 구했으니, 더딘 걸음이었다. 그러나 그동안 모용현이 입은 내상은 말끔히 치유되었다. 오히려 현빙신공을 흡수해 내력이 더욱 깊어진 듯했다.

며칠 후, 마차는 항주에 도착했다. 기유붕의 내상은 많이 회복되었지만, 아직 마음먹은 대로 운신할 수 있을 정도는 아니었다. 모용현과 진우심은 항주 안으로 들어가기 전, 성 밖의 객잔에 방을 잡고 이야기를 나눴다.

"이대로라면 선배께서는 무림맹에 투신하는 편이 나을지도 모릅니다."

사실 진우심이 무림맹에 투신한다면 모든 어려움은 쉽게 해결될 수 있었다. 그러나 무림맹은 지난날 은경화를 중독시켜 지금에 이르게 한 자들이었으니, 어찌 진우심이 그들과 함께할 수 있을까? 더구나 쇠약한 몸과 마음으로 아이를 가진 은경화를 데려간 자들을 진우심은 절대 용서할 수 없었다.

"그런 말은 하지 말게."

진우심의 얼굴은 차갑게 식었으나, 그 속에서 이글거리는 분노를 모용현은 알 수 있었다. 모용현이 말했다.

"하지만 그들도 만반의 준비를 해놓았을 테니 무작정 쳐들어갈 수는 없는 노릇입니다. 더구나……."

"뭐라고 했나?"

"아닙니다."

진우심이 물었지만 모용현은 얼버무리기만 했다. 원래 모용현은 '더 이상 선배가 사람을 죽이지 않았으면 좋겠다' 고 하려던 참이었다. 원래 모용현이 무림맹 동려 지부에서 진우심을 막아선 것도 그러한 이유에서였다. 진우심이 지난날 무수히 많은 생명을 꺾은 죄로 이토록 괴로운 벌을 받고 있는데, 다시금 살인을 하게 된다면 이들 부부가 어찌 살아갈 것인가? 무리라는 것을 알지만 모용현은 이들 부부가 지난 죄를 용서받고 행복해지기를 바랐다. 비록 심마에게 지배당하고 있지만, 이제 태어날 아이야말로 어둠 속에 갇힌 이들 부부에게 한줄기 빛이 되어주지 않을까? 어쩌면 지금까지의 괴로움으로 진우심 부부는 지난 날 저지른 죄의 대가를 치른 것일지도 몰랐다. 뜬구름처럼 종적을 알 수 없다는 오의를 한 번에 찾은 것도 하늘이 이들 부부를 이제 용서했다는 뜻이지 않을까. 바보스럽지만 모용현은 왠지 그렇게 믿고 싶었다. 그러니 더 더욱, 진우심의 손에 더 이상 피를 묻혀서는 안 된다.

그리 마음을 먹고 모용현은 진우심과 계획을 짰다. 일단 진우심이 정면으로 들어가 저들과 협상하는 척을 하며 최대한 시간을 끌면 모용

현이 잠입하여 은경화를 구출해 낸다는, 저들이 모용현의 존재를 모른
다는 전제하에 세운 계획이었다.

"절대 싸우지 마십시오."

모용현이 말했다. 시간을 끌기 위해서라고 말해 진우심이 고개를 끄
덕였지만, 모용현은 은경화의 안위가 보장되지 않는 이상 그가 언제고
심마에 사로잡힌 살인귀로 돌변할 수 있다는 것을 알아 마음이 놓이지
않았다. 몇 번이나 다짐을 받고 나서야 모용현은 진우심을 놓아주었
다.

"내일까지 오지 않으면 난 도망칠란다."

엄포를 놓는 기유붕을 뒤로하고 모용현과 진우심은 항주에 들어섰
다.

제2부 4장

보이지 않는 길

1

진우심보다 먼저 항주에 들어선 모용현은 시내를 걸었다. 번화한 시내에는 장이 들어서 있었는데, 좁은 길 양옆으로 늘어선 음식점들은 가판을 펼쳐 만두며 별별 음식들을 진열해 놓고 있었다. 한쪽에서는 경극의 배우처럼 화장을 하고 긴 수염을 붙인 장사치가 여러 가지 모양의 사탕을 팔고 있었다. 그 앞에서는 어린아이들이 떼 지어 막대에 꽂혀 있는 사탕들을 구경하고 있었는데 사 먹을 돈이 없는지 하나같이 침만 꿀꺽 삼키고 있었다. 그 와중에 한 사내아이가 사탕 장수에게로 쪼르르 달려오더니 동전 하나를 내고 원숭이 모양의 사탕을 손에 쥐었다.

"와아!"

아이는 막대사탕을 높이 들고 뛰어갔다. 사탕장수 앞에 모여 있던 아이들도 모두 그 뒤를 쫓아 뛰어가고, 아이들의 함성 소리가 하늘 높이 솟아올랐다. 아이들은 모용현을 지나쳐 골목 어귀로 사라졌다. 시내는 사람이 살아가는 냄새로 가득했다.

그러나 이 살가운 광경이 결코 자신의 것이 될 수 없음을 모용현은 잘 알고 있었다. 조금 후 무림맹 항주 지부에 들어가 은경화를 빼와야 하지만 그것이 어찌 쉬운 일이던가! 모용현에게 이제 일상의 냄새란, 다름 아닌 비릿한 혈향일 뿐이다. 이제 또 누구의 피를 이 손에 적실 것인지, 모용현은 걸음을 멈추지 않으면서 자신의 오른손을 들어보았다. 유리처럼 깨어지기 쉽던 가는 손가락들은 이제 굳은살을 더해 제법 강인해졌다. 검을 휘두를수록 손과 함께 마음도 딱딱히 굳어갔다고 생각했다.

하지만 모용현이 형산을 내려온 이래, 채 삼 개월도 지나지 않은 지금 육 년간 굳혀왔던 마음은 손과 달리 물러졌다. 수십여 명을 베었지만, 처음의 결심과 비교해 턱없이 부족한 피였음에도 단단한 마음을 녹이기에 충분했다. 진우심이 무림맹 동려 지부를 습격했을 때, 원래대로라면 모용현 역시 그들을 베었을 것이다.

진우심 부부를 돕겠다는 생각도 마찬가지였다. 모용현은 그들이 더 이상 괴로워하지 말았으면 좋겠다 생각했지만, 과연 자신에게 그들을 도울 수 있는 자격이 있을지 의심스러웠다. 처음 형산을 내려왔을 때의 모용현이라면 진우심 부부의 괴로움을 지나쳤을 것이다.

그런 생각을 하며 손을 내린 모용현의 시야에 누군가가 들어왔다. 저 멀리 인파 속에서 모용현 쪽으로 걸어오는 얼굴을 보자 모용현은 황급히 몸을 돌렸다. 굳혀놓은 마음을 풀어버린, 금설옥이었다.

'어째서?'

어디론가 숨어버리고 싶었지만 사람들이 빼곡해 그럴 수 없었다. 유난한 짓을 하다가는 더욱 눈에 띌 것이다. 모용현은 사람들을 헤치고 가까운 가판대 앞으로 갔다.

"어서 옵쇼!"

가판 위에는 쌀을 튀겨 만든 과자들이 늘어져 있었다. 가게 안에서 과자를 튀기던 주인이 기세 좋게 인사하고, 모용현은 과자를 고르는 척 금설옥이 지나가기만을 기다렸다.

"난 항주는 처음이에요. 당 형은 와본 적이 있나요?"

"저도 처음입니다. 그런데 아름답다고는 해도 시내 풍경은 다른 곳과 비슷하군요."

금설옥은 혼자가 아니었다. 그녀의 곁에는 모용현도 본 적이 있는 또래의 사내, 당정견이 웃으며 이야기하고 있었다. 모용현은 눈으로는 과자를 고르며 귀로는 금설옥에게 신경을 집중했다. 잠시 후, 두 사람의 모습이 사람들 틈으로 사라지자 모용현은 눈을 감으며 안도의 한숨을 쉬었다.

금설옥이 어째서 항주에 있는지 모용현은 알 길이 없었다. 하지만 자신을 따라오지 않은 것만은 확실했다. 어쩌면 정파연합의 일일지도 모른다. 강서성을 장악한 정파연합은 안휘성의 실질적인 맹주라 할 수 있는 남궁세가를 쓰러뜨렸다. 무림맹의 중추지부인 합비 지부는 그전에 이미 모용현의 손에 지부장인 양당국이 죽었으니, 안휘성도 무림맹의 통제에서 벗어났다고 생각하는 편이 옳을 것이다. 급한 행보겠지만, 충분히 절강성을 노릴 수 있었다.

아아, 그랬었나? 모용현은 불현듯 자신의 확고했던 결의가, 단단했던 마음이 언제부터 무너졌는지 깨달았다. 그녀는 항상 생각지도 못한 곳에서 나타나 공들여 쌓아 올린 탑의 한 조각을 빼버리곤 했다. 마치 지금처럼.

"안 살 거면 얼른 비키쇼."

눈을 감고 멍하니 서 있던 모용현에게 가게 주인이 불평을 했다. 과자 위에 들러붙은 파리들을 쫓는 손짓에 모용현도 함께 물러나 흘러가는 인파에 휩쓸렸다.

*　　　　*　　　　*

무림맹 항주 지부장 원소이는 사십대 초반이었지만 누구도 그를 제 나이로 보지 않았다. 그를 처음 보는 사람들은 항상 삼십대라 판단했는데 주름이 없는 피부와 커다란 눈이 그랬고, 항상 웃는 얼굴이 그랬다. 특히 그는 항상 웃는 얼굴이라, 소소안(少笑顔)이라는 별명을 가지고 있었는데 지금은 그런 별명이 무색할 만큼 굳은 얼굴을 하고 있었다.

퍽!

원소이가 집어 던진 벼루가 둔탁한 소리를 내며 깨졌다. 검은 파편이 바닥에 흩어졌지만 분이 풀리지 않았는지, 원소이는 탁자를 세게 내리쳤다.

쾅당!

오동나무로 만든 탁자를 부러뜨리고 나서야 화를 삭일 수 있었는지 원소이는 의자에 주저앉았다.

"하아, 하아!"

그가 가쁘게 숨을 내쉬는 것은, 최근 온 힘을 기울여 진행하였던 일이 막바지에 와서 틀어졌기 때문이다. 그가 공들였던 일이란 바로 옥면현수 진우심을 무림맹으로 끌어들이는 것이었다. 옥면현수가 절강성으로 들어왔다는 정보를 입수한 후 그의 소재를 파악하는 데 걸린 시간이 반년이요, 그를 위해 투입된 인력이 일류고수만 스무 명이었다. 지금 절강성 각 지부에 배치된 무림맹 소속의 일류고수는 총 오십사 명이니, 그중 사 할에 가까운 인력이 동원된 것이다. 개중에는 산하 지부장들도 몇 포함되어 있었으니, 그 부인을 납치하는 과정에서 옥면현수의 손에 살해당한 열둘이라는 숫자는 무림맹 측에게 크나큰 손실이다. 이는 본영의 지령이 아니라 원소이의 독단적인 판단에 의한 행동이었으니 보고된 후 큰 문책이 따를 게 당연했다. 그러나 옥면현수를 맹의 사람으로 만들 수 있다면 입장이 달라진다.

원래 옥면현수는 잠재적 위험인물로 분류되어 있었다. 직접적인 위험 요인이 아닌 이상 그를 치기 위해 십여 명의 일류고수를 잃었다는 것은 엄연한 실책이다. 그러나 그로 인해 옥면현수를 얻었다면, 그것은 겨우 십여 명의 희생으로 바뀔 것이 분명했다. 옥면현수의 가치는 십여 명의 일류고수와 비할 바가 아니다.

그리고 그것이야말로 정체되어 가는 조직 안에서 원소이를 끌어올려 줄 것이었다. 원소이는 옥면현수가 그동안 맹에 가담하기를 완강히 거부해 왔음을 알고, 그의 부인을 노렸던 것이다. 부인을 볼모로 잡아 그를 맹에 끌어들이면, 그것은 바로 원소이 자신의 실적이었다. 그리고 바로 어제까지만 해도 그 실적을 인정받아 항주를 벗어나 무림맹 본영으로 올라가는 꿈에 젖어 있었다. 바로 어제 천수참마 조규휘가 항주 지부를 방문하지만 않았다면 원소이는 아직도 꿈속에서 마냥 웃고 있었을 것이다.

원래 천수참마 조규휘는 육 년 전의 공신 중 하나로 서장(西將)이라는 칭호를 받고 사대사령의 자리에 올랐다. 하나 과거 천수참마로서 살아온 그의 자유로운 기질은 어느 한 곳에 붙어 있기를 거부하였고, 맹주 모용강도 그를 인정해 사령이라는 자리로 얽매어두지 않았다. 대신 모용강은 서장이라는 칭호를 회수하지 않고 대리를 내세워 업무를 보게 하였으니 조규휘는 마음껏 중원을 떠돌아다니면서도 무림맹 내에서의 존재감을 확고히 한 것이다.

그러나 조규휘는 무림맹과 모용강에게 불만을 가지고 있었다. 적대 세력들은 정교와의 항쟁과 그 뒤 토벌을 통해 전부 소탕되었고, 남은 무림인들 중 대부분은 무림맹의 산하에 들어와 한 식구가 되었다. 피가 마를 날이 없다던 천절도(天切刀)가 무림맹이 세워진 후 쓰일 곳을 찾지 못하니 자연 화가 쌓이고, 또 쌓였을 것이다. 하여 조규휘가 선택한 길은, 무림맹에 가담치 아니한 은거 고수들을 찾아다니는 것이었다. 중원을 유람하며 칼부림할 상대를 찾고, 금전이 떨어질 때면 거미줄처럼 중원 각지에 퍼져 있는 무림맹 지부를 찾았으니 실로 그 팔자가 피었다 할 것이다.

조규휘는 요 몇 달간 집요하게 쫓던 오의 기유붕을 놓쳐 기분이 좋지 않은 상태였다. 그리고 기유붕을 놓친 곳이 바로 항주라는 것이 원소이에게는 불행한 일이었다. 잔뜩 저하된 기분으로 항주 지부를 방문한 조규휘는 자신을 맞이하는 원소이의 태도에서 무언가 꾸미고 있음을 짐작하였고, 그를 추궁해 옥면현수 진우심이 부인을 찾으러 올지도 모른다는 사실을 알아냈다. 옥면현수는 오의와 비교할 수 없는 고수이니, 자연 가라앉은 조규휘의 기분은 하늘 높이 날아올랐다. 그가 지금 껏 찾아다녔던 은거 고수라 해도 몇 번의 칼질을 감당해 내는 이가 드물었으니 진우심과 같은 절정고수를 놓칠 수 없었다. 조규휘는 맹원으로 끌어들여야 한다는 원소이의 간청을 묵살하고, 어제부터 연무장에 앉아서 진우심을 기다리고 있었다.

애써 죽을 쑤어 맛도 보지 못하고 개에게 넘겼으니 원소이의 심기가 편할 리 없었다. 벼루를 던지고, 탁자를 부수는 등 난리를 피우고 나서야 평정을 되찾은 원소이에게 문밖에서 수하의 목소리가 들렸다.

"대인."

"무슨 일이냐?"

"그가 찾아왔습니다. 어찌할깝쇼?"

원소이는 잠깐 고민했지만 답은 뻔했다. 들인 공이 아까웠지만 조규휘의 비위를 거슬렀다가 무슨 꼴을 당할지 모를 일이었다.

"서장께 데려가라!"

원소이는 신경질적으로 대답하고, 자리에서 일어났다. 이렇게 된 이상 진우심의 부인은 아무런 가치도 없었다.

'하지만 서장이 옥면현수를 반드시 이기리란 보장이 있는가?'

원소이는 며칠 전 진우심을 습격했을 때를 떠올렸다. 혼자의 몸으로 부인을 보호하면서도 일류고수 스무 명의 합격을 능히 상대하고, 저 악랄한 현빙신장으로 열두 명을 동사시킨 진우심의 무위는 애초에 원소이가 상상했던 것 이상이었다. 그나마 열두 명이 죽은 상황에서 부인을 확보하지 못했더라면 몇 사람이 더 죽었을지 모를 일이었다. 꿈에서라도 다시는 맞서고 싶지 않았다.

과거에도 옥면현수와 천수참마 두 사람은 어깨를 나란히 하는 사파의 고수였다. 비록 직접 겨루어본 적은 없으나 말하기 좋아하는 이들은 그 둘을 큰 차이 없는 동수라 평하곤 했다. 그렇다면 싸움의 결과가 어떻든, 상처 입지 않은 승자를 상상하기 어렵다.

거기까지 생각이 미치자, 원소이는 낙심하고 있던 자신을 일으켜 세웠다. 어쩌면, 이 또한 그에게 기회일지 몰랐다. 원소이는 방을 나섰다.

2

모용현은 담을 넘어 무림맹 항주 지부 안으로 잠입하는 데에 성공했다. 항주 지부는 절강성의 중추지부답게 규모가 대단히 커, 동려 지부와는 비교할 수 없었다. 몇 채나 되는 큰 건물들 속에서 진부인이 어디에 있는지 짐작하기란 쉬운 일이 아니었다. 모용현은 마침 지나가는 자를 붙잡았다.

"며칠 새 지부장이 데려온 부인이 있을 것이다. 알고 있는가?"

사내의 옷은 허름하여 맹원의 복장이 아니었다. 아마도 잡일을 맡은 고용인일 것이다. 모용현에게 제압당한 사내는 입을 뻐끔거리며 말했다.

"저, 저는 잘 모릅니다. 모릅니다요."

"객을 위한 거처가 따로 마련되어 있는가?"

원소이가 어떤 인물인지는 모르겠으나 명색이 절강성을 총괄하는 지부장인데 산부를 아무렇게나 방치하지는 않을 것이다. 모용현이 그리 생각하며 묻자 사내가 떨리는 손으로 안쪽의 한 건물을 가리켰다.

"저곳입니… 윽!"

모용현은 사내를 기절시킨 후 눈에 띄지 않는 곳에 뉘었다. 비록 한 시진도 되지 않아 깨어날 테지만 무림인도 아닌 그에게는 미안한 일이었다.

모용현은 사내가 가리킨 건물을 향해 뛰었다. 그리 먼 길은 아니었지만 지부원들의 눈을 피해야 했다. 그런데 묘하게도, 지나치는 지부원들의 주의가 산만하여 순찰을 하는 모습이 아니었다. 두 번째 순찰조를 만나 몸을 숨긴 모용현은 그들의 이야기를 들을 수 있었다.

"뭐, 그게 정말이야?"

"그래, 지금 옥면현수가 와 있다니까. 연무장에서 서장과 싸우고 있다 그러네."

"허어! 그런 강적이 쳐들어왔는데 우리 이렇게 순찰이나 돌고 있어도 되나?"

"어차피 옥면현수 한 놈인데 그게 대술까? 서장께서 고집을 피워 일대 일로 싸우고 있긴 한데 지부장님도 계시고 지금 지부에 상주해 있는 고수가 많으니 우리가 신경 쓸 일이 아니지."

"그놈은 대체 뭘 믿고 혼자 온 거야? 그렇지 않아도 남창 지부나 남궁세가 때문에 바싹 긴장하고 있는데."

모용현의 마음이 급해졌다. 천수참마라니, 그가 이곳에 있단 말인가? 물론 오의와 함께 그로부터 도망친 곳이 서호였으니 그가 항주 지부에 와 있는 것은 어찌 보면 당연한 일이다. 하지만 그를 생각지 못했던 것은 엄연한 실수였다. 모용현은 저들이 자신의 존재를 모를 것이라고만 여겼지, 저들에게도 자신이 모르는 무언가가 있으리라는 예상을 하지 못한 것이다.

하나 진우심은 투항을 가장하였거늘, 왜 그와 싸운단 말인가? 그를 죽이려 했다면 번거롭게 진 부인을 납치할 이유가 없다. 그러나 모용

현의 머리가 아무리 뛰어난들 원소이와 천수참마 사이의 알력까지 알
수는 없는 법이다. 모용현은 다시 한 번 자신의 부족함을 통감했다.

*　　　　*　　　　*

　남궁세가에서의 싸움이 끝난 후, 금설옥은 모용현을 놓치고 말았다.
이제는 더 이상 그를 쫓을 단서가 없었다. 육 년을 헤매었던 기억을 되
살리니 다시 처음부터 시작할 엄두가 나지 않았던 것이다.
　사실 금설옥은 더 이상 모용현을 찾을 이유가 없었다. 퇴불이나 자
신이나, 애초에 추신의 부탁을 받아 모용현의 행적을 찾았던 것이니 이
제 그가 성히 살아 있음을 확인한 이상 더는 그에 얽매일 필요가 없었
다. 어서 이 사실을 퇴불에게 알리고 오랜 숙제를 풀었다는 해방감을
만끽해야 할 것이다.
　그러나 금설옥은 그럴 수 없었다. 남궁세가에서 그렇게 헤어지고 난
후, 금설옥은 모용현을 생각하는 시간이 부쩍 늘어났다. 막연한 증오
와 연민만이 존재했던 과거와 달리, 실체화된 모용현을 구성하는 것이
무엇인지는 금설옥 자신도 모를 만큼 복잡했다.
　사실 가장 궁금한 것은 남궁세가의 함정에 빠져 단둘이 어둠 속에
갇혔을 때 모용현에게 하려 했던 이야기였다. 금설옥은 그날의 기억을
아무리 되살려 보아도 그를 알 수 없었다. 마치 자신인 것처럼 느껴졌
던 모용현의 감정도 마치 강제로 적출당한 듯 전혀 알 수 없었다. 만약
그대로 놔두었다면, 그때 그 감정을 말하였더라면 결코 잊지 않았으리
라. 그리 생각하면 싱글벙글 웃고 있는 당정견의 얼굴이 그렇게 밉상
일 수 없었다.

하지만 금설옥은 모용현의 이야기를 기억하고 있었다. 그가 지금 무림맹의 사람들에게 행하고 있는 것이 복수가 아닌 속죄라는 이야기를. 모용현이 왜 그렇게 표현했는지는 몰라도, 금설옥은 모용현이 앞으로도 무림맹을 상대로 한 살행(殺行)을 멈추지 않을 것이라 생각했다. 그렇다면 남궁세가에서와 같이 서로의 목적은 달라도 한 점에서 만날 수 있지 않을까. 금설옥은 그러한 기대를 가지고 정파연합의 제의를 받아들였다.

강서성과 안휘성을 차지한 정파연합은, 의아할 만큼 느린 무림맹의 대응을 틈타 절강성을 다음 공략지로 삼았다. 퇴불의 제자라는 커다란 이름을 가진 금설옥은, 실질적인 무위도 정파연합에서 따를 자가 없었기에 기존의 간부들과 처음부터 동등한 지위를 받았다. 하지만 골치 아픈 일들이 썩 내키지 않았던 금설옥은 그를 거부하고 절강성의 사정을 엿보겠다 자청하여 항주로 향했다. 물론 금설옥의 옆에는 당정견이 함께 있었다.

남궁세가에서 큰 전투를 치러낸 후 두 사람은 부쩍 가까워졌다. 당정견은 금설옥이 여자임을 안 후에도 여전히 금 형이라는 호칭을 고수했지만 그 태도만큼은 확실히 달라졌다. 금설옥도 당정견의 그러한 변화가 싫지 않았다. 다만 때때로, 당정견의 배려에 가슴이 따뜻해질 때마다 모용현이 떠오르는 것은 어쩔 수 없었다.

"저자는 천수참마로군요."

상념에서 퍼뜩 깨어난 것은, 귓가를 간질이는 당정견의 숨결 때문이었다. 금설옥은 얼굴이 화끈 달아올랐지만 당정견의 행동이 고의가 아니라는 것을 알고 있었다. 어쨌든 지금 두 사람은 무림맹 항주 지부를 정찰하기 위해 숨어들어, 연무장에 붙은 건물 위에서 아래를 내려다보고 있었다. 금설옥은 오른쪽 귀를 손으로 가리며 말했다.

"그냥 작게 이야기하세요."

"흠, 흠."

당정견도 금설옥의 행동을 보고 민망한 얼굴로 헛기침을 했다. 금설옥이 다시 말했다.

"저자가 천수참마라 하셨나요?"

금설옥의 눈에 들어온 것은 사각형의 연무대 위에서 칼부림을 하는 거구의 사내였다. 사내는 한 자루 환도를 정신없이 휘두르고 있었는데, 손끝의 환도는 마치 살아 있는 듯 자유롭게 움직이고 있어 금설옥이 감탄을 금치 못하였다.

천수참마의 반양도법(反陽刀法)은 그 자신이 창안해 낸 천하에 짝이 없는 기이한 도법이었다. 그 이름이 말해 주듯, 천수참마의 반양도법은 무학의 이치에 반하는 움직임으로만 구성되어 있었는데 그럼에도 불구하고 그 안에서 새로운 무리(武理)가 창출되었던 것이다. 그것만으로도 천수참마는 일대 종사라 불리기에 부족함이 없었지만, 그의 별호가 말해 주듯 반양도법이라는 새 무학은 무수히 많은 이의 생명을 쌓아 올린 성과였으니 그 악랄함 탓에 가치를 폄하당하는 일이 잦았다.

그러나 더 대단한 것은 그 천수참마에 맞서 싸우는 사내였다. 머리는 헝클어지고 옷은 더러웠으나 사내는 움직임 하나하나에 기품이 서려 있었다. 더구나 사내는 맨손임에도 불구하고 천수참마와 호각을 이루고 있었다. 사내의 장법은 그 주인과 마찬가지로 기품이 있었고, 천수참마의 반양도법과 달리 무리의 정도에 어긋남이 없었다. 금설옥이 그를 궁금해하며 당정견에게 물었다.

"그를 상대하는 자는 누구인지 알겠어요?"

그러자 당정견도 고개를 갸우뚱거리며 대답했다.

"잘 모르겠소. 하나 누군지 몰라도 저 천수참마와 동수를 이루다니, 정말 대단한 고수가 틀림없소."

"어쨌든 천수참마의 저 도법은 정말 굉장하네요. 저런 절정고수가 항주에 있으니 정파연합은 계획을 수정할 필요가 있겠어요."

사실 지금 정파연합의 남창 지부를 공략할 때와 비교할 수 없을 만큼 몸집이 부풀어 올랐지만 정작 무림맹의 절정고수들과 맞설 인물은 늘어나지 않았다. 그나마 꼽으라면 금설옥과 왕민보 정도일 텐데, 지금 천수참마의 무공을 보니 두 사람이 한꺼번에 덤벼들어도 상대가 되지 않을 것 같았다.

금설옥이 그런 생각을 하면서 연무대를 내려다보다가, 돌아보니 당정견이 자신의 얼굴을 빤히 쳐다보는 것이 아닌가?

"왜 그렇게 보는 거죠? 뭐 묻었나요?"

그러자 당정견이 웃으며 말했다.

"금 형, 심각하게 내려다보는 얼굴이 너무 아름답소."

"부끄러운 말을 잘도 하는군요."

"그것이 나의 장점 아니겠소?"

당정견이라는 사내는 미워하려 해도 미워할 수 없었다. 금설옥이 고개를 절레절레 흔드는데 당정견이 웃음을 그치고 정색을 하며 말했다.

"금 형이 걱정하는 바는 잘 알고 있소. 천수참마와 같은 고수에 맞설 수 있는 자가 우리에게 없음을 걱정하는 것 아니오?"

당정견은 항상 철이 없는 듯하면서도 속이 깊었고, 허술한 듯하면서도 예리했다. 지금도 표정만으로 그 속내를 짐작하였으니 금설옥이 볼멘소리를 했다.

“어떻게 알았죠? 내 얼굴에 써 있었나요?”

“금 형에 관한 것이라면 뭐든지 알 수 있소.”

“그런 이야기를 할 때가 아니에요. 무림맹 전체로 보면 저 천수참마와 같은 절정고수가 여럿 있으니 정파연합이 아무리 세력을 늘린다 한들 승산이 없지 않겠어요?”

“그러게 말입니다.”

금설옥의 속을 알았다고 뾰족한 수가 있는 것은 아니었다. 두 사람이 각기 한숨을 쉬며 다시 연무장을 내려다봤는데, 천수참마와 사내가 이미 백여 초를 넘겼는데도 공수의 날카로움이 전혀 무뎌지지 않았다. 이대로라면 또다시 백 초가 지난다 해도, 아니, 몇백 초를 교환해도 승부가 날 것 같지 않았다.

그러나 사내는 혼자였고, 천수참마에게는 수많은 항주 지부의 무림맹원들이 있었다. 이미 수십 명의 사람이 연무대를 둘러싸고 두 사람의 승부가 나기만을 기다리고 있으니 승부의 결과가 어떻든 사내의 목숨은 부지하기 힘들어 보였다. 저 사내는 누구이기에 단신으로 항주 지부 안에서 천수참마와 대결을 펼치고 있는 것일까? 금설옥이 의문을 품으면서도, 천수참마와 사내가 벌이는 절정 무학의 격돌에 취하여 눈을 떼지 못하는 사이 다른 곳을 살피던 당정견의 눈에 묘한 그림이 들어왔다.

“금 형.”

당정견이 불렀지만 금설옥은 대결에 취한 상태라, 작은 목소리가 귀에 들어올 리 없었다. 당정견은 금설옥과 지내면서 그녀가 무학에 얼마나 심취해 있는지 잘 알고 있었다. 당정견은 금설옥의 어깨를 두드리며 다시 한 번 말했다.

“금 형.”

“예?”

그제야 금설옥이 돌아보자 당정견이 손가락으로 연무장 한구석을 가리키며 말했다.

“저자, 저자가 항주 지부장인 소소면 원소이 아니오?”

당정견이 가리킨 사내는 연무장에서도 구석에 서 있었는데, 양팔로 한 여인을 안고 있었다. 금설옥이 그를 보고 품 안에서 종이를 꺼냈는데, 종이에는 원소이의 초상화가 그려져 있었다.

“맞는 것 같군요. 그런데 왜 여인을 안고 저기 서 있는 거죠?”

더구나 여인은 배가 불러, 아이를 가진 듯했으니 이런 자리에 어울리지 않아 보였다. 당정견이 대답했다.

“글쎄, 잘 모르겠군요.”

금설옥은 원소이와 그가 안고 있는 여인에게 신경이 쓰였지만, 곧 연무장 위로 시선을 돌렸다. 천수참마와 사내의 대결은 초를 거듭할수록 치열해져 갔다.

*　　　*　　　*

모용현은 몇 사람의 고용인을 다그친 끝에 진 부인이 감금당한 방을 알아냈다. 그러나 안내를 받아 찾아간 방은 텅 비어 있었다. 방을 안내한 사내 역시 당황한 기색이 역력했다.

“날 속였나?”

모용현이 검을 목젖에 들이대자 사내가 비 오듯 땀을 흘리며 부인했다.

"아니, 아닙니다! 어제까지만 해도 이 방에 있었습니다. 정말입니다. 믿어주십시오!"

그 말이 너무 간절하여 결코 거짓이 아닌 것 같았다. 그때 밖에서 굵은 사내의 목소리가 들려왔다.

"안에 누가 있나?"

모용현은 방문 옆 벽에 붙고, 여전히 검끝을 사내에게 향한 뒤 눈으로 지시했다. 모용현의 의도를 알아들은 사내가 고개를 끄덕이고 문을 열었다.

"접니다, 나으리."

"자네였군. 여긴 무슨 일인가?"

"원 대인께서 데려온 부인의 수발을 들러 왔습니다."

"아, 방금 원 대인이 직접 데려가셨네. 아마 연무장으로 가셨을 게야. 따로 연락을 받지 못했나?"

모용현은 아랫입술을 깨물었다. 원소이가 이렇게 빨리 행동할 줄은 몰랐다. 진우심이 투항의 의사를 밝힌다 해도 그를 조종할 패인 진 부인을 쉽게 내어주지 않으리라는 계산이 있었는데, 이마저도 모용현의 예상이 빗나간 것이다.

모용현이 비록 직접 싸워보지 않았어도 천수참마를 가까이에서 본 적이 있어 그의 무위를 가늠할 수 있었다. 옥면현수와 천수참마의 대결은 일, 이백 초로 끝나지 않으리라. 모용현이 판단하기에 두 사람은 그만큼 동일한 수준에 올라 있었다.

하나 지금 진우심의 앞에 원소이가 은경화를 대동하여 나타난다면 그의 평정심이 순식간에 무너져 내릴 것이다. 더욱이 진우심은 모용현이 그녀를 구출해 내기만을 바라며 그 시간을 벌기 위해 싸우고 있을 테니, 더욱 큰 충격을 받을 것이다.

'이런!'

지체할 시간이 없었다. 모용현은 사내를 밀쳐 내고 방문을 나섰다. 건장한 사내가 느닷없이 나타난 모용현의 모습에 놀라 소리쳤다.

"웬 놈이……!"

그러나 사내의 외침이 채 끝나기 전에 모용현의 검이 빛을 발했다. 피를 쏟으며 쓰러지는 사내의 시체를 넘고 모용현은 달려나갔다.

3

쉐엑!

천수참마 조규휘가 무서운 기세로 진우심의 몸통을 향해 천절도를 내려쳤다. 일반적으로 무림인들은 공격을 할 때에도 반드시 몇 푼의 힘을 남겨 상대의 반격에 대비하였지만 조규휘에게는 그러한 여력이 없었다. 한 번의 칼질에도 온 힘을 다하니 언뜻 엉성해 보이는 일초 일초에 담긴 위력이 막대했다. 진우심이 간신히 그를 피하며 비어 있는 여덟 군데의 요혈을 동시에 공략했다. 그러나 조규휘 역시 그를 예상한 듯 피하니, 진우심의 현빙신장은 허공을 쳤다.

가볍지 않은 일초를 교환하고, 두 사람은 삼 장을 떨어져 섰다. 진우심은 차가운 눈으로 조규휘를 바라보았고, 조규휘는 왼손으로 옷을 털었다. 그러자 현빙신공에 얼어붙은 옷 끝자락이 부서지며 땅으로 떨어졌다.

"크하하핫! 좋구나, 좋아!"

기분이 좋은 듯 천수참마가 크게 웃었다. 웃음소리에 실린 공력이 무거워 연무대를 둘러싼 이들이 모두 귀를 막으며 얼굴을 찡그렸다.

차갑게 가라앉은 표정의 진우심이나, 오랜만에 호적수를 만났다는 기쁨에 달뜬 조규휘나 겉으로 드러내지 않았지만 상당히 지쳐 있다는 점만은 하나였다. 비록 두 사람이 이제 삼백 초도 겨루지 않았지만 진우심은 은경화와 모용현에 대한 걱정으로 정신이 분산되어 있었고, 조규휘는 진우심의 현빙신공이 가진 한기에 간접적으로나마 피해를 입었으니 평소보다 내력의 소모가 컸던 것이다.

"음?"

조규휘가 문득 고개를 들었다. 흐린 하늘에서 가는 빗방울이 하나둘 떨어지고 있었다. 가늘고 드문드문 떨어지는 비였지만 흐린 하늘이 이대로 끝나진 않으리라 이야기하고 있었다. 조규휘가 자신의 애도를 힘있게 올려 진우심을 가리켰다. 그 여세에 수직으로 떨어지던 빗방울들이 사방으로 퍼졌다.

그러자 진우심이 깊은 한숨을 쉬고, 진기를 끌어올렸다. 그의 몸에서 한기가 피어오르고, 내리는 빗방울들이 그의 몸 위에서 작은 얼음 알갱이로 변하기 시작했다. 극에 달한 현빙신공이었다.

"차앗!"

강한 기합 소리와 함께 조규휘가 돌을 깔아 만든 연무대 바닥을 박차고 앞으로 뛰었다. 도신일체(刀身一體)! 말 그대로 조규휘와 천절도가 하나가 되었으니 쉽게 볼 수 없는 경지였다.

진우심이 그를 보고 미간을 가볍게 찡그리며, 두 손을 교차하며 앞으로 내밀었다. 그의 쌍장에 어린 푸른 기운이 서로 엮이더니, 달려드는 조규휘를 향해 흩어지듯 방출되었다. 진우심의 손을 벗어난 기운은 푸름을 잃어 눈으로 확인할 수 없었지만, 내리던 빗방울이 진우심의 앞에서 얼어붙어 조규휘에게로 쏘아지는 것으로 그 위력을 짐작할 수 있었다.

콰앙!

화약고가 터진 듯 굉음이 울려 퍼지고, 진우심과 조규휘가 교차하며 서로의 자리를 바꾸었다. 두 사람은 재빨리 신형을 바로 세웠으나 타격을 입은 모습이 확연했다.

조규휘는 왼쪽 소매가 완전히 찢겨 나갔고, 드러난 왼쪽 어깨는 새파랗게 얼어붙어 있었다. 진우심이 입은 피해도 만만치 않아 가슴에 긴 혈흔이 그어져 있었다. 조금만 깊었더라도 절명했을 상처였다.

"그래, 이거야! 내가 원한 것은 이거야!"

못쓰게 된 왼팔을 개의치 않고 조규휘가 환희로 가득한 웃음을 터뜨렸다. 모용강에게 일패도지(一敗塗地)하여 그에게 충성을 맹세한 이래 이처럼 가슴이 시원한 싸움은 처음이었다. 승부를 가늠할 수 없는 상대와 목숨을 걸고 싸우는 순간의 짜릿함을 얼마나 찾아 헤매었는가!

지난날 조규휘를 패퇴시켜 수하로 삼았지만, 모용강은 그의 성정을 잘 알고 있었다. 모용강은 복수를 원한다면 언제라도 응해주겠다는 조건으로 그를 부렸고, 조규휘는 언제나 좀 더 강해져 모용강에게 다시 도전하겠다는 포부를 가지고 있었다.

무림맹이 창건된 뒤에도 조규휘는 그러한 생각을 버리지 않고 절차탁마하였으니, 지금은 한 세대에 보기 드문 도법의 달인이 되어 있었다. 그러나 그렇게 갈고닦은 실력도 시험해 보지 못하면 소용이 없는 법이다. 지금 눈앞의 옥면현수는, 그런 의미에서 조규휘에게 최적의 상대였다.

"네게 이길 수 있다면, 맹주에게도 능히 도전할 수 있을 것이다!"

조규휘가 속내를 감추지 않고 외치자 연무대 주변에서 두 사람의 싸움을 지켜보던 항주 지부의 맹원들이 쑥덕이기 시작했다. 지금 조규휘의 발언은, 말하자면 역심(逆心)을 품었다는 이야기인데 그것도 현 무림맹 내 최고 권력자 중 하나인 서장의 입에서 나왔으니 혼란스러운 것이 당연했다.

"그렇게 큰소리칠 때가 아닐 텐데?"

진우심이 차갑게 비웃었다. 진우심이 가슴에 입은 상처보다 조규휘의 얼어붙은 왼팔이 더 심각했으니 당연했다. 그러나 조규휘는 개의치 않는다는 듯 말했다.

"남 걱정을 할 때도 아니지!"

말이 끝나기 무섭게 조규휘의 신형이 진우심에게로 쏘아졌다. 진우심 역시 대비하고 있었는지 몸을 비틀며 우장을 내밀었다. 두 절정고수가 충돌하고, 다시 한 번 굉음이 울려 퍼졌다.

콰앙!

두 사람이 다시 자리를 바꾸어 섰는데, 이번에는 진우심이 좀 더 손해를 보았는지 왼손으로 옆구리를 감싸 쥐고 있었다. 손가락 사이로 뿜어져 나오는 피가 선명했다. 빗줄기가 조금 강해졌지만 그 피를 씻어 내리기에는 역부족이었다. 반면 조규휘의 겉모양은 크게 달라진 점이 없었다. 그러나 그의 안색이 눈에 띄게 어두워졌으니, 진우심의 현빙신공을 막지 못해 진기에 큰 타격을 입은 것이다.

"으웩!"

현빙신공에 당하여 역류하는 진기를 억누르지 못하고, 결국 조규휘도 입으로 한 사발의 피를 쏟아냈다. 검붉은 피가 가슴팍을 온통 적시고, 내리는 빗줄기에 섞여 발밑으로 흘러내렸다. 겉으로 보이는 것과 달리, 이번에도 진우심이 한발 앞섰다고 봐야 했다.

사실 처음부터 진우심은 천수참마가 자신에 비해 손색이 있음을 알고 있었다. 비록 종이 한 장보다 얇은, 미세한 차이였지만 엄연히 고하가 나뉘었던 것이다. 그러나 진우심에겐 이 싸움이 어디까지나 모용현이 은경화를 구출해 낼 시간을 벌기 위한 수단에 불과했다. 때문에 진우심은 승패를 가리는 것보다, 조금이라도 더 시간을 끌어가기를 원했다.

입가의 피를 닦은 조규휘의 눈매가 사나워졌다. 극심한 내상을 입은 자신과 달리, 가슴과 옆구리를 베였음에도 의연히 서 있는 진우심의 모습이 그의 눈에 들어왔다.

쏴아.

가늘게 내리던 빗줄기가 점점 굵어지기 시작했다. 그러나 극성으로 끌어올린 현빙신공을 유지하고 있는 진우심의 몸은 젖지 않았다. 내리는 빗방울은 그의 몸에 닿기도 전에 얼음 알갱이로 변해 튕겨 나가고 있었다.

"네 녀석, 설마……?"

조규휘가 사나운 눈으로 중얼거렸다. 진우심은 처연한 눈으로, 생략된 뒷말에 동의를 표했다.

"크아아아악!"

조규휘는 턱을 하늘로 쳐들고 포효했다. 칠 년 전, 운룡검에게 패했을 때에도 이런 치욕을 당하진 않았다. 확연한 실력 차이를 통감했을 뿐이니까. 오히려 종이 한 장도 차이가 나지 않을 옥면현수가 무슨 이

유인지 모르나 자신에게 사정을 봐주는 지금이 그에게는 훨씬 수치스러웠다.

"승부가 결정된 것 같나요?"

조금씩 굵어지는 빗줄기를 뚫고 높은 목소리가 두 사람의 귀에 들려왔다. 진우심과 조규휘가 돌아보니, 두 사람뿐인 연무대 위에 웃고 있는 한 사내가 올라와 있었다. 바로 원소이였다.

"은 매!"

진우심이 그를 보고 소리쳤다. 원소이는 두 팔로 은경화를 들고 있었는데 그녀는 정신을 잃었는지, 아니면 잠이 들었는지 눈을 감고 있었다. 천수참마와의 힘든 싸움에도 냉정하게 임했던 진우심이었지만, 원소이의 품 안에 있는 은경화를 보고도 냉정함을 유지할 수는 없었다. 진우심이 원소이에게 달려들었지만, 그 역시 조규휘와의 일전에서 입은 상처가 커 움직임이 평소와 달랐다. 원소이가 뒤로 물러나 진우심의 손을 피하며 외쳤다.

"잠깐, 잠깐! 옥면현수께서는 진정해야 할 것이외다. 부인이 아이를 가져 이리도 무거우니, 자칫하면 떨어뜨릴지도 모르니 말이오."

그러면서 원소이가 은경화를 든 채로 두 팔을 쭉 펴니 그 모습이 몹시 위태로웠다. 진우심은 피가 날 정도로 입술을 깨물었지만 감히 어찌할 생각을 못하고 가만히 서 있었다.

"무슨 짓이냐?"

조규휘가 이를 갈며 이야기하자 원소이가 웃으며 대답했다.

"그저 우리 모두 만족할 수 있는 방법을 찾아보자는 겁니다. 서장께서는 이미 원하시는 바를 이루지 않았습니까? 저 옥면현수와 이만큼의 혈전을 벌이셨으니 말입니다. 관전하던 저 이하 항주 지부원들은 모두 서장의 무위에 탄복을 금치 못하였습니다."

"하려는 말이 무엇이냐!"

조규휘가 노하여 호통을 쳤다. 원소이는 속으로 찔끔했지만 기왕 시작한 것, 끝까지 밀고 나가자며 마음을 다잡고 말했다.

"이미 말씀드리지 않았습니까? 우리 모두 만족할 수 있는 방법을 찾아보자는 거지요. 일단 서장께서는 바라시던 바를 이루셨으니 이제 된 것 아닙니까? 끝까지 싸워 현빙신공에 동사한 시체가 되길 바라시는 것은 아니겠지요? 설마 비무가 끝났으니 저희가 나서서 서장을 구해 드리고 옥면현수를 처리하길 바라십니까?"

원소이가 그리 말하며 연무대 주변으로 눈길을 주었다. 편편한 돌을 깔아 만든 사각형의 연무대 주변에는 수십 명의 항주 지부원이 비에 젖는 것도 아랑곳하지 않고 원소이의 지시를 기다리고 있었다. 원소이가 지시한다면 언제라도 연무대 위로 오를 기세였다. 제아무리 진우심이라 해도 천수참마와의 일전을 치른 직후 이만큼의 수를 상대하기란 불가능했다.

더 이상의 언쟁은 스스로를 추하게 만들 뿐이다. 조규휘가 입을 다물자 원소이가 만족스러운 얼굴로 말을 이었다.

"서장께서 만족하셨으니 이제 저와 옥면현수, 두 사람만 남았군요."

"…은 매를 빗속에 내버려 두지 마라."

낮고 싸늘한 음성이었지만 조규휘의 호통보다 짙은 적의가 느껴졌다. 비를 맞고 있지 않았더라면 이마에서 식은땀을 흘렸으리라. 원소이가 그리 생각하며 말했다.

"옥면현수께서는 그만 가시를 거두시지요. 부인께서 많이 쇠약해지셨던데, 시간을 끌면 끌수록 위험하지 않겠습니까?"

원소이가 두 팔을 끌어당기지 않았으니 축 늘어진 은경화는 내리는 비를 그대로 맞고 있었다. 한 방울 한 방울, 은경화의 몸 위로 빗줄기가 내릴 때마다 그를 보는 진우심의 속은 바싹바싹 타 들어갔다. 그런 진우심의 눈치를 보며 원소이는 은경화를 다시 품 안에 거두어들이고 말했다.

"너무 걱정하지 마십시오. 마침 저와 당신을 만족시키는 일은 두 가지가 아니라 하나이니 말입니다. 제가 원하는 것은 단 하나, 옥면현수께서 무림맹에 투신하는 것이니까요. 그렇게만 된다면 제가 부인을 모시고 있을 이유가 없지 않습니까? 아니, 이것은 고민할 필요가 없는 문제이지 않습니까? 무림맹에 투신하시면 부와 명예가 자연히 따라오고, 지금처럼 숨어 살 필요도 없으며, 좋은 환경과 실력있는 의사로 부인을 돌볼 수도 있습니다. 무엇을 망설이십니까?"

원소이의 말을 들으면서도 어찌해야 할지 모르던 진우심의 눈에 이채가 서렸다. 열변을 토하는 원소이의 뒤에, 유령처럼 흐릿한 신형이 나타났다. 바로 모용현이었다.

4

진우심을 설득하기 위해 열변을 토하던 원소이는 갑자기 고개를 숙였다. 원소이의 목이 있던 허공에 빛이 번뜩이더니, 곧이어 내리던 빗줄기가 거짓말처럼 잘려져 나갔다.

"……!"

좋지 않은 예감을 믿고 고개를 숙인 것이 목숨을 구했다. 원소이는 서늘한 뒷덜미를 매만질 틈도 없이 딱딱한 연무대 바닥을 굴렀다.

"은 매!"

너무 다급한 나머지 원소이는 은경화를 놓치고 말았다. 진우심이 소리치고, 모용현이 검을 회수하며 바닥으로 눕다시피 하여 바닥에 부딪히려는 은경화를 간신히 받아냈다. 그 반동으로 모용현은 잘 다듬어져 미끈한 바닥과 빗물을 타고 쭉 미끄러졌다.

"선배!"

빗물을 타고 미끄러지던 모용현이 외치며 은경화를 던지고, 진우심이 몸을 날려 그녀를 품에 안았다. 은경화를 던진 모용현은 미끄러지는 몸에 제동을 걸며 퉁기듯이 일어났다.

"잡아라!"

원소이 역시 마찬가지로 일어나 외쳤다. 조규휘가 간발의 차로 진우심에게 패하였으니 생각할 수 있는 최선의 결과라 여겼거늘, 생각지도 못한 방해가 들어오니 노기를 감출 수 없었다. 분노한 원소이의 외침에 수십 명의 항주 지부원이 연무대 위로 올라왔다.

"괜찮으십니까?"

모용현이 진우심과 등을 맞대며 물었다. 물론 겉으로 보아도 옆구리에 입은 상처가 심하다는 것을 알 수 있었지만 진우심은 고개를 끄덕였다.

"괜찮네."

"늦어서 죄송합니다."

"아니야, 아니야."

모용현과 진우심이 그렇게 이야기하는 동안 연무대 위로 올라온 수

십 명이 두 사람을 에워쌌다. 포위망이 형성되자 원소이가 앞으로 나서며 외쳤다.

"옥면현수! 당신에겐 선택의 여지가 없소! 나에게 몸을 맡겨 무림맹에 투항하거나, 혹은 이 자리에서 죽거나! 겨우 두 사람으로 무림맹 항주 지부 전체와 맞서 싸우겠다는 건 아니겠지!"

쏴아아.

빗줄기가 거세어지기 시작했다. 진우심에게는 원소이의 목소리가 들리지 않는 듯, 은경화를 끌어안고 최대한 그녀에게 내리는 비를 막고 있었다. 모용현이 말했다.

"제가 길을 뚫겠습니다."

진우심은 대답하지 않았다. 듣지 못한 것일까? 모용현은 걱정스러운 눈으로 두 부부를 보며, 검을 고쳐 쥐었다.

"떨어지지 마십시오. 그럼 가겠습니다."

그 말을 들었는지 진우심이 고개를 들었다. 모용현이 그 모습을 확인하고, 앞으로 뛰어나갔다.

"커헉!"

모용현들을 에워싼 항주 지부원 중 한 사람이 비명을 지르며 쓰러졌다. 잔뜩 긴장하고 있었음에도 불구하고 모용현의 검을 막을 수 없었다. 그의 신법은 빗속에서도 평소와 다름없이 신속했다.

한 사람이 쓰러지고, 뒤이어 두 사람이 피를 쏟으며 쓰러졌다.

"잡아라!"

"저놈은 죽여도 상관없어!"

수십 명의 외침이 빗소리와 함께 뒤섞이고, 모용현의 검은 더욱 빨라졌다. 순식간에 여섯 구의 시체가 쓰러지고, 그들로부터 뿜어져 나오는 피는 거센 빗줄기에 쓸려 돌과 돌 사이를 채워가며 연무대를 붉게 수놓았다.

"……!"

거침없는 모용현의 검을 멈춰 세운 것은 바로 원소이였다. 원소이가 앞을 가로막자 모용현도 섣불리 검을 뿌릴 수 없었고, 그 틈을 타 흩어졌던 포위망이 처음보다 견고하게 형성되었다.

원소이가 분노에 찬 음성으로 외쳤다.

"어디서 굴러먹다 온 놈이기에 나의 일을 방해하느냐! 이 찢어 죽여도 시원찮을 놈아!"

모용현이 다시 뒤를 돌아보니 은경화를 안고 있는 진우심의 눈이 반쯤 넋이 나가 있었다. 은경화의 얼굴은 창백하여, 당장 죽어도 이상할 것이 없어 보였다. 모용현은 마음이 더욱 급해졌다.

기이하게 긴 원소이의 손가락이 붉게 물들었다. 다섯 개의 손가락에서 느껴지는 기운이 음험하기 짝이 없으니, 바로 삼음노괴가 가장 자랑스럽게 여기던 홍음조(紅陰爪)이다. 모용현이 급한 마음에 검을 뿌렸으나, 원소이의 왼손에 들린 쇠지팡이에 막히고 말았다. 같은 사형제 간이면서도 원소이는 이수병이나 양당국과 전혀 다른 고수였다. 급한 마음에 뿌린 검이 그런 원소이를 해칠 수 없었다.

"차핫!"

모용현의 쾌검을 막은 원소이가 오른팔을 움직였다. 붉게 빛나는 다섯 개의 손가락이 어느새 모용현의 앞섶을 할퀴고 지나갔다. 기민하게 움직이지 않았더라면 큰 상처를 입을 뻔했다.

너는 항상 경계해야 할 것이다.

홍음조가 가슴을 스치고 지나가자 모용현은 퍼뜩 정신을 차렸다. 급한 마음에 원소이를 그의 사형인 이수병이나 양당국과 같이 생각하고 검을 쓰다니! 머릿속에서 항상 맴돌던 그의 말이 엄중한 질책으로 들려왔다. 그래, 가장 경계해야 할 것은 그의 말을 대수롭지 않게 생각하는 나의 마음이다.

모용현이 마음을 다잡고 검을 앞으로 내밀었다. 모용현의 몸에서 피어오르는 예기가 범상치 않아, 원소이도 재차 공격할 엄두를 내지 못하고 외쳤다.

"옥면현수! 도망칠 수 있다고 생각하는가? 설령 너는 무사하다 해도 부인은 그렇지 못할 텐데! 의식마저 잃을 만큼 약해진 몸이다! 네가 들고 움직이는 것도 견뎌낼 수 있을지 모를 터! 지금이라도 투항해라!"

그 말에 흔들린 것은 오히려 모용현이었다. 지금 상황에서 진우심이 할 수 있는 최선의 선택은 원소이의 말을 듣는 것이다. 모용현은 자신도 모르게 뒤를 돌아봤지만, 진우심은 은경화를 꼭 끌어안은 채 말이 없었다. 그 모습이, 모용현의 가슴을 끓어오르게 만들었다.

이 사람들을, 반드시 이곳에서 구해내고 말리라. 누구도 이들을 괴롭히게 놔두지 않을 것이다. 이렇게나 고통받아 온 이들인데, 이제는 그만 행복을 찾아도 되지 않은가!

"으아악!"

그때, 비명 소리가 들리며 포위망의 한 축이 무너지기 시작했다. 모용현이나 원소이나 무슨 일인지 모르면서도 서로를 경계하느라 시선을

돌리지 못하고 있었는데, 빗소리와 연이은 비명을 뚫고 모용현의 귓속
에 하나의 목소리가 들려왔다.

"여기야!"

모용현은 반사적으로 검을 휘둘렀다. 모용현의 쾌검을 본 원소이가
온 힘을 기울여 막으려 했으나 그의 쇠지팡이가 허공을 갈랐다. 비할
데 없는 쾌검은 허초(虛招)라, 모용현은 검을 휘두르는 동시에 목소리
가 들린 쪽으로 몸을 날렸던 것이다. 그를 따라 진우심도 흩어진 포위
망 안으로 사라졌다.

모용현은 사방에서 몰려드는 쇳덩이를 막고, 진우심 부부를 보호하
며 상대를 베어가며 앞으로 나아갔다. 몇 사람이나 베었을까? 곧 검을
휘두르는 금설옥의 모습이 보였다.

"……!"

모용현은 그를 부르려다가, 입을 다물었다. 그녀를 어떻게 불러야
할지 알 수 없었던 것이다. 망설이는 모용현을 발견한 금설옥이 소리
높여 그를 불렀다.

"뭐 하고 있어! 어서!"

모용현은 뛰었다. 진우심도 은경화를 안은 채 그 뒤를 따랐다. 이미
최초에 형성되었던 포위망은 무너져, 원소이가 그를 새로운 형태로 재
정비하는 듯 지부원들의 움직임이 심상치 않았다.

"너……!"

모용현이 검을 들지 않은 왼손으로 금설옥의 어깨를 잡았고, 금설옥
은 무엇인가 하려던 말을 멈췄다. 모용현의 손은 겉보기보다 억세고,
생각보다 뜨거웠다.

"내가 막을 테니, 뚫으시오. 이분들을 반드시 구해야 하오."

일전의 차갑고 절제된 모용현이 아니었다. 뜨거운 것은 손만이 아니라, 그의 목소리가 너무나 간절했다. 차갑게 내리는 빗속에서도 금설옥은 그를 느낄 수 있었다. 모용현이 대답을 기다리지 않고 말했다.

"서문(西門)으로 성을 나가, 관도를 따라 십 리를 가면 처음으로 보이는 객잔이 있소. 그곳에 오의가 묵고 있으니, 두 분을 데리고 가면 그가 알아줄 것이오. 마차도 함께 있으니, 여의치 않으면 나를 기다리지 말고 바로 떠나시오."

모용현은 할 말을 마치고 몸을 돌렸다. 금설옥도 부언하지 않고, 진우심과 당정견에게 말했다.

"들으셨죠? 저를 꼭 따라오세요. 당 형은 뒤를 맡아줘요!"

금설옥의 확고한 목소리를 어깨 너머로 들으며, 모용현은 검을 쥔 손에 힘을 주었다. 분노한 원소이와 그렇게 베었는데도 줄어들지 않은 항주의 무림맹원들이 해일처럼 밀려들었다.

5

굵은 빗방울은 이제 폭우가 되어 매섭게 내리쳤다. 갑작스러운 비에 사람들은 모두 안으로 들어갔는지, 거리를 메우는 것은 빗줄기뿐이었다.

항주 지부를 빠져나온 금설옥과 당정견, 진우심 부부는 폭우를 뚫고 모용현이 이야기한 서문으로 향하고 있었다. 금설옥이 뛰면서도 가끔 뒤돌아봤으나 뒤쫓아오는 자가 없었다. 그것은 아직 뒤를 막고 있는 모용현이 무사하다는 뜻일까?

정신없이 달리던 금설옥이 갑자기 멈춰 섰다. 네 명의 사내가 나란히 서서 금설옥의 앞길을 가로막고 있었던 것이다. 사내들은 모두 똑같은 모양의 은가면(銀假面)을 쓰고 있었는데, 하나같이 고수의 풍모를 지니고 있었다.

적의를 느끼지는 못하였으나 그들의 길을 막아섰으니 적어도 호의를 가진 것이 아님은 확실했다. 금설옥이 마음을 굳게 먹고 검을 뽑았다.

"비켜라!"

금설옥이 소리쳤으나 은가면들은 요지부동, 움직이지 않았다. 금설옥이 성큼 한 발을 내디디려는데 어깨를 잡아 제지하는 손이 있었다. 당정견이었다.

"금 형, 혼자서는 무리요."

금설옥의 눈에 들어온 당정견은 이제껏 보지 못한 얼굴을 하고 있었다. 항상 여유를 잃지 않던 표정은 간데없이, 두려움으로 가득했다. 금설옥이 물었다.

"당 형은 저들이 누군지 아시나요?"

당정견은 대답하지 않고, 다른 이야기를 했다.

"저들이 있다는 것은……. 아니, 이럴 틈도 없소."

당정견이 이야기를 그만두고 자신의 검을 뽑았다. 그 모습이 비장하여 이제까지 금설옥이 알던 당정견이라 볼 수 없었다.

"쓰고 싶지 않았는데……."

당정견의 중얼거림은 빗소리에 씻겨 금설옥에게는 들리지 않았다. 금설옥이 외치듯 되물었다.

"뭐라구요!"

당정견은 쓴웃음을 지으며 말했다.

"아무것도 아니오. 시간이 없으니 어서 처리합시다."

금설옥은 당정견의 '시간이 없다' 는 말이 뒤쫓아오는 항주 지부원들을 뜻한다 여겼다. 금설옥이 고개를 끄덕이고, 은가면들을 향해 뛰었다.

"하앗!"

인형 같던 은가면들도 금설옥의 공세에 움직이기 시작했다. 은가면들은 각각 삼 척(尺)이 못 되어 보이는 단창(短槍)을 들었다. 네 자루의 단창과 한 자루의 검이 빗속에서 어지러이 얽혔다. 은가면 개개인의 무위는 금설옥과 비교할 수 없었지만 그들이 이루어내는 합벽이 충실했다. 금설옥의 검이 세 자루의 단창에 완벽히 봉쇄당하고, 남은 한 자루의 창극이 날카롭게 금설옥의 가슴을 노리고 들어왔다.

"크헉!"

순간 흰 빛이 은가면들의 주위에 번뜩였다. 세 은가면이 낮은 신음 소리를 내며, 금설옥의 검을 얽매던 창들이 일순간 풀어졌다. 그 연유를 생각할 틈도 없이, 금설옥은 찔러 들어오는 창극을 피하고 자유로워진 검을 휘둘렀다.

채앵!

그러나 금설옥의 검은 곧 다시 은가면들의 세 창에 의해 저지당했다. 그리고 또 한 번, 그들의 주위로 몇 개인가 셀 수 없는 흰 빛이 허공을 수놓았다. 은가면들은 어쩔 수 없이 흰 빛으로부터 자신들을 보호하며 뒤로 물러나고, 금설옥 역시 뒤로 물러났다.

그러자 은가면들의 주위를 어지럽히던 흰 빛들이 금설옥의 뒤로 날

아들었다. 아니, 그보다는 돌아왔다는 표현이 어울릴 법했다. 금설옥이 돌아보니, 당정견이 두 손에 날카로운 검의 파편들을 들고 있었다. 금설옥의 눈에 버려진 검자루와 잘게 부서진 검신의 잔해가 들어왔다. 당정견은 스스로 자신의 검날을 부수고, 개중 쓸 만한 파편을 골라 방금 전의 수법을 펼친 것이었다.

"당 형……?"

의혹으로 가득한 금설옥의 부름을 듣고 당정견이 고개를 저었다.

"나중에 이야기합시다. 시간이 없어요."

그런데 두 사람의 뒤에서 멀리 방울 소리가 들려왔다.

딸랑딸랑.

방울 소리는 청량하며 또한 은은하여 매우 듣기 좋았다. 그러나 당정견의 얼굴은 귀신의 곡소리라도 들은 듯 공포에 휩싸였으니 금설옥이 그 모습을 보고 무엇인지 물으려 했다. 하지만 당정견은 손을 흔들며 말했다.

"금 형, 정말로 시간이 없소. 어서 저들을 뚫고 지나가야 하오."

금설옥도 그 말이 옳다 여겼다. 여기저기 상처를 입었지만 은가면들은 꿋꿋하게 길을 막고 서 있었다. 금설옥이 외치며, 은가면들에게로 뛰어갔다.

"엄호를 부탁해요!"

은가면들도 각기 단창을 쥐고 금설옥에게로 달려갔다. 그리고 당정견의 손이 움직였다.

쉬익!

검의 파편들은 손가락 두 개를 합친 정도의 크기에 모양도 제멋대로였지만 당정견의 손에서 그들은 날카로운 암기가 되었다. 날카롭게 쏘아져 나간 검의 파편들은 곧 흰 빛으로 변해, 은가면들을 압박했다.

채앵! 챙!

금설옥의 검, 추신이 앞선 은가면을 찌르고, 당정견이 쏘아 보낸 검의 파편들이 다른 은가면들을 견제하였다. 흰 빛으로 변한 검의 파편들은 허공에서 서로 부딪치며 합벽의 틈을 찌르니 그 궤도와 변화를 짐작할 수 없었다. 그리고 금설옥의 검, 추신이 빛을 발했다.

"으헉!"

앞선 은가면이 금설옥의 일검을 맞고 짧은 비명을 지르며 쓰러졌다. 그리고 좀 더 가까워진 방울 소리가 들려왔다. 그러자 그것이 신호라도 되는 듯, 세 명의 은가면이 쓰러진 동료를 내버려 두고 뒤로 물러나 일제히 무릎을 꿇었다. 금설옥과 당정견이 그 모습을 보고 뒤를 돌아보니, 어느새 그들의 뒤에 붉은빛이 선명한 한 대의 가마가 와 있었다. 지금 금설옥들을 가로막은 자들과 같은 은가면을 쓴 네 사람이 짊어진 가마 위에는 한 여인이 앉아 있었다.

쏟아지는 폭우 속에서 홀연히 나타난 가마는 신비로웠고, 그 안의 여인은 아름다웠다. 지붕을 덮은 천은 특수한 처리가 되어 있는지 여인은 한 방울의 비도 맞지 않은 듯했다.

"남후……."

당정견의 중얼거림을 듣고, 금설옥은 가마 위의 여인이 바로 무림맹의 사대사령 중 하나인 남후, 금편선자 양정문임을 깨달았다. 과거 금편 하나로 강남 무림을 공포에 떨게 한 마녀(魔女)! 금설옥이 흠뻑 젖은 머리를 넘기며 양정문을 바라봤다. 양정문은 붉게 칠한 입술로 미소 지으며 손에 든 방울을 흔들었다. 그러자 무릎을 꿇었던 세 은가면이 자리에서 일어났다.

'이거 엄청 위험한걸······?

양정문을 보자 금설옥의 머릿속에서 절로 위험하다는 신호를 보내 왔다. 일곱 명의 은가면을 모두 합쳐도 양정문 한 사람에 미치지 못할 것 같았다. 가마 위에 앉아 미소 짓고 있는 모습으로 뿜어내는 기가 압도적이었다. 그런데 양정문의 입에서 뜻밖의 말이 나왔다.

"어머, 이런! 이게 누구죠? 조카님 아닌가요?"

어리둥절해하는 금설옥을 뒤로하고, 당정견이 고개를 숙이며 말했다.

"남후께서 이곳 항주에는 무슨 일이십니까?"

"아아, 별일 아니랍니다."

양정문이 우아하게 손을 들어 세 명의 은가면을 가리키며 말했다.

"항주 지부를 습격했던 자들을 잡으라 명했는데, 수하들이 어리석어 사람을 착각했나 보군요. 정말 미안해요. 조카님은 고모의 얼굴을 봐서 저들을 부디 용서하세요."

양정문이 웃으며 고개를 살짝 숙였다. 당정견이 말했다.

"제가 감히 그럴 수 있겠습니까. 남후께서는 말씀을 거두십시오."

그러자 양정문이 대답했다.

"그렇다면 제가 저들을 벌해야겠군요."

그 말이 끝나기가 무섭게 양정문의 손이 움직였다. 그리고 금빛 채찍이 당정견과 금설옥을 지나쳐 그 뒤에 서 있는 은가면들 중 한 사람의 목에 휘감겼다. 양정문이 가볍게 채찍을 쥔 손목을 꺾자 은가면의 목도 함께 꺾였다.

"······!"

은가면은 쓰러지고, 어느새 채찍은 양정문의 손으로 돌아와 있었다.

그 일련의 과정이 너무나 신속하여, 금설옥도 반응하지 못할 정도였다. 더구나 양정문과 은가면은 금설옥들을 사이에 두고 오 장은 족히 떨어져 있었는데 채찍의 길이는 언뜻 봐도 한 장이 채 안 돼 보였으니 놀라운 일이었다. 그러나 그보다 놀라운 것은 수하의 목숨을 손쉽게 버리는 금편선자의 악랄함이었다.

"조카님께서 너희를 용서할 마음이 없다는구나."

양정문이 한숨을 쉬며, 다시 금편을 발하였다.

촤라락!

그러나 양정문의 금편이 휘감은 것은 은가면의 목이 아니라 당정견의 팔뚝이었다. 당정견이 금편의 궤도에 팔을 내밀었던 것이다. 양정문이 눈을 크게 뜨며 채찍을 회수했다. 채찍이 풀린 당정견의 왼 팔뚝은 온통 검게 변해 있었다. 양정문의 금편이 한 번 가볍게 휘감았을 뿐인데도 이러니 그 진정한 위력이 어느 정도일지는 상상하기 어려웠다.

"조카님, 왜 그랬나요?"

"말을 바로 하지 않은 저의 죄입니다. 저는 이미 그들을 용서하였으니 남후께서는 부디 자비를 베푸소서."

그러자 양정문이 환하게 웃었다. 까르르, 웃음소리가 마치 묘령(妙齡)의 소녀처럼 천진하였으나 그녀의 악랄함을 바로 눈앞에서 목격한 금설옥에게는 가증스럽기만 했다.

양정문이 웃음을 그치고 말했다.

"그래요. 그럼 그렇게 하지요. 너희는 무얼 하느냐! 조카님께서 너희의 목숨을 살렸으니 의당 예를 표해야 하지 않겠느냐!"

그러자 살아남은 두 명의 은가면이 당정견에게 무릎을 꿇고 고개를 숙였다. 당정견은 그로부터 시선을 돌려 양정문에게 말하였다.

"그럼 오해가 풀린 듯하군요. 저는 급한 일이 있어 먼저 실례해야 할 것 같습니다."

당정견이 그리 말하며 눈치를 살피니 양정문이 웃으며 대답했다.

"호호호, 조카님은 이 고모가 불편한가 보군요. 그래요. 그럼 가시던 길을 가세요."

항주 지부원들이 쫓는 자가 당정견들임을 양정문이 모를 리 없었다. 그러나 지금 양정문의 태도는 그 일이 자신과 직접적으로 관련되어 있지 않으니 당정견의 얼굴을 봐서 보내주겠다는 뜻이었다. 당정견이 내심 안도의 한숨을 쉬며 금설옥의 팔을 끌었다.

"어서 갑시다."

금설옥은 모든 것이 석연치 않았지만 지금은 이곳을 빠져나가는 것이 급했다. 금설옥은 양정문을 한 번 쏘아보고, 은경화를 안은 채 말이 없는 진우심을 재촉해 걸음을 옮겼다. 그런데 은가면들이 뒤로 물러나튼 길을 지나가는 그들의 앞을 막아선 그림자가 있었다. 보통 사람들보다 머리 하나가 더 큰 거구의 사내, 천수참마 조규휘였다.

6

조규휘가 비록 거구였지만 넓은 길을 혼자의 몸으로 막을 순 없었다. 더구나 그는 진우심의 현빙신장에 당해 당장 왼팔이 얼어붙어 못쓰게 되었고 옷은 온통 비어 젖어 천수참마라는 별호가 무색하리 만치 초라한 행색이었다. 하나 그럼에도 불구하고 금설옥과 당정견에게는 조규휘가 길 전체를 막아선 것처럼 느껴졌다. 그만큼 조규휘에게서 뿜어져 나오는 기세가 험악했던 것이다. 조규휘가 말했다.

"옥면현수, 마무리는 지어야 할 것이 아닌가!"

금설옥이 검을 빼 들고, 당정견이 양팔을 교차하며 언제라도 검의 파편을 던질 수 있도록 준비했다. 그 모습을 보고 조규휘가 말했다.

"내가 원하는 것은 옥면현수, 한 사람이다. 나머지는 필요없다."

금설옥과 당정견은 조규휘의 기에 두려움을 느꼈지만 결코 물러서지 않았다. 지금의 그라면 두 사람이 충분히 제압할 수 있을 것 같았다. 그런데 양정문이 방울을 흔들자, 네 사람의 은가면이 위협하듯 금설옥들의 뒤에 들러붙었다. 당정견이 외쳤다.

"남후! 우리를 보내준다 하지 않았습니까!"

양정문이 웃으며 대답했다.

"조카님도 참. 그것은 이 고모의 뜻이고, 이것은 서장의 뜻이지요. 물론 나에게 다른 의도는 없답니다. 다만 서장께서 위험에 처하는 것을 두고 볼 수만은 없지 않겠어요? 미우나 고우나 한 식구 아닌가요?"

양정문은 예상치 못한 즐거움을 발견한 얼굴이었다. 천수참마 조규휘를 데리러 왔는데, 오히려 그에게 빚을 지울 수 있다니 어찌 이런 기회를 놓칠 수 있겠는가? 양정문의 의도를 알아챘는지 조규휘의 얼굴이 잔뜩 일그러졌다.

금설옥과 당정견은 아무 말도 할 수 없었다. 다만 그치지 않는 빗소리가 자욱이 거리를 메웠다. 얼마나 흘렀을까, 침묵은 시간의 흐름을 헝클어 쉽게 가늠하지 못하도록 한다. 어떤 선택도 할 수 없는 금설옥과 당정견에게는 영겁과도 같던 침묵을 깨뜨린 것은 진우심이었다.

"나 한 사람이면 정녕 족한 것인가?"

금설옥과 당정견이 놀라 진우심을 돌아봤다. 비에 젖은 진우심은 담담한 얼굴로 조규휘를 바라보고 있었다. 진우심의 말을 듣고 조규휘가 양정문과 눈빛을 교환한 후 대답했다.

"부인도 보내주겠다. 원가 놈이야 어찌 되든, 내 알 바 아니지."

진우심이 고개를 끄덕이고 금설옥에게 은경화를 건넸다. 눈을 뜰 줄 모르는 은경화의 몸은 차갑게 식어 있었다. 금설옥이 그를 거부하며 말했다.

"우리와 함께 가셔야 합니다. 저들의 말을 따를 이유가 없습니다!"

진우심이 고개를 저으며 대답했다.

"이 사람을 더 이상 빗속에 방치할 수 없다네."

당정견이 말했다.

"금 형, 지금은 산부가 가장 중요하오. 뱃속의 아이를 생각하시오."

"하지만……."

금설옥이라고 뾰족한 수가 있는 것이 아니었다. 금설옥이 결국 포기하고 은경화를 받아 들었다. 그 모습을 보던 양정문이 가마의 지붕을 떼더니 진우심에게 던졌다. 순식간에 비에 젖은 양정문이 진우심에게 말했다.

"본녀보다는 부인께 더 필요한 것 같군요."

진우심이 지붕을 받아 그를 덮은 천을 분리해 금설옥에게 건네며 대답했다.

"고맙다는 인사는 하지 않겠소."

양정문은 미소 지었다.

"마음에 두지 마세요."

금설옥은 진우심에게 받은 천으로 은경화를 감싸면서도 차마 발걸음을 떼지 못했다. 당정견이 진우심에게 꾸벅 고개를 숙이고, 그런 금설옥을 잡아끌었다.

"갑시다."

세 사람의 모습이 빗속으로 사라지자, 진우심이 고개를 돌렸다. 시선이 멈춘 곳에는 조규휘가 천절도를 치켜들고 있었다. 사실 진우심은 그와 일면식도, 한 푼의 은원(恩怨)도 없었다. 싸움을 원한 것은 천수참마였지, 옥면현수가 아니었다.

다시 한 번, 푸른 한기가 진우심의 몸을 휘감아 돌았다. 워낙 거세게 내려 전처럼 빗방울이 얼지는 않았지만, 진우심이 현빙신공을 극성까지 끌어올렸음은 확실했다. 조규휘 역시 천절도를 치켜든 채 내력을 끝까지 끌어올렸다.

*　　　*　　　*

몇 사람이나 베었는지, 일일이 셀 수도 없었다. 적들은 끊이지 않았고, 땅을 뚫어버리겠다는 기세로 내리는 비에 시야마저 흐릿해졌다. 모용현은 닥치는 대로 베고, 또 베어가며 금설옥들이 가야 할 방향과 반대인 동쪽으로 추격자들을 유인했다. 어딘지 가늠할 수 없는 골목 안에 들어선 모용현은 담벼락에 기댔다. 울퉁불퉁한 벽과 등 사이를 파고든 축축함이 거슬렸지만, 일단은 한숨을 돌려야 했다.

"네 녀석……!"

빗소리를 뚫고 노기를 띤 음성이 들려왔다. 모용현은 숨을 고르고, 벽에서 몸을 뗐다. 좁은 골목 반대편에, 역시 비에 젖은 원소이가 모용현을 노려보고 있었다. 혼자였다.

"옥면현수는 어디로 빼돌렸느냐!"

모용현은 대답하지 않았다. 대신, 그에게 묻고 싶었던 것이 있었다.

"동려 지부장에게 뭐라 했지?"

"…무슨 소리냐?"

뜻밖의 말에 원소이가 영문을 모르는 듯 반문했다. 모용현이 다시 말했다.

"동려 지부장에게 '아내를 찾는 자가 올 테니 항주로 오라 해라' 라고만 전한 것이 사실인가?"

"그걸 왜 묻지?"

"왜 아내를 찾으러 올 자가 옥면현수라고 알려주지 않았지?"

"허어! 그걸 내가 왜 알려줘야 하나?"

모용현이 한 걸음, 원소이에게로 걸어가며 말했다.

"그곳의 사람들이 옥면현수에게 몰살당할지도 모른다는 생각은 하지 않았나? 적어도 대비는 할 수 있도록 알려줘야 했다고 생각지 않나?"

원소이가 비릿한 웃음을 지으며 말했다.

"어차피 무림맹이라는 간판만 믿고 빌붙는 기생충 같은 놈들이다. 그런 놈들은 죽든 살든 별 상관이 없지!"

그러면서 원소이가 다가오는 모용현을 향해 오른손을 내밀었다. 보통 사람보다 긴 손가락은 붉게 빛나고 있었다. 원소이가 이어 말했다.

"그보다 말이다, 나는 지금 네놈을 어떻게 죽여야 분이 풀릴지 모르겠단 말이다. 응?"

말이 끝나기 무섭게 원소이의 신형이 빗방울을 퉁기며 모용현을 향했다. 모용현도 동시에 땅을 차며 앞으로 튀어나갔다.

촤아악!

비의 장막을 뚫고 붉은 손가락이 모용현의 가슴을 향했다. 혈조구심(血爪求心)이라, 가슴을 파고들어 심장을 빼내는 홍음조의 절초였다. 모용현은 몸을 비틀어 그를 피하며 검을 날렸다.

카아앙!

모용현의 검은 쇠지팡이에 막히고, 원소이가 그 힘을 역이용해 그의 등을 할퀴었다. 화끈한 통증이 머릿속까지 전해졌다.

"크윽!"

빗물이 고인 바닥을 구르며 모용현이 일어나려 했지만 여의치 않았다. 등의 상처가 치명상은 아니지만 한 번 넘어간 기세는 무서웠다. 일어설 틈을 주지 않고 원소이의 쇠지팡이가 내려쳐졌다. 모용현이 계속 구르며 그를 피할 때마다, 길쭉한 물구덩이가 하나씩 생겨났다. 여섯 바퀴를 구르고서야 겨우 일어난 모용현을 이번에는 붉은 손가락이 압박했다. 모용현은 뒤로 물러나며 검을 뿌렸다.

카앙!

모용현의 검은 원소이의 쇠지팡이를 때렸다. 그러나 다시 찾은 기세를 빼앗길 수 없었다. 모용현은 검속을 최대한 끌어올렸다.

캉! 캉! 카아앙!

그러나 원소이의 방어는 견고했다. 요체만을 철통같이 방어하니 제아무리 비할 데 없는 쾌검이라도 막고 있는 쇠지팡이를 뚫을 수 없었다. 원소이의 몸 곳곳을 모용현의 검이 지나쳤지만 자잘한 상처에 지나지 않았다. 결국 먼저 지친 것은 모용현이었다.

"타핫!"

모용현이 지친 틈을 홍음조가 교묘하게 파고들었다. 모용현이 황급히 검을 뿌렸지만 원소이의 신형은 어느새 멀찍이 물러나 있었다. 깊은 통증을 느끼며 모용현이 가슴을 내려다보니 옷이 찢기고, 원소이의 손가락이 훑고 간 자국이 선명했다. 마치 진흙처럼, 깊게 패여 피가 흘러나왔다.

"흐흐, 어떠냐? 지금이라도 옥면현수가 어디로 갔는지 고한다면 편히 죽여줄 수 있다."

붉게 빛나는 오른손을 들어 쥐었다 펴는 시늉을 하며 원소이가 말했다. 모용현은 가쁜 숨을 몰아쉬며, 다시 검을 들었다.

눈앞의 상대는 빼어난 고수, 이미 모용현이 죽인 바 있는 삼음노괴의 다른 제자들과 현격한 차이가 있었다. 형산에서 내려온 이래 가장 힘든 상대였던 창천검 남궁우현과 비교해도 손색이 없었다. 아니, 검을 쓰던 남궁우현보다 훨씬 까다로운 상대였다. 왼손에 든 쇠지팡이는 볼품없지만 정확하게 자신의 요처를 막고 상대의 공세를 와해시켰다. 모용현의 쾌검도 저 쇠지팡이에 막히기 일쑤였다.

'막히기 일쑤라고?'

순간 모용현의 머릿속을 스쳐 지나가는 기억이 있었다. 마지막 삼식을 익히지 못해 엄두도 내지 못했던 간월검의 절초!

"죽어라!"

대답하지 않는 모용현에게 원소이가 달려들었다. 혈조구심의 일초가 무서운 기세로 모용현의 심장을 향했다.

촤아악!

모용현은 최대한 원소이의 손가락을 끌어들이고, 몸을 비틀었다. 홍음조에 어린 붉은 기가 휘몰아치듯 패인 가슴을 찢어발겼다. 그러나 피한 것이 확실했다.

모든 제약을 넘어 상대를 베는 간월검의 절초. 물론 절초라는 표현은 그 외에 마땅한 것이 없어 대체한 것이 불과했다. 그것은 초식이라기보단, 간월검이 추구하는 검의 정수라 해야 할 것이다.

추신은 그것이 간월검 십삼식을 모두 익힌 후에야 가능하다 했다. 그러나 모용현은 두 번째 구결을 떠올리며, 검을 뿌렸다.

빠르지도 느리지도 않으니, 곧 빠르고 또한 느림이 된다.

시간이 멈추고, 내리는 비도 멈췄다. 모용현의 눈앞에서, 오직 모용현의 검만이 움직이고 있었다. 그것은 누구도 들어올 수 없는 모용현만의 세계였다. 귀가 닫힌 듯, 모든 소리도 들리지 않고 오직, 검의 움직임만이 눈에 들어왔다. 빠르지도, 느리지도 않은 속도로 원소이의 옆구리를 향하는 검이었다.

카앙!

세계가 깨진 것처럼, 날카로운 쇳소리가 모용현의 귀를 강타했다. 모용현의 검이 원소이의 쇠지팡이와 부딪치며 강하게 퉁겨 나갔다.

'실패인가?

역시 십삼식을 완성하지 않는 이상 그것은 이룰 수 없는 경지인가? 모용현은 절망하고, 원소이의 홍음조가 그의 빈 가슴을 향해 찔러 들어왔다.

7

원소이의 붉은 손가락이 선명했다. 저것이 뜻하는 것은 영락없는 죽음이나 신기하게도 아쉬움이나 두려움이 없었다. 이렇게 원소이를 잡아두고 있는 동안 진우심 부부가 도망칠 수 있다면, 애초에 다짐했던 일을 완수치 못해도 상관없다는 맥없는 생각이 들었다.

그러나 붉은 손가락은 움직이지 않았다. 모용현의 검이 쇠지팡이와 부딪쳐 난 소리가 지나간 후, 아무런 소리도 들리지 않았다. 내리는 빗방울도 그대로였다.

세계는 아직 깨지지 않았다.

쏴아아.

줄어들기는커녕 더욱 거세어지는 빗속에서 원소이의 홍음조가 모용현의 가슴을 꿰뚫었다. 원소이의 얼굴이 환하게 펴지고, 다시 일그러졌다. 일그러진 얼굴 위로 다시금 경악이라는 감정이 내려앉았다.

"어, 어떻게……?"

원소이가 꿰뚫은 것은 모용현의 가슴이 아니라, 모용현의 가슴이 남긴 잔상(殘像)이었다. 그것을 깨달음과 동시에, 아랫배에서 화끈한 통증이 올라왔다.

"이, 이형……!"

원소이가 앞으로 고꾸라졌지만 모용현의 잔상은 그를 받아주지 않았다. 흩어지는 모용현의 잔상을 뚫고 원소이의 시체가 바닥으로 쓰러졌다.

"하아, 하아."

원소이의 시체 옆에, 검을 들고 담벼락에 기대 가쁜 숨을 몰아쉬는 것이야말로 모용현의 실체였다. 간월검의 정수는 실패했지만, 생각지도 못했던 이형환위를 터득했던 것이다. 그러나 모용현에게는 그를 기뻐할 여력이 없었다. 모용현은 지칠 대로 지친 몸을 이끌고 빗속으로 걸어갔다.

구름과 비의 장막에 덮여 거리는 한 치 앞도 보이지 않았다. 모용현은 걷고, 또 걸었다. 절강성 제일의 도시인 항주도, 폭우에 점령당해 사람의 모습이 보이지 않자 황량하기만 했다. 그들을 쫓던 무림맹 항주 지부원들의 모습도 보이지 않았다.

"남—후—!"

분노에 찬, 커다란 외침이 폭우를 뚫고 들려왔다. 모용현이 고개를 드니 넓은 길 위에 몇 사람이 비를 맞으며 서 있었다. 두 발로 서 있는 자도 있었고, 무릎을 꿇은 자도 있었으며 바닥에 쓰러진 자도 있었다.

번쩍.

번개가 치고 어두운 시야가 순간 밝아졌다. 쓰러져 있는 자의 얼굴에 빛과 그림자가 만들어내는 윤곽이 낯익었다. 바로 진우심이었다.

"진 선배!"

쿠르르릉!

세상이 다시 어두워지고, 구름 너머에서 용이 포효하듯 천지를 울리는 천둥소리가 모용현의 외침을 묻어버렸다. 모용현이 진우심의 곁으로 가 그를 붙잡고 흔들었다.

"선배, 선배! 정신 차리십시오!"

진우심 외에 몇 명의 사람들이 있었지만 그들은 모용현의 출현에 큰 관심을 두지 않았다. 무릎을 꿇은 자가 원망스럽게 외쳤다.

"어째서 손을 쓴 거지?"

두 발로 서 있는 자가 대답했다.

"그대로 두면 서장께서 죽었을 텐데, 본녀가 어찌 두고만 볼까요!"

"그래, 나는 그의 손에 죽을 작정이었다! 그걸 감히 네년이 방해하다 니!"

"말씀이 지나치시군요! 또한 서장의 목숨은 서장의 것이 아니라 맹 주의 것인데, 어찌 그리 쉽게 죽음을 말할 수 있단 말인가요? 그리고 내가 눈앞에서 서장의 죽음을 그대로 두고 보았어야 옳단 말인가요?"

조규휘는 침묵하였다. 양정문의 말은 이치를 따져 어긋남이 하나도 없었다. 그러나 본래 그는 죽음을 각오하고 진우심과의 결말을 맺고자 했다. 그가 원한 결말은 이러한 형태가 아니었다.

"내 수치를 감수하고 그를 보냈어야 했구나!"

조규휘가 고개를 들어 탄식했으나 이미 엎질러진 물이었다. 조규휘 의 입이 닫히자 양정문이 고개를 돌렸다. 보이지 않았지만, 모용현도 양정문의 시선을 느낄 수 있었다.

'엄청난 고수다!'

빗줄기 사이 흐릿한 신형에서 느껴지는 기운이 압도적이었다. 진우 심이나 천수참마에 뒤지지 않는 고수였다.

"으, 으음……."

진우심이 신음 소리를 냈다. 모용현이 진우심에게 외쳤다.

"선배! 선배! 괜찮으십니까? 제가 또 늦은 겁니까?"

진우심은 대답 대신 가쁜 숨을 토해냈다. 모용현은 지체할 것 없이 진우심을 들쳐 업고 검을 빼 들었다. 그를 보고 양정문이 말했다.

"서장께서는 너무 자책하실 필요가 없겠어요. 그는 아직 죽지 않은 듯하니 말이죠."

조규휘는 대답하지 않았다. 뜻밖의 말에 모용현이 머뭇거렸는데, 양정문이 다시 말했다.

"그대는 어서 그를 데리고 가세요. 우리는 그에게 관심이 없으니까."

번쩍.

다시 한 번, 번개가 치고 어두운 세상이 빛과 그림자로 양분되었다. 모용현의 눈에, 무릎을 꿇고 고개를 숙인 천수참마와 두 발로 서 있는 한 여인의 모습이 들어왔다. 비단옷은 비에 젖어 볼품을 잃었으나, 그 때문에 드러난 몸의 굴곡이 화려했다. 어딘가 어긋난 아름다움을 지닌 여인. 한 손에는 금빛 채찍을 들고 있으며, 천수참마에 뒤지지 않는 고수는 중원천지에 단 한 사람뿐이다. 무림맹의 사대사령 중 하나인 남후 금편선자 양정문.

사대사령 중 두 사람이 항주에 출현하다니, 놀라운 일이었다. 하지만 모용현은 그보다 진우심의 안위가 더 급했다. 보내준다는 마음이 언제 다시 바뀔지 몰랐다.

쿠르르릉.

천둥소리와 함께, 모용현이 진우심을 업고 앞으로 걸어갔다. 그런데 양정문이 그들 앞을 막아섰다.

"잠깐."

모용현이 걸음을 멈췄다. 격한 싸움을 끝낸 직후, 진우심을 업어가며 금편선자에게 이길 자신은 도저히 없었다. 하지만 자신이 없더라도 싸워야만 한다고 마음을 추스르는데, 양정문이 뜻밖의 말을 했다.

"그대는 혹시 추신이라는 이름을 아나요?"

양정문의 입에서 나온 두 글자는 그대로 보이지 않는 칼이 되어 모용현의 가슴에 박혔다. 다른 사람은커녕 모용현 스스로도 되뇌이지 못할 이름이었다. 그것이 저 마녀의 입에서 나오다니!

대답하지 않는 모용현에게 양정문이 다시 물었다.

"좋아요. 그럼 다른 질문을 하지요. 그대의 성(姓)은 무엇이지요?"

"……."

모용현은 양정문의 질문이 무슨 의도에서 나왔는지 알 수 있었다. 양정문은 그의 정체를 파악하고자 하는 것이다. 굳이 숨길 필요는 없었지만, 과연 이 자리에서 말해도 되는 걸까? 양정문이 망설이는 모용현을 재촉했다.

"대답만 하면 비켜 드리겠어요. 대신 대답할 때까지 그대는 한 발짝도 움직일 수 없습니다."

"정말 대답만 하면 우리를 보내줄 것이오?"

"물론이지요. 남후라는 이름을 걸고 맹세해요."

"나는 모용(慕容)씨요."

차갑게 내뱉고, 모용현은 걸음을 옮겼다. 아니, 지친 몸과 바닥난 진기를 끌어올려 뛰었다. 빗속으로 사라지는 그 뒷모습을 보며 양정문이 긴 웃음을 터뜨렸다.

"오ー호호호호호! 서장도 보셨나요! 저이의 얼굴을?"

"나는 남후가 무슨 이야기를 하는지 모르겠소."

"모르시면 됐어요."

'제 어미와 저리도 똑같은데, 알아보지 못함이 오히려 이상한 일이 아닌가!'

갑작스러운 물음에 고개를 젓는 조규휘를 무시하고, 양정문의 웃음소리가 울려 퍼졌다. 비는 그칠 줄 모르고, 하늘은 어둡기만 했다.

모용현은 달리고, 또 달렸다. 오의에게만 간다면 진우심의 상처가
아무리 깊어도 살아날 수 있다는 믿음이 그의 등을 떠밀었다.
"으음……."
업힌 진우심이 신음 소리를 냈다. 모용현이 소리쳤다.
"선배, 조금만 견디십시오! 조금만!"
"려(麗)……."
"예?"
정신없이 달리면서도 모용현은 아주 작은 중얼거림을 들을 수 있었
다. 모용현이 달리면서 외쳤다.
"선배, 뭐라고 하셨나요!"
"딸… 딸이라면 려몽(麗夢)일세."
진우심은 태어날 딸의 이름을 말하고 있었다. 정신이 드는 것일까?
모용현이 웃으며 말했다.
"그렇군요. 려몽이라, 좋은 이름입니다! 아들은? 아들일 때의 이름
은 짓지 않았습니까?"
"딸이라면… 제 어미를 닮아 고운 심성을 가질 게야. 하지만… 아들
이라면 나는… 두렵네. …으헉!"
"선배!"
진우심이 입에서 붉은 피를 토해냈다. 모용현의 어깨가 온통 피로
물들었다. 피를 쏟고 진우심이 이어 말했다.
"나 같은… 악, 악인이 되어 죄를 짓고, 그 죄를… 깨달아 괴로워하
리라 생각하면, 나, 나는……."

"그만 말씀하십시오!"

"그래, 아들이라면… 자네에게 맡겨도 될까? 자네는… 우리 부… 부의 은인이니 은 매도, 기, 기꺼워할 걸세. 결코 나, 같은……."

"알겠습니다! 알았으니 그만 말씀하세요!"

진우심이 다시 입을 다물었다. 모용현은 이를 악물고 달렸다. 조용해진 진우심을 업고, 얼마나 달렸을까? 기유붕이 기다리고 있을 객잔이 눈에 들어왔다.

"어서 옵쇼! 비가 많이……."

점소이의 인사를 지나치고, 모용현은 한 걸음에 이층으로 올라갔다. 벌컥, 문을 열자 기유붕과 금설옥, 당정견의 모습이 보였다. 침상에는 은경화가 누워 있었다.

모용현은 방 안에 들어서자마자 업고 있던 진우심을 빈 침상에 내려놓고 기유붕의 손을 잡아끌었다.

"어르신, 어서! 어서 보십시오!"

기유붕이 진우심을 보더니 굳은 얼굴로 말했다.

"무엇을 보란 말이냐? 네놈은 시체를 업고 왔거늘."

"무슨 말씀이십니까! 얼마 전까지만 해도 저와 이야기를 나누었단 말입니다!"

"죽은 지 얼마 안 됐으니 그럴 수도 있겠다."

모용현이 기유붕의 두 팔을 잡고 소리쳤다.

"어르신이라면 살려낼 수 있지 않습니까! 죽은 자도 살려낸다 자신하지 않으셨습니까!"

그러나 기유붕은 고개를 저었다.

"죽은 자를 내가 무슨 수로 살려낸단 말이냐."

그 말을 듣자, 모용현은 다리에 힘이 쫙 풀리는 것을 느꼈다. 그를 부축하려던 금설옥의 손을 뿌리치고, 모용현이 벽에 기대어 간신히 서서 말했다.

"그렇습니까……. 부인은? 진 부인은 어떻습니까?"

모용현이 그렇게 묻는데, 대답하는 이가 아무도 없었다. 모용현이 비틀거리며 은경화가 누워 있는 침상으로 걸어갔다. 은경화의 얼굴은 창백하여, 산 사람의 것이 아니었다.

"진 부인은… 워낙 몸이 약해져 있던 차였고……."

금설옥의 그 말만으로도 모용현은 정신이 아득해졌다. 늪! 몸부림치면 칠수록 바닥 없는 늪 속으로 빠져 들어가는 느낌이었다. 그러나 아득해지는 정신을 붙드는 이름이 있었다. 려몽(麗夢)!

"아이는, 아이는 어떻습니까? 산기가 꽉 찼으니……."

"사산(死産)이네. 산모와 아이가 함께 죽었어."

기유붕이 냉정히 말했다. 본래 의원이란 삶보다 죽음과 친숙한 자이다. 그러나 모용현은 의원이 아니었다. 모용현은 바닥에 주저앉았다. 그의 오른 눈은 복잡한 색으로 빛났으나, 왼 눈은 초점을 잃어 흐리기만 했다.

"그렇군……. 죽었다고? 다 죽었다고?"

모용현이 힘없이 중얼거리다, 방문을 박차고 나갔다.

"이봐!"

금설옥이 소리치며 모용현을 따라 나가려는데, 당정견이 그녀의 팔을 잡으며 저지했다.

"놔요!"

금설옥이 강하게 뿌리쳤지만 당정견은 완강했다. 당정견이 두 팔로 금설옥의 어깨를 잡고 말했다.

"이 빗속에서 어딜 나가겠다는 말이오!"

"당 형, 보지 않았어요? 지금 그는 큰 충격을 받았다구요!"

"그가 대체 누구요! 대체 누구기에 금 형은 그를 이토록 걱정한단 말이오!"

그렇게 말하는 당정견의 눈이 험악했다. 항상 웃음과 여유를 잃지 않던 그가 아니었다. 금설옥이 당정견의 눈을 똑바로 응시하며 말했다.

"그래요. 그는 누구죠? 당정견은 누구죠?"

"……!"

"그렇게 말하는 당신이야말로 대체 누구란 말인가요? 나는 당신의 이름 외에 무엇도 알지 못해요! 당신은 어째서 조악한 검법만을 나에게 보였죠? 다른 고명한 수법이 있음을 왜 감춘 거죠? 당신은 어째서 금편선자를 알고, 금편선자는 당신을 조카라고 부르는 거죠? 말해 봐요!"

말리지 않은 머리에서 빗물이 흘러내렸다. 둥근 이마 위로 흐르는 빗물은 금설옥의 큰 눈에 고여, 붉은 볼을 타고 다시 흘러내린다. 당정견이 그를 보고 떨리는 목소리로 말했다.

"나는… 당정견이오. 달리 무엇이 필요하오?"

"당신이 보여준 그 수법은 무엇이죠? 암기 수법인가요? 아니면 비도술인가요? 그건 누구에게 배운 거죠?"

"제발! 그만 하시오!"

화를 내며 소리치는 당정견에게, 금설옥이 다시 말했다.

"당신은, 어째서… 당씨인 거죠?"

금설옥은 자신이 아둔하다 여겼지만 결코 그렇지 않았다. 금편선자
와의 대화를 듣고 금설옥은 이미 당정견이 당감소의 아들임을 유추해
낸 것이다. 처음에는 아니라 믿고 싶었지만, 생각하면 할수록 부정할
수 없는 사실이었다.

"……."

당정견은 대답하지 못했고, 금설옥에게 확신을 심어주었다.

"내가, 얘기하지 않았나요? 당신의 아버지가 내 사부와 사자들에게
한 짓을 얘기하지 않았나요?"

"아버지와 나는 다른 사람이오! 나와 그를 혼동하지 마시오!"

당정견의 목소리에는 힘이 없었다. 금설옥이 고개를 저으며 말했다.

"당신, 지금 북경에서 살고 있죠?"

"……."

"당신이 지금 살고 있는 집, 원래 누가 살았는지 알고 있나요? 모용
강의 무림맹은 중원무림을 장악하고, 그 다음 중원의 상권(商權)을 장
악했죠. 그 과정에서 가장 먼저 희생된 분이 누군지 아세요?"

"…모르오."

"사천에서 태어난 당신이 북경으로 와서 살았던 바로 그곳, 금가장
의 원래 주인인 금남효 대인이랍니다. 저의 아버님이시지요."

당감소는 모용강의 무림맹이 중원제일의 단체로 성장하는 데 가장
큰 공신이었다. 당감소는 모용강의 명을 받아 금가장주와 그의 식솔들
을 죽이고 금가장의 상권을 흡수하였다. 그리고 멸망한 사천당가를 버
리고 빼돌린 자신의 가족들과 함께 북경의 금가장에 자리 잡은 것이다.

이러한 사실을 당정견은 너무나 잘 알고 있었다. 그는 아버지를 싫
어하는 만큼, 그의 행적을 자세히 알고 있었다. 아니, 당감소가 무림맹

의 창건 과정에서 해온 일을 자세히 알았기에 그를 싫어하게 된 것인지도 모른다. 하지만 금가장주가 금설옥의 부친일 줄이야 그가 어찌 상상이나 했겠는가!

"나는, 나는……."

당정견은 무언가 말을 하려 했지만, 입속에서 맴돌 뿐 좀처럼 내뱉을 수 없었다. 금설옥의 머리에서는 더 이상 빗물이 흐르지 않았지만, 두 눈에 고인 빗물은 멈추지 않았다.

모용현은 달리고, 또 달렸다. 모든 힘을 쥐어짜 기유붕이 있는 객잔까지 왔다 생각했는데도 다시 달릴 힘이 남아 있었다. 그러나 남은 힘은 오래가지 못하고, 결국 모용현은 주저앉았다.

허리까지 오는 풀들도 세찬 바람과 폭우를 견디지 못하고 몸을 뉘었다. 모용현은 풀밭에 주저앉아, 하늘을 향해 소리쳤다.

"으아아아아아아아아악!"

피맺힌 절규가 비를 역류해 하늘로 거슬러 올라갔다.

"왜! 왜……!"

모용현은 엎드려 고개를 풀숲에 박고 흐느꼈다. 그들은 그렇게 괴로워하고, 고통받았는데도 행복해질 수 없다는 건가? 옥면현수가 저지른 죄가 무거워, 그것으로는 부족했던가? 그래서, 그의 죄 때문에 은경화도 죽고 이름도 없는 아이마저 죽어야 했나?

쏴아아아.

모용현은 고개를 들었다. 세차게 내리는 비가 그의 얼굴을 때렸다. 그리고 떨어지는 빗소리가 누구의 것인지 모를 목소리로 변했다.

[죄인이라면 죗값을 치러야 하는 법이지. 그들이 무슨 염치로 새로

운 생명을 잉태하고 살아가는 행복을 누릴까? 부인 한 사람을 위해 죽어간 몇십, 몇백의 사람들이 그 꼴을 두고 볼 수 있을까?]

"하지만……!"

[그건 너도 마찬가지지. 너는 겉으로는 자신이 용서받을 수 없는 죄인이라 하지만, 속으로는 용서받고 싶어하잖아? 그래, 누군가에게 용서받고, 과거의 죄를 덜어내고 싶어하잖아?]

"아니, 아니야!"

목소리는 신랄하여, 마치 지난날 모용강의 말처럼 모용현의 가슴을 파헤쳤다. 모용현은 애써 부인했지만, 다시금 들려오는 목소리에는 조소의 기운마저 서려 있었다.

[그게 아니라면 너는 왜 그들 부부가 행복해지기를 바라지? 그들은 너 못지않은 죄인인데도, 너는 그들로 인해 목숨을 잃은 자들과 관계없는, 타인이라는 이유로 그들에게 관대한 건가?]

"그건…….”

[너는 그 부부의 모습에서 너 자신을 본 거야. 용서받을 수 없는 그들이 단지 뉘우치는 마음만으로 용서받는다면! 그리하여 행복해질 수 있다면 너 자신도 그렇게 될 수 있다고 생각한 거야! 너는 진심으로 그들을 걱정했던 게 아니야! 너는 단지, 그들을 통해 구원받고 싶어했을 뿐이잖아. 그들이 지난날 저지른 죄로부터 자유로워질 수 있다면 너 역시 가능할 거란 희망을 보고 싶었을 뿐일 테지!]

쿠르르르릉!

번개가 치고, 천둥소리가 하늘을 뒤흔들었다. 천둥소리에 묻혔는지 목소리는 더 이상 들리지 않았지만, 모용현은 눈을 감고 내리는 비에 몸을 맡기고 있었다.

얼마나 지났을까, 하늘을 향해서는 눈도 뜨지 못할 만큼 내리던 빗줄기가 조금씩 줄어들기 시작했다. 모용현은 눈을 뜨고 하늘을 보았다. 빗줄기는 가늘어졌으나 하늘을 가린 구름은 여전했다. 모용현은 고개를 떨어뜨리고, 중얼거렸다.

"그래서, 이게 대답인가? 그들처럼, 나의 죄도 결코 용서받을 수 없다는?"

모용현은 조용히 자리에서 일어났다. 비는 그쳐 가지만 젖은 옷이 납처럼 무거웠다. 서서히 구름이 걷히고 있었지만, 모용현의 눈에 비친 세상은 어둡기만 했다.

〈제2부 1권 끝〉

무한 상상 · 공상 세계, 청어람 신무협&판타지

최강의 다모와 신선풍의 사신,
최악의 악동을 한꺼번에 만나게 될 것이다!

그곳에 그놈이 있다!
악몽(惡夢)의 시작이다!

『불선다루』
(不善茶樓)

불선다루(不善茶樓) / 송진용 지음

〈선량하지 않은 찻집〉이란 뜻의 괴이한 다루는 지독한 흙바람 속에서 삐거덕거리며 용케 버티고 서 있다. 세상 사람들이 〈누런 구렁이 고개〉라고 부르는 높은 언덕 위에 외롭고 쓸쓸히 서서 바람이 잠잠해지기를 기다리는 것이다.

"내, 내, 내가 요괴의 소굴에 들어왔나 보다."

악몽(惡夢)은 이제부터다! 무법자들의 지옥!
불선다루를 침범한 자 진정한 악몽이 무엇인지 알게 되리라!

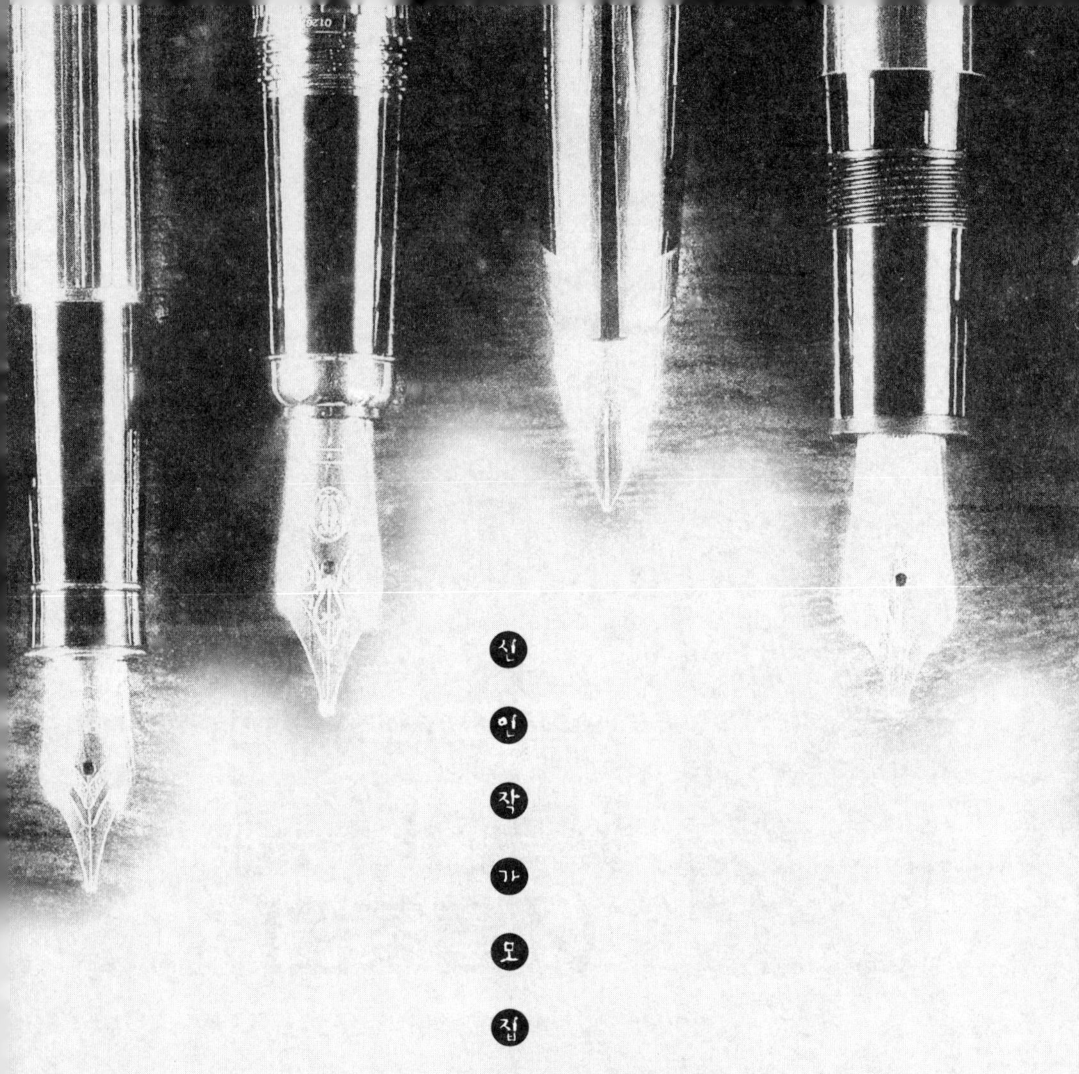신
인
작
가
모
집

시작이 반이라고 했습니다.
작가의 길에 대한 보이지 않는 벽을 과감히 깨뜨리십시오!
청어람은 작가 지망생 여러분들의
멋진 방향타가 되어드리겠습니다.

저희 도서출판 청어람에서는
소설 신인 작가분들을 모집합니다.
판타지와 무협을 사랑하시는 분들의 많은 참여를 바랍니다.
소정의 원고(A4용지 150매)를 메일이나 우편으로 보내주시면
검토 후 출판 여부를 알려드리겠습니다.

주소:경기도 부천시 원미구 심곡1동 350-1 남성B/D 3F 우편번호420-011
TEL:032-656-4452 · FAX:032-656-4453
http://www.chungeoram.com
e-mail:chungeoram@chungeoram.com